KB118224

백년해로외전

백년해로외전

박민정 장편소설

문학동네

차례

1부

바닷마을 언니의 소식을 들은 건 실로 오랜만이었다. 내게 그런 언니가 있다는 사실도 오랫동안 잊고 살았다. 오래전 언니의 결혼식에 갔을 때가 떠올랐다. 친척들만 모인 작은 웨딩홀에서 큰아버지는 내게 "너는 결혼 계획 딱히 없지?"라며 비아냥댔다. 아빠는 큰아버지에게 헛기침을 하며 "어허, 아직 대학생인데 무슨 소리요" 응수했다. 그뒤로도 큰아버지는 내게 결혼식에 빨간 립스틱을 바르고 왔다며 "멋쟁이셔 아주"라는 둥, 커피믹스를 한 잔 타오라고 시키더니 물이 많다며 "사랑이 넘쳐서 아주"라는 둥 말끝마다 이기죽대었다. 그를 알아온 이후 단 한 번도 그가 말을 곱게 하는 모습을 본 적은 없었지만 그날따라 유난하다고 생각했다. 신랑과 신부가 입장할 때 큰아버지는 죽상을 하는 걸로도 모자라 아예 눈을 질끈 감고 있었다. 신랑 신부의 얼굴은 여느 신혼부부와 다를 바 없이 설렘과 긴장으로 가득했는데, 정작 그 결혼을 주도한 사람은 못내 심술이 났고 그걸 감추지 않았다.

언니를 본 건 그날이 처음이었다. 말하자면 언니는 '새언니', 정확히는 '사촌새언니'였다. 그러나 결혼식 날 언니를 부를 일은 없었고 이후에는 그녀를 만나지 못했으니 입에 붙어본 적 없는 말이다. 돌아가신 할머니였다면 오빠의 이름을 붙여 '장훈이네 거시기'라고 불렀겠지. 그렇게 생각하다 어렸을 때부터 내내 머릿속을 떠나지 않은 말, '새큰엄마'란 말도 떠올랐다. 얘, 너희 큰엄마는 새큰엄마야. 어린아이의 당혹스러운 표정을 즐기던, 책임질 수 없는 말을 함부로 내뱉기를 즐겨하던 인간이 속삭이던 말.

바닷마을 언니는 그날 신부 대기실에 앉아 자기 손님이라곤 아무도 없는 자신의 처지에 대해 무슨 생각을 했을까. 신부 대기실에서 생각이라는 걸 할 시간이 난다는 건 얼마나 난처한 상황일까. 이제 나도 그날 언니의 입장을 조금은 헤아릴 수 있게 되었다.

언니와 만나는 날까지 나는 그녀와 직접 연락하지 않았다. 기왕에 소식을 전해준 사람도, 만남을 주선한 사람도 아빠였다. 아빠는 내가 취직한 뒤로 전에 없이 자주 큰아버지네 집에 놀러갔다. 자랑은 해도 해도 끝이 없는 것 같았다. "야야, 이제 더는 자랑할 사람이 남아나질 않는다"며 아빠는 능쳤지만 실없는 소리란 걸 알았다. 아빠는 차를 몰고 한 달에 두어 번 인천에 갔다. 그렇게 불편해하던 큰아버지네를 가벼운 걸음으로 오갔다. 아빠는 걱정하던 것과 달리 자식 잘 키웠다는 말을 어디에서나 들을 수 있으니 인생의 한시름을 던 것 같았다. 야야, 어디 가서 우리처럼 공짜로 교수 자식 얻은 사람 구경이나 하겠냐, 란 말을 아빠는 입에 달고 살았다. 주책이 지나치면 엄마가 한마디했다.

"공짜는 무슨 공짜야. 얘는 죽어라 일해야 하는데."

임용된 지 며칠 안 됐을 때, 주차장에서 마주친 학생처장이 '역시 요즘 공채 교수들은 다르다'면서 연식이 오래된 내 중고차를 가리키며 웃던 걸 아빠는 몰랐다. 상상조차 할 수 없을 것이다. 도대체 왜 학교 주차장에 몇억씩이나 하는 외제차가 줄 서 있는지 나도 알 수 없는 것처럼.

바닷마을 언니 역시 교수로 임용되었다는 소식을 듣고 아빠는 무슨 생각을 했을까. 내게 내색하진 않았지만 자존심이 상했을 게 분명했다. 그런 일은 자기 자식에게만 일어나야 한다고 생각했을 테니까. 큰아버지는 시집와 자식만 키우던 애가 무슨 교수냐며, 요즘엔 교수 되기도 참 쉬운 것 같다는 소리를 덧붙여 아빠의 속을 긁었다. 아빠는 평소 볼 일이 없던 남의 며느리에게 연락을 하고는 대체 어떤 경위로 임용이 되었는지 물은 후 나와 만나보라고 했다. 그 얘길 듣고 나는 기가 막혔다.

"아니, 그 언니가 교수가 되든 말든 나랑 무슨 상관인데?"

아빠는 언니 이야기를 들어보니 참 세상이 천지개벽할 일이구나 싶었다며, 여하간 남도 아닌데 같은 여성으로서 뭐라도 도와줄 일이 있지 않겠느냐고 했다. 당시 나는 친형제라고 해도 도울 수 있는 처지가 아니었다. 그야말로 나란 사람의 일인분 몫을 하기도 버거울 때였다. 그러나 그 사람이 다름 아닌 바닷마을 언니라는 데에 호기심이 들기도 했다. 장훈 오빠와의 사이에서 연년생 둘을 낳았다는 것은 알았지만 그애들이 벌써 고등학생이라는 소식도 신기했다. 내겐 장훈 오빠가 백팩을 멘 채 풀죽은 얼굴로 현관을 들어서던 모습이 생생했으니까. 엄마는 자식을 그만큼이나 키워놨으니 취직도 생각할 수 있는 거 아니겠느냐고 말했다.

"게다가 지방대라는데 말이야. 애들 어렸으면 너희 큰아빠가 헹여 보냈겠다."

그렇게 나는 언니가 지방 사립대에서 강의를 시작하기 두 달 전, 급한 행정 업무를 끝내고 그녀를 만나러 갔다. 운전을 하며 나는 내가 왜 그녀를 '바닷마을 언니'라고 부르게 됐는지 생각했다. 내가 초등학생일 적에 큰아버지는 조카인 나와 자기 자식들을 모두 지프에 태우고 바닷마을에 갔다. 큰아버지나 아빠는 땅이나 집을 사면 세상 물정 모르는 어린 자식들을 차에 태우고 가서 한 바퀴 둘러보길 좋아했다. 조수석에는 대학생인 장훈 오빠가 타고 있었다. 비포장도로를 달리다 큰아버지는 동네 입구에 차를 세웠다. 우리는 차에서 내려 큰아버지를 따라 가파른 경사를 걸어올라갔다. 걷다 돌아보니 차를 세워둔 곳이 까마득할 만큼 경사가 심했다. 마치 캐리비안베이 미끄럼틀에 올라탄 기분이었다. 큰아버지는 싱글벙글 웃으며 이 동네에 집을 두 채나 사놨다고, 우리 아들 결혼하면 붙어살 거라고 했다. 마치 너는 결혼해도 집 걱정은 없으니 얼마나 좋냐는 듯이 내성적인 아들의 등을 두드리며 껄껄 웃던 큰아버지. 그 말을 들은 장훈 오빠는 입도 벙긋 안 하고 고개만 숙이고 있었다. 살면서 자신의 뜻대로 안 된 게 하나도 없는 큰아버지답게 그 바람도 이뤄냈다. 결국 시간이 흐른 후 결혼한 아들과 이웃해 살고 있었으니까. 나는 이런 언덕배기에 사는 게 좋을까 생각하며 동네를 둘러봤는데 뜻밖에 시야에 바다가 들어왔고, 마침 파란 하늘에 뽀얀 구름이 걸려 있었고, 여름 햇살을 받은 물빛이 반짝였다. 그 순간 내게 그 동네는 바닷마을이 되었다.

언니는 공영주차장 입구에 서서 나를 기다리고 있었다. 그 옛날 큰아버지가 동네 입구에 차를 아무렇게나 주차하고 우리

더러 냉큼 내리라고 했던 기억에 나는 주차장을 미리 알아봤다. 그 언덕을 차로는 도저히 못 올라갈 것 같아서 평지에 있는 주차장을 검색한 뒤 언니에게 그곳에서 만나자고 문자를 보냈다. 언니는 내 차를 단번에 알아보고 손을 흔들었다. 물론 나도 언니를 단번에 알아봤다. 언니를 보자 씁쓸한 기억들이 머리를 스쳤다. 세 치 혀로 지은 죄를 생각하면 골백번 죽어서도 못 갚을 여자가 영락없이 그날도 신나서 내뱉었던 말.

"저 물건, 드레스 안 어울리는 것 좀 봐. 피부가 좀 우리처럼 깨끗하고 뽀얗기라도 해야 드레스가 어울리지."

'그럼 당신에게는 어울리겠니?' 나는 속으로 몇 번이나 그 말을 꾹꾹 눌러 삼켰다. 언니가 좀 까무잡잡하긴 했다. 여전히 그랬다. 결혼식 때로부터 이십 년 가까이 흘렀는데도 늙었다는 느낌이 조금도 없었다. 언니는 명품 브랜드의 밀짚 선 캡을 쓰고 있었다. 나도 가지고 있는 모델이었다. 언니는 내게 "아가씨, 멀리까지 오느라 고생했어요, 아이고 어떻게 해, 운전하느라고 힘들어서, 근데 이제는 길 좋아져서 집 근처에다 댔어도 되는데, 하긴 뭐 여기다 대도 괜찮다 그치, 여긴 주차비가 진짜 싸서" 하면서 쉴새없이 말을 늘어놨다. 언니는 팔짱을 끼고 걱실걱실 말을 붙이며 나를 식당 쪽으로 데려갔다. 문자로 동네에 괜찮은 식당이 있다고 했을 때 나는 내심 집에 초대하지 않아 다행이라고 생각했다. 그러면서도 딱히 조심스러워하지 않는 태도도 좋았다. 다만 언니가 나를 '아가씨'라고 부르는 것은 조금 당황스러웠다. 아가씨라니, 태어나 한 번도 들어보지 못한 호칭이었다.

언니가 안내한 식당에 도착했을 때 나는 적잖이 놀랐다.

"아니, 우리나라에 이렇게 제대로 된 이슬람 식당이 있었어요?"

"아, 여기 제대로죠. 그런데 아가씬 아직 안 먹어봤잖아요. 너무 현지 음식이라 입맛에 안 맞을 수도 있는데."

말 그대로 나는 간판만 보고 압도당했다. 국내에서 아랍어만 적혀 있는 간판은 생전 처음 봤다. 언니는 여긴 예멘에서 온 사람들이 차린 식당이라면서, 할랄푸드란 말을 들어본 적 있느냐고 했다. 혹시 가리는 음식이 있느냐고 언니가 문자로 물었을 때, 딱히 없으니 아무데나 좋다고 답했던 게 후회됐다. 나는 여행을 가서도 로컬 푸드는 잘 먹지 못했다. 언니가 편하지 않았던 터라 그렇게 대답한 것이기도 했지만, 무엇보다 이 동네에 별다른 음식점이 있을 거란 생각은 하지 못했다. 평일 점심시간을 다소 지나선지 식당은 한산했다. 언니는 종업원들과 친근하게 인사를 나눴다. 종업원이 내게도 어색한 발음으로 "안녕하세요" 인사했다.

"아가씨도 조금 나이들었나보다. 앉을 때 아이고 소리 내는 거 보니까."

제가 그랬나요, 라고 대답하는데, 문득 언니의 변죽 좋은 태도가 낯설게 느껴졌다. 젊은 종업원들이 서투른 발음으로 하는 한국말을 들었기 때문이기도 했다. 새삼스레 이 동네에 다양한 국가 출신의 사람들이 살거나 일한다는 사실을 깨달았다. 바로 그 점 때문에 언니와 내가 마주앉아 있는 것이었다. 아빠가 전해준 바에 따르면 언니가 교수로 임용된 까닭이 다름 아닌 이 동네에서 수많은 외국인들과 더불어 살고 있기 때문이었으니까.

나는 얇은 밀가루빵(식사 내내 거의 이것만 뜯어먹었다)과 양고기, 케밥 등을 놓고 언니와 대화를 이어갔다. 언니는 내가 잘 못 먹고 있다는 걸 눈치챘겠지만 입맛에 안 맞느냐고 굳이 묻지 않았다.

"그래, 아가씨, 쓰는 건 잘돼요?"

그런 질문을 받을 때마다 그랬듯이 이번에도 나는 고개를 저었다.

"잘돼도 걱정이지만 대체로는 안 되고…… 뭐 그렇죠."

"그래요, 그렇지요. 그런 일은 남들로선 알 수가 없겠죠."

나는 불쑥 본론으로 들어갔다.

"학교도 마찬가지예요. 이 업계 사정도 남들은 잘 모르더라고요, 언니."

그날 나는 아가씨란 호칭만큼이나 낯선, 고모라는 호칭으로 불리기도 했다. 언니는 굳이 집에 들렀다 가라고 부담을 주지는 않았지만, 못내 마음이 쓰였는지 딸을 식당 앞으로 불렀다.

"고모야, 인사드려."

언니 말에 아이는 고개를 숙여 내게 인사했다. 요즘 애들답게 화장한 얼굴에 운동복 차림이었다. 처음 만났는데 빈손이라서 어떡하지, 말하자 아이는 공손하게 아니에요, 고모, 대답했다. 방학이라 PT를 받고 오는 길이라고 했다. 요즘은 고등학생들도 운동을 열심히 하는구나 싶어 신기했다. 서로가 초면이라 어색해하는 중에 눈앞에 있는 이 아이가 큰아버지의 손녀이자 장훈 오빠의 딸이라는 사실이 문득 상기됐다. 큰아버지와 장훈 오빠를 떠올리자 옛날 우리가 한집에 살았던 짧은 시절이 머릿속을 빠르게 지나갔다. 그땐 있었지만 지금은 없는 사람과 소식이 끊긴 사람의 얼굴도 생각났다. 결국 시간이 흘러 이렇게 연락하지 않은 채 각자 잘 살아갈 거였는데, 한집에서 부대끼며 상처받았던 게 웃겼다. 그리고 지금 이 아이. 아이에겐 낯선 오촌 고모인 나뿐만 아니라 아버지의 여동생인 친고모가 둘이나 있다. 그리고 아이로선 아마도 영원히 그 존재를 알 수 없을 아버지의 누나인 친고모도 둘이나 있다.

나는 헤어지기 전 아이에게 명함을 건넸다. 계획에 없던 행동이었다.

"엄마 일하러 내려가시면 보고 싶어서 어쩌니? 혹시 무슨 일 있으면 연락하렴."

고속도로를 달리며 나는 언니와의 대화를 곱씹었다. 어쩌면 당연하지만 한편으론 이상하게도 그녀와 나의 연결고리인 남자들에 대한 언급은 없었다. 그녀의 시아버지와 남편이 아니었다면 나와 그녀는 영영 마주치지 않았을 것이다. 그러나 우리 대화에 그들이 끼어들 틈은 조금도 없었다. 언니는 낯선 지역에서 생활해야 하는 것과 학교라는 집단에서 어떻게 처신해야 하는지에 대해 걱정했다. 처신, 그것에야말로 내가 조언할 부분은 없었다. 나는 언니에게 세상에서 처신이라는 걸 가장 할 줄 모르는 사람이 바로 나라고 말했다. 처신할 줄 몰라도 그럭저럭 적응하고 있다고 덧붙이려다 그만두었다. 그런 말은 거짓이었으니까. 첫 출근 날부터 지금까지 단 하루도 마음 편한 날이 없었다. 내 자리가 있다는 느낌도 받지 못했다. '다들 이렇게 살았던 거야?' 혹은 '정말 이런 거야?'란 기분에 내내 사로잡혀 있었다. 내 오랜 친구는 그 자리가 내게 꼭 필요한지 다시 생각해보라고 말했었다. 친구는 대학 졸업 무렵에도 비슷한 말을 했었다. 소기업 인턴으로 취직하겠다는 내게 '지금이 얼마나 중요한 시기인데' 그런 회사에 들어가느냐고 했다.

직장이 별로라는 이야기가 아니라, 작품을 써야 하는데 풀타임 잡을 구하면 어떡하냐고. 십몇 년이 지났는데 내 처지는 그때와 달라진 게 없었다. 하루도 쉬지 않고 일을 했지만 여전히 취직을 하느냐 마느냐를 두고 고민해야 했다.

언니는 그 일을 정말로 원하세요, 라고 나는 묻고 싶었다. 그러나 묻지 않았다. 그건 나 자신에게 하고 싶은 질문일 뿐이기도 했고, 이미 아빠에게 전해들은 바가 있었기 때문이었다. 아빠는 언니가 오랫동안 한국어를 가르치는 일을 했으며 그 일에 자부심이 대단하다고 말했다. 그 이야기를 듣지 않았다면 나는 만나자마자 쉴 틈 없이 한국말을 쏟아내는 언니를 보고 놀랐을 것이다. 결혼식 날 본 언니는 영락없는 외국인이었다. 결혼을 통해 이 나라에 오게 된 결혼 이주 여성이었으니 당연했다. 그날 이후 내 머릿속에서 언니는 하얀 드레스를 입고 풍성한 부케를 든 외국인 신부일 뿐이었다. 그야말로 방긋 웃는 인형 같은. 막상 나도 결혼식을 치러보니 외국인이든 한국인이든 신부는 그냥 꽃 든 인형이 될 수밖에 없다는 걸 알게 됐지만. 언니를 보며 한국 여자들처럼 뽀얗질 않으니 드레스가 안 받는다고 내뱉던 그 여자는 결혼식 내내 계속 혀를 찼다. 내 이럴 줄 알았다느니, 결국 장가랍시고 돈 주고 여자를 살 줄 알았다느니 끝없이 떠들어대는 말에 나는 눈을 질끈 감아버렸다.

한편 나 역시 잠깐 의문이 든 적이 있었다. 장훈 오빠는 결혼 당시 서른 살이었다. 또래 남성들 중 결혼하지 않은 이들이 적지 않았을 텐데 왜 '이런 식으로' 결혼을 하는지 의아했다. 그렇지만 큰아버지를 생각하면 이해가 갔다. 그래, 어지간한 양반이 아니니까.

언니가 한국에 오기 전 무슨 일을 했는지 아무도 관심이 없었다. 무슨 공부를 하고 어떤 학위를 취득했는지 하는 건 누구의 입에서도 언급되지 않았다. 언니가 고등학생 시절부터 당시에는 인기도 없었던 한국어를 공부했으며, 한국학을 전공하지는 않았지만 결혼할 때 이미 한국에 대한 상당한 지식을 갖고 있는데다 유창한 한국어를 구사했다는 걸 나는 최근에야 알았다. 큰아버지가 오래전 집을 사둔 그 동네가 다양한 국가에서 이주한 사람들이 모여 사는 곳이고, 언니가 오랫동안 지역의 한국어 강사로 일해왔다는 것도. 결혼 이주 여성 당사자가 교수자가 되고 학생이 되는 한국어 교육 커뮤니티를 세우는 데 언니의 공이 얼마나 컸는지도 들었다. 그리고 언니에게는 고향에서 취득한 석사학위도 있었다. 그러니 '시집와 자식만 키우던 애'란 큰아버지의 표현은 말이 안 되는 소리였다. 언니를 채용한 대학에서는 '특정 국가 출신'과 '한국어 교원 자격증 취득 여부 무관'을 조건으로 공개 채용을 했는데, 언니를 염두에 두고 만든 조건인지는 확실하지 않다고 했다. 외국어로서의 한국어 교육을 할 교수를 채용하는 것인데도 한국어 교원 자격증을 필요로 하지 않는다거나 특정 국가를 명시해두 었다는 게 특이하게 여겨지긴 했다. 지방 사립대의 노동조건 이 그다지 좋지는 않겠지만 언니에게는 좋은 기회일 수 있었 다. 그렇게 생각하고 싶었다. 정작 언니의 가장 큰 고민은 전 혀 생각하지 못했던 것이었다.

"아가씨에게는 그런 질문 안 했죠? 면접에서. 애들은 다 키 워놓으셨냐, 뭐 그런 거요."

그렇죠, 저에게는 그런 질문을 하지 않았죠. 다만 지금껏 출 간한 책 중 가장 많이 팔린 책이 무엇이냐, 그런 질문은 했죠. 의도가 너무 뻔해서 그냥 웃음으로 눙치려고 했는데, 억지 눈 웃음을 몇 번이나 지어 보였는데도 계속 묻더라고요. 겸손해 하실 필요가 없다면서. 그래서 정색하고 말했어요. 겸손이 아 니라 저는 정말로 책을 많이 파는 그런 작가가 아니라고요. 그 랬더니 이렇게 이야기하더라고요. 그러니까요, 선생님처럼 책 을 많이 내신 분도 결국 밥벌이하러 우리 학교에 오시는 거잖 아요. 그러니 우리 아이들도 밥벌이를 할 수 있게 도와주셔야 합니다, 우리 학교는 지식을 가르치는 곳이 아니에요, 라고.

언니에게 그렇게 말하지는 않았다. 다만 대학이라는 곳도 면접관의 무례한 질문을 피할 수 없는 곳이라는 걸 누구보다 잘 알고 있으니까 이해할 수 있었다. 그 질문을 받고 언니가 느꼈을 당혹감을.

"생각해봤어요. 나는 정말 애들을 다 키워놓았는가. 나름대로 품행 단정(언니는 국적법 시행규칙에 쓰인 '품행 단정'이란 말을 그대로 사용했다)한 결혼생활을 하려고 노력했고 성적표도 나쁘지 않다고 생각했는데, 큰애가 마음에 걸려요."

큰애라면 아들이었다. 사실 고작 고등학생인 아이들을 떼놓고 낯선 지역에 일하러 가는 건 부담스러운 일일 것이다. 아직 애죠, 나는 대답했는데 언니는 뭐라 덧붙이지 않은 채 한숨을 내쉬었다. 자녀 양육에 대해 나는 더 할말이 없었으므로 아이 이야기는 거기서 끝났다.

그날 우리가 마주앉았던 식당의 주인도 언니와 마찬가지로 결혼 이주 여성이었다는 건 나중에 알게 되었다. 언니가 가르쳤던 엄마들이 특기를 살려 다양한 직업에 종사하게 되었다는 것도.

*

나는 방학이 시작되자마자 내내 잠만 잤다. 손가락 하나 까딱하기가 힘들었다. 웅크리고 누워서 유튜브 동영상을 되는대로 봤다. 그러는 동안 어떤 뱀들은 스스로 허물을 벗지 못해 사육사가 손으로 벗겨줘야 한다는 걸 알게 됐다. 아파서 그렇다고 했다. 사람이 아플 때 손 하나 까딱 못하는 것과 같다고. 그 말에 공감했다. 어떨 땐 양말을 벗는 것도 엄두가 안 났다.

세 학기를 마쳤다. 고작 세 학기가 지났을 뿐인데 하루하루 깎여나가는 것 같았다. 나는 그 무엇에도 목숨은커녕 가진 걸 다 걸고 싶지 않았다. 대체로 진지한 작가라는 평가를 받아왔지만, '인생을 걸고 글을 쓰냐'는 질문에는 소스라쳤다. 그러나 학교에서 일하는 것은 정말로 목숨을 걸어야 하나 싶은 순간을 수없이 맞닥뜨리는 일이었다. 내게는 그랬다. 다른 사람들에게는 그렇지 않을지도 모른다. 나는 언니에게는 그런 일이 없기를 바랐다. 주중에는 대학 근처 원룸에서 지내다 주말에 인천으로 올라오는 것. 그저 그런 정도가 고된 일의 전부이기를. 절대로 그럴 리는 없겠지만.

메신저를 열어 '이젠정말로죽을것같아'라고 쳤다가 지운 뒤 '당신이라면 아마 내게 죽을 만한 고통은 세상에 없어, 견딜 수 있다면 그래도 지속할 수 있는 거야, 라고 말하겠지, 그래, 일어서볼게'라고 보냈다. 눈자위가 뻐근하다못해 욱신거렸다. 눈물조차 나오지 않았다. 눈을 질끈 감자 검붉은 포말이 밀려드는 착각이 들면서 아득해졌다. 남편이 정말 돌아오지 않을까봐 두려웠다. 그가 집을 나간 뒤 연락이 되지 않는다는 사실을 부모에게도 말하지 못했다. 부모는 같은 아파트 옆 단지에 살았다. 최서방은 요즘 왜 잘 안 보이냐고 넌지시 말하는 엄마에게 "알잖아, 바쁜 거"라고 대답했다. 일하느라 바쁜 사위에게 얼굴 비치라고 할 사람들이 아니었다.

주말이건 주중이건 격무에 시달리던 남편이, 친구도 만나지 못하던 남편이 집을 나간 건 바닷마을 언니를 만나고 와서 고작 며칠이 지났을 때였다. 남편은 나를 기다리게 만드는 사람이 아니었다. 어쩌면 오직 그 이유 하나만으로 결혼을 결심했다고도 할 수 있었다. 나를 생각하게 하고 기다리게 하고 끄적이게 만드는 사람이 아니었다. 내가 먼저 전화하거나 문자를 보내는 일도 거의 없었다. 남편은 내가 기다리지 않도록 꼬박꼬박 연락을 했고, 어디서 딴짓할까 걱정하게 만든 적도 없었다. 그가 귀가하지 않은 날, 나는 전화를 딱 한 통 걸었다. 전화를 받지 않자 아찔한 느낌이 등줄기를 훑어내리는 것 같았지만 더는 전화하지 않았다. 다음날, 그다음날도 전화하지 않았다.

왜, 내가 힘들다고 너무 많이 울어서 그런 거야?

당신이 돈 벌어오라고 내치지도 않았는데, 내가 월급 중독자라서 매달 통장에 들어오는 돈이 없으면 불안해 미치겠다고 그랬으면서, 내 선택이었으면서, 마치 당신이 내는 생활비로는 못 살겠다는 듯이, 나는 언제까지 이러고 살아야 하냐면서, 전업작가는 언제 할 수 있냐고 앞뒤가 안 맞는 말을 해서 그래?

당신이 뭘 아냐고, 당신은 내가 읽는 책은 한 문장도 이해하지 못할 거라고, 그렇게 기본 소양이 없으니 우매한 대중으로 살면서 거지같은 놈들한테 투표하는 거라고, 머리에 든 게 없으면 정치 뉴스는 보지도 말라고. 그에게 했던 말들이 나를 짓눌렀다. 퇴근 후 같이 야식을 시켜 먹을 때 그에게 좀처럼 선택권을 주지 않았던 것과 넷플릭스도 내가 보고 싶은 프로그램만 봤던 것까지 떠올랐다. 그가 나와 함께 보고 싶다고 적어둔 영화 목록을 읽으며 고개를 절레절레 젓던 것도. 이런 빻은 영화들은 머릿속에서 다 지워버려, 아무렇게나 말하던 나도. 무엇보다 임용된 후 나는 도저히 이런 좆같은 인간들을 보면서 살고 싶지 않다고 짐승처럼 울부짖던 내 모습이. 바깥일을 집안까지 끌고 들어오고 돈 몇 푼 번다고 유세하던 내가 이제야 보였다.

내가 건강한 사람이었다면 곧장 양가 부모와 친구들에게 도움을 청했을 터였다. 그러나 나는 그렇게 하지 못했다. 일주일이 지나도록 상황을 방치했다. 그는 시댁이 운영하는 가게에서 일을 했다. 혹시나 사고가 난 거라면 시부모가 연락을 해오리라 여기면서, 나는 종종 그에게 메시지를 남겼다. 그는 읽지 않았다. 빨랫감과 설거짓거리와 음식물 쓰레기를 방치하듯 나는 두 손을 놓은 채 맥없는 나날을 보냈다. 평소 일에 치이다가도 방학 때만 되면 깊은 무기력에 사로잡혀 일상의 감각을 잃어버렸는데 남편이 사라지니 더했다. 하루는 침대에 누워 눈을 껌뻑거리다가 벌떡 몸을 일으켰다. 남편에게서는 여전히 연락이 없었다. 나는 입술을 깨물었다. 이건,

이건 큰아버지의 저주다.

이게 다 내가 바닷마을 언니를 만나고 와서, 큰아버지의 혈육인 언니의 딸까지 만나고 와서 생긴 일이라는 주술적인 생각이 머릿속에 가득찼다. 그래, 내 인생이 거저일 리가 없잖아. 기회인 줄 알았던 일들이 실은 함정이었고 나는 그렇게 속아만 왔다는 헛된 생각에 걷잡을 수 없이 빠져들었다. 그러다 나는 거실로 갔다. 구석 장식장에 세워둔 결혼사진을 보며 내게 한때 남편이 있었고 지금은 없다고 중얼거렸다. 에너지가 넘치던 시절엔 음악을 듣다 마음이 벅차면 한참 떨어진 동네까지 걷다 왔었다. 운전을 하고 나서부터 오래 걷는 일은 좀처럼 없었다. 문득 걷고 싶어졌다. 아파트 단지에 체육관이 있다는 사실이 떠올랐다. 나는 평소 쓰레기를 버리러 나갈 때 걸치는 러닝 점퍼를 입었다. 맨발로 운동화를 신으려던 순간, 인천에서 본 조카의 차림새가 생각났다. 고개를 숙이며 꾸벅 인사하던 아이가 입은 레깅스와 무릎께까지 올려 신은 타이츠, 그리고 깨끗한 러닝화가. 그래, 양말은 신어야지, 생각하며 양말을 꿰어 신고 집을 나섰다. 몇 년 전 호기심에 필라테스와 요가 학원에 다녔을 때, 선생들은 내 몸을 훑으며 왜 이렇게 몸

을 방치했느냐고, 거의 죽기 직전인 노인의 체력이나 다름없다고 꾸짖었다. 남편에게 나 같은 만년 운동 열등생은 그런 말 때문에도 운동할 엄두가 안 난다고 말했었다.

"SNS에서 하등 쓸모없는 책들을 베껴쓰고 미라클 모닝이니 필사 챌린지니 하는 걸 보면서 내가 한심해하듯이 그 사람들도 마찬가지겠지. 대체 왜 몸을 이렇게밖에 못 쓰지, 란 생각이 들 거야."

그 말을 곱씹으며 체육관에 갔다. 다행히 평일 낮이라 사람이 거의 없었다. 나는 점퍼 후드를 뒤집어쓰고 트레드밀을 뛰었다. 남들이 보면 뛰는 게 아니라 조금 빨리 걷는 수준이겠지만 딴에는 전력 질주를 했다. 발바닥을 바닥에 꾹꾹 누른다 생각하며 한 시간 정도 계속 달렸다. 가슴팍이 땀으로 물들었다.

집에 돌아와 샤워를 하니 머릿속이 조금 맑아지는 듯했다. 미뤄둔 빨랫감을 세탁기에 넣어 돌리고 설거지를 했다. 먹은 게 거의 없는 터라 설거지통엔 그릇 몇 개와 컵밖에 없었다. 행주를 삶고 바닥 청소를 했다. 뭉쳐서 바닥에 들러붙은 먼지를 꼼꼼하게 제거했다. 남편에게 보낸 '일어서볼게'란 말을 생각했다. 지금 그 말을 어느 정도 실천했다고도 볼 수 있지 않을까. 견딜 수 있다면 그래도 지속할 수 있는 거야…… 남편이 그 말을 했을 때 나는 코웃음을 쳤다. 개인의 의지의 위대함을 강조하는 그런 신자유주의적 허상 어쩌고 하면서. 지금도 생각이 달라지지는 않았지만, 많은 일들을 견딜 수 없고 더는 지속할 수 없는 상태에 직면해 있는지도 모르지만, 한 번쯤은 그런 말을 귀담아들어줬다면 어땠을까, 생각했다.

그때 낯선 번호로 전화가 걸려왔다. 이미 늦은 저녁이었지만 종강 후에도 학생들의 문의와 조교들과 행정실의 연락이 오곤 하는 터라 전화를 무시할 수는 없었다. 앳된 여자의 목소리가 멀게 들렸다. 이런 시각에 연락하는 학생들의 불손에 짜증을 감추지 못한 채 누구냐고, 용건이 뭐냐고 물었다.

"고모."

너무 놀라 나도 모르게 헉, 소리를 냈다. 고모, 라는 말이 분명하게 들리는 순간, 상대가 인천에서 만난 조카임을 알아차렸다. 아이에게 명함을 건넸던 게 뒤이어 떠올랐다. 초면이라 어색해서 손을 매만지다 불쑥 저지른 행동. 그러나 이렇게 금방 연락이 올 거라고는, 아니 언젠가 연락이 올 거라고는 생각하지 못했다. 나는 아이의 이름도 기억하지 못했다.

"고모, 저 수아입니다. 고모 댁으로 가도 되나요?"

*

조수석에 앉은 수아는 이어폰을 귀에 꽂고 눈을 감았다. 로터리에서 만났을 때 수아는 커다란 더플백을 메고 있었다. 전화를 받자마자 놀라고 경황이 없어 일단 데리러 갈 테니 부모님에게 잘 말씀드리고 나오라고 말했다. 수아를 데리러 가는 길에, 대체 무슨 일인가 싶어 언니에게 전화를 걸었다. 목멘 목소리를 들으며 언니가 울었다는 걸 알 수 있었다. 언니는 거듭 미안하다고 말하며 수아가 내게 가겠다고 하니 차라리 다행이라고, 아이의 분이 풀릴 때까지 며칠만 부탁한다고 했다. 톨게이트를 지날 무렵에야 나에게도 비슷한 경험이 있었다는 게 기억났다.

엄마가 내 머리카락을 쥐고 흔들다 부엌 가위를 들고 와 함부로 잘랐던 날. 고등학생이 되어 겨우 기른 머리카락을 다시 짧은 단발로 잘라야 한다는 사실에 억울함보다는 수치심이 앞섰다. 부엌 가위로 머리카락이 잘리는 건 혁대로 두들겨맞는 것처럼 수치스러운 일이었다. 나는 그런 장면을 더 옛날에 직접 본 적이 있었다. 그 집에서, 자기가 메고 있던 혁대를 풀어 채찍처럼 장훈 오빠에게 휘두르는 큰아버지를 봤다. 그 모습을 지켜보며 나는 모멸감에 온몸에 소름이 돋았다. 나는 머리카락이 잘린 이야기를 엄마에게 이십 년 가까이 줄곧 해왔다. 이제는 웃으면서 할 때도 있었다. 그러나 엄마는 매번 얼굴을 붉혔고 눈물을 흘리기도 했다. 엄마는 고릿적 이야기는 이제 그만 좀 하라고 한 번도 말하지 않았다. 병원에 다니기 전에 만난 상담 선생은, 과거에 그런 일이 있었어도 그걸 부정하지 않고 여전히 들어주는 부모이기에 내가 치유될 수 있었던 거라고 말했다. 결국에는 마음 깊은 곳에서 부모를 용서할 수 있을 거라고도 그랬다. 나는 그 말에 동의했지만 그런 일이 아예 일어나지 않았다고 생각해버릴 수는 없었다.

고등학교에 입학하자마자 엄마는 부쩍 두려워했다. 동네에 딱 하나 있는 남녀공학에 배정받았다는 이유에서였다. 그 학교 소문이 안 좋던데, 엄마들이 다들 한걱정하던데, 엄마는 마치 내가 굶주린 짐승 소굴에 들어가기라도 하는 듯 굴었다. 인터넷 메신저로 친구와 채팅하고 있으면 누구랑 연락하는 거냐고 눈에 불을 켜며 다가왔고 핸드폰이 울리면 빼앗아갔다. 엄마가 정확히 뭘 두려워하는지는 몰랐지만, 어른들이 걱정할 만한 장면을 나도 자주 목격하긴 했다. 애들은 커튼 뒤에 숨어 키스를 했고 무릎에 올라앉아 속닥였다. 학교 교칙 가운데 '이성 학생 간 신체 접촉을 불허한다'라는 것도 있었지만 격무에 지친 교사들은 아이들을 딱히 단속하지 않았다. 여름 캠프에 온 것처럼 그저 들떠서 만지작거리는 아이들을 나는 엄마 못지않게 한심하게 쳐다봤다. 그러나 엄마는 나를 의심했고 어느 날 영화를 보고 통금 시각 이후에 귀가한 내 머리카락을 결딴내버린 것이었다.

"아니, 내가 무슨 짓을 했다고 머리카락을 잘라, 자르길."

엄마랑 같이 설거지를 하다가도, 소파에 기대앉아 평화롭게 드라마를 보다가도 나는 불쑥 말했다. 어쩜 애를 잡는 방식조차 그렇게 예스러웠냐고.

"남자 만나는 애가 그렇게 도수 높은 안경 끼고 머리 질끈 묶고 다녔겠어 엄마? 그때 나는 무릎 위로 올라오는 반바지도 창피해서 못 입었던 앤데."

머리카락이 들쑥날쑥 잘려서 엉망진창인 꼴로 학교에 갈 수는 없었다. 엄마는 학교에 전화를 걸어 집에 일이 있으니 며칠 아이를 보내기 어렵겠노라고 말했다(나는 나중에야 엄마가 담임교사를 따로 만나 촌지를 건넸다는 사실을 알고 왜 그런 짓을 했냐며 화를 냈다). 엄마랑 집에 함께 있는 시간이 지옥 같아서 견딜 수 없었다. 밥도 물도 먹지 않고 방안에 틀어박혀 있는 내게 엄마는 그럼 이모네서 며칠간 지내다 오라고 했다.

몇 번 본 적도 없는 엄마의 사촌동생인 이모는 아무것도 묻지 않고 피자와 햄버거를 시켜주고 갈비찜 같은 특식을 만들어줬다. 나는 내가 그 집에 머무르는 동안 얼마나 위안받았는지 떠올리려 애썼다. 수아가 내 집에 있는 동안 이 시기를 무사하게 보낼 수 있을까. 정작 아이가 왜 집을 나왔는지, 왜 딱 한 번 본 내 집에 오겠다고 했는지 알 수 없었다. 자는 것도 아니면서 눈을 감고 입을 다문 아이에게 어떤 말도 건넬 수 없었다. 나는 애써 운전에 집중했다.

거실에 들어선 수아는 결혼사진을 보자 당황한 듯 손으로 입을 가리며 말했다.

"고모부가 계신지는 몰랐어요. 엄마가 말을 안 해주셔서."

나는 얼른 웃으며 대답했다.

"고모부는 출장 가셔서 한동안 없어. 걱정하지 마."

수아는 네, 대답하며 더플백을 소파에 내려놓았다. 저녁은 먹었니, 갈아입을 옷은 충분하니, 뭐 필요한 건 없니, 등의 말들이 생각났지만 무슨 말을 해야 할지 몰라 망설이는데, 언니에게서 문자가 왔다.

'미안해요, 아가씨. 애랑 붙어 있으면 더 안 좋을 것 같아서 실례를 무릅쓰고 맡겨요. 금방 애아빠가 찾으러 갈 거예요. 미안합니다.'

갑자기 가슴이 답답해졌다. 장훈 오빠를 만날 수도 있다는 생각은 하지 못했다. 내 한몸 건사하지 못하면서 덜컥 아이를 데려온 게 뒤늦게 후회됐다. 아이에게 밥을 해먹이고 제대로 보살펴줄 자신도 없었다. 나는 수아에게 말했다.

"그런데 고모는 서재에서 계속 일을 해야 해서 신경을 잘 써줄 수가 없을 것 같은데 어쩌지?"

"괜찮아요. 전 그냥 가만히 있을게요. 밥도 알아서 먹을 수 있어요."

"저녁은?"

"배고프진 않은데 아이스크림이 먹고 싶어요."

수아가 소파에 기대앉으며 말했다. 배달 앱을 켜 보여주자 수아는 거침없이 두 가지 맛을 고르고 내게도 나머지 하나를 고르라고 했다. 나는 괜찮다고 했더니 수아는 신난 듯 자기가 먹고 싶은 맛으로 전부 채우고 빙긋 웃었다.

"잠옷이랑 클렌징크림 같은 건 다 갖고 왔으니 걱정 마세요."

수아는 몸에 딱 붙는 민소매 티셔츠에 레깅스를 입고 있었다. 운동을 열심히 해서 그런지 건강해 보였고 자세도 반듯했다. 배달된 아이스크림을 수아가 열심히 먹는 모습을 보자 나도 갑자기 먹고 싶었다. 나는 숟가락을 들고 옆으로 가 앉았다. 수아는 아이스크림 컵을 내 쪽으로 밀어주며 말했다.

"고모네 텔레비전 진짜 크네요. 넷플릭스 봐도 돼요?"

나는 그래, 하며 넷플릭스를 틀어주었다. 뭘 봐도 집중이 되지 않아 오 분 십 분씩 보다가 그만둔 시리즈들이 아무렇게나 쌓여 있었다. 수아는 리모컨을 가져가더니 〈기묘한 이야기〉를 재생했다. 나도 몇 년 전 무척 흥미롭게 본 시리즈였다.

"고모, 이번에 시즌 4 나왔잖아요. 완전 재밌어요."

"그러니? 나는 시즌 2까지 봤는데."

"아, 어쩌지. 3도 보셔야 되는데, 그럼."

"괜찮아. 그냥 봐."

수아는 아이스크림을 먹으며 신나게 드라마를 봤다. 수아

또래의 고등학생들이 악당을 만나 곤경을 겪고 그들을 무찔렀다. 몇 년 전에 봤을 때는 훨씬 앳되었던 배우들이 그새 성장한 게 볼만했다. 수아는 조그만 목소리로 대박, 미쳤, 쩔, 하고 중얼거렸고 한숨을 쉬다가 피식 웃었다. 한참을 수아와 함께 보고 있자니 긴장이 풀리는 듯했다. 무엇 때문에 엄마와 싸웠는지 물어보고 싶지 않았고 그럴 필요도 없다는 생각이 들었다. 수아는 '1986년'이라는 자막을 보더니 내게 물었다.

"고모도 1980년대생이에요?"

"그렇지, 고모는. 신기하지?"

"아니요."

나는 괜히 무안해져 말을 돌렸다.

"저기 보면 계속 '나쁜 러시아 놈들', 이렇게 말하잖아. 1980년대는 아직 냉전중이라서 그래. 학교에서 배웠지?"

"흠, 알아요. 냉전중이고 미국에서 실제로 했던 MK울트라 프로젝트가 배경이잖아요."

우리는 다시 말없이 드라마를 봤다. 아이랑 이렇게 잡담을 나누는 게 얼마 만인가 싶었다. 누군가에게 고모라 불린 것도 처음이었는데, 그 아이가 내 집 소파에 앉아 있다는 게 신기했다. 수아는 텔레비전에서 눈을 떼지 않은 채 내게 혹시 요가 매트가 있느냐고 물었다. 언젠가 사두기는 했지만 제대로 써본 적은 거의 없었다. 내가 옷방에서 매트를 꺼내다주자 수아는 소파 앞에 자리를 잡더니 별안간 요가 동작을 하기 시작했다. 수아에게는 이미 익숙한 동작이 여러 개 있는 것 같았다. 눈으론 계속 드라마를 보며 쉽지 않은 동작을 척척 해내는 수아가 신기해서 나는 멍하니 쳐다봤다. 그러다 서재에서 일해야 한다고 말했던 게 생각나서 머쓱해졌다.

"수아야, 그럼 고모는 이제 일하러 갈게. 필요한 거 있으면 노크하고."

"고모, 예리 고모랑 연락하세요?"

수아가 능숙하게 동작을 취하며 갑자기 질문했다. 예리 고모라니, 갑자기 머리가 쑤셨다. 그래, 그애가 네 진짜 고모지. 수아에게 고모란 예리와 예은이었다. 장훈 오빠의 친동생들. 그런데 연락을 하냐고? 나는 장훈 오빠의 결혼식 이후 한 번도 그애들과 만난 적이 없었다. 서로의 결혼식 때도 자기 이름으로 부조를 하지 않았다. 사촌들과 친하게 지내는 사람들도 있겠지만 우리는 그런 관계가 아니었다. 수아가 꼬치꼬치 물을 것 같진 않아서 나는 솔직하게 말해줬다.

"아니, 연락하지 않아. 서로 안 보고 산 지도 꽤 됐어."

"역시 그렇네요. 그럴 줄 알았어요."

생각지 못한 반응이라 나는 고개를 갸우뚱했다.

"무슨 일 있니?"

"저도 이제 안 보고 살고 싶어요. 고모들은 결혼하고 애 낳으면 다 이상해지더라고요."

*

엄밀하게 말하면 내게 남보다 못한 관계라고 할 수 있는 사람도 고모였다. 입만 벌리면 더러운 소리를 쏟아내던 인간. 장훈 오빠의 결혼식 때마저 바닷마을 언니를 두고 험담을 내뱉던 여자. 떠올리는 것만으로도 끔찍했지만 나도 한땐 그녀를 고모라고 불렀다. 큰고모라고. 그녀는 큰아버지와 아빠의 여동생이니까.

서재에서 책을 조금 읽다 침실에 가보니 수아는 낮게 코를 골며 자고 있었다. 제법 어른인 척하지만 주먹을 쥐고 잠든 모습이 영락없이 어린애였다.

수아는 예리 고모나 예은 고모와 더는 어울리고 싶지 않다고 했다. 아이는 대나무숲에 온 것처럼 하고픈 이야기를 실컷 했다. 예리와 예은은 모두 아이를 낳았는데도 '예리 고모' '예은 고모'라고 부르는 걸 보니 한때는 꽤 친밀했다는 걸 알 수 있었다. 아주 오래전으로 거슬러올라가면 나도 큰고모와 친하게 지낸 적이 있었다. 어릴 적, 1980년대 후반에. 놀이공원에 가서 그녀와 신나게 노는 사진이 몇 장 남아 있었다. 결혼하고 애 낳으니 이상해지더라, 수아가 함부로 말하긴 했지만 무슨

36

심정으로 그런 말을 했는지는 충분히 알 것 같았다. 수아는 할아버지가 고모의 자식들만 예뻐한다고 털어놨다. 왜 아니겠어, 싶으면서도 한숨이 났다. 그놈의 아들, 장손 타령 지긋지긋하게 하더니, 나는 고개를 절레절레 저었다. 수아는 고모네랑 만나면 얼마나 아들 자랑을 하는지 지겹다고 했다. 어릴 적부터 억척스러웠던 예리와 예은을 생각하면 새삼스러울 것 없었으나 이어지는 수아의 말에는 조금 놀랄 수밖에 없었다.

"아들 맘이라는 게 뭐가 그렇게 자랑스러운지 모르겠어요. 솔직히 우리 엄마도 그래요."

아들 맘. 아직 어린 수아가 어떻게 그런 단어를 알고 있는지, 도대체 언행이 어땠길래 애가 그런 생각을 하게 됐는지 어처구니가 없었다.

"그런데 수아야. 고모도 어른이라 꼰대같이 말하는 걸 수도 있는데, 엄마는 이제 곧 일하러 내려가시잖니. 그냥 좋게 좋게 푸는 건 어때."

말하고 아차 싶었다. 어떻게 이야기해야 선을 넘지 않을 수 있는지 알 도리가 없었다. 다행히 수아는 그다지 예민하게 반응하지 않았다. 수아는 음, 하고 중얼거렸다.

"그건 그렇죠. 음, 그렇지만 엄마도 심해요."

수아는 저 씻을게요, 하고 적당한 시점에 이야기를 끊었다. 어떤 순간엔 철부지 같다가도 묘하게 어른스러운 구석이 있는 아이였다.

이런 아이들은 약 없이도 잠들겠지, 생각하며 나는 잠든 수아의 얼굴을 바라봤다. 며칠 전부터는 약을 먹어도 좀처럼 잠들기 어려웠다. 다음에 의사를 만나면 남편이 집에 돌아오지 않는다는 이야기는 못하더라도, 불안이 심해졌으니 약을 증량해달라 해야겠다고 마음먹었다. 그 생각을 끝으로 나는 천천히 잠에 들었다.

그러니까 이런 장면은 이제 꿈에서나 볼 수 있는 것이다.

노란빛이 섞인 주황빛이라고 해야 하나, 형광이 섞인 홍매색이라고 해야 하나, 능소화가 피어 있다. 어디 갔지. 수진 언니. 나도 불쌍하지만 나보다 더 불쌍한 수진 언니. 백곰같이 희고 덩치가 큰 언니. 조그만 입술을 꾹 닫은 수진 언니를 툭툭 치며, 나는 병신이다, 라고 네 입으로 말해봐, 그렇게 지껄이는 예리. 보다못한 아빠가 야, 이놈의 계집애야, 너는 언니가 병신 같아? 이런 몹쓸 계집애를 봤나, 소리치면 그제야 닭똥 같은 눈물을 뚝뚝 흘리는 수진 언니.

때론 나도 언니의 시무룩한 등짝을 보며 생각했다.

왜 아무 말도 못하고 당하고만 있어. 저년은 언니가 한 대 쥐어박으면 꼼짝도 못할 텐데.

작은 쥐새끼 제리에게 당하는 큰 고양이 톰처럼 언니는 당하고만 있다. 전교에서 일등을 하는 언니가. 수학이건 영어건 어려운 문제도 다 설명해주는 똑똑한 언니가. 나는 어린 나에게 묻는다. 네가 수진 언니 처지였다고 해도 뭘 어쩔 수 있었겠어? 묵묵히 참고 견디는 거 말고 뭘 더 할 수 있었겠어?

능소화가 아름다운 꽃이라는 걸 이제는 잘 알고 있다. 그 빛깔의 오묘함과 꽃이 제때 피고 지는 일의 신비함을 이야기할 수 있게 됐다. 그러나 그때는 아니었다. 수진 언니와 내게 그 꽃은 할머니 집을 뜻하는 무서운 표지였을 뿐.

새벽에 나는 언제나처럼 땀을 흘리며 깨어났고, 침대에 잠들어 있는 수아를 어안이 벙벙해진 채로 쳐다봤다. 잠깐 생각했다. 너는 누구니. 너는 누군데 내 침실에서 잠들어 있니. 이내 이 아이는 장훈 오빠와 바닷마을 언니의 자식이라는 걸, 큰아버지의 손주라는 걸, 예리와 예은의 친조카라는 걸 깨달았다. 능소화가 핀 담벼락으로부터 멀리멀리 왔다는 것도 더불어 깨달았다. 수아와 함께 본 〈기묘한 이야기〉처럼 옛날이야기였다.

그러나 잠든 아이의 등을 보며 나는 어릴 때처럼 서러움에 사로잡혔다. 깨어나지 않게 해주세요, 제발요. 눈물을 뚝뚝 흘리며 마음속으로 기도했던 날이 생각났다. 큰고모에게 따귀를 얻어맞았던 날이나, 할머니에게 욕을 먹었던 날이나, 할머니가 엄마에게 욕하는 걸 봤던 날 나는 깨어나지 않게 해달라고 기도하며 잠들었다. 이런 날들이 언제까지고 계속될 것만 같았다. 사는 게 힘들어서 어린 자식이 무슨 생각을 하는지도 모르는 부모는 내게 조금도 위안이 되지 않았다.

몇 년 전, 결혼식을 앞두고 나는 아빠에게 소리를 질렀다.

엄마는 시퍼렇게 질린 얼굴로 내 손을 잡으며 제발 그만해, 제발 그만해, 하고 말렸고 아빠는 입을 꾹 닫고 있었다. 머리 끝까지 화가 났지만 제발 그 말만은 하지 말자고 계속 다짐했다. 아빠 아직도 거지 근성을 못 버렸어? 입 밖으로 튀어나오려는 말을 나는 꾹꾹 눌러 삼켰다. 거지라는 말은 하지 말자, 그 말은 절대로 하지 말자. 정말로 아빠가 거지 같다고 생각한 적이 있었기 때문에, 어릴 적 그 집에 살던 내내 그렇게 생각했기 때문에.

살 데가 없다고, 우리는 이제 큰아버지 댁에 들어가 살아야 한다고 엄마가 말했을 때 나는 거짓말이라고 생각했다. '아무리 돈이 없어도 그렇지, 집이 없는 사람이 세상에 어디 있어.' 나는 일기장에 그렇게 썼다. 나도 친구들도 아파트에 살고 있고 아빠 차도 두 대나 갖고 있는데. 주말마다 공들여 차를 닦는 아빠를 발코니에서 구경하던 게 그리 오래된 일이 아니었다. 집이 없어진다니 우리가 정말로 거지가 되는 거야? 내가 지하철에서 사람들한테 구걸이라도 해야 되는 거야? 기가 막혔다. 어릴 때 읽은 동화책에서 본 그림이 생각났다. 북한을 떠나는 사람들을 묘사한 그림이었는데, 작은 보트에 탄 가족들 사이에 낀 어린애가 모포를 뒤집어쓰고 울고 있었다. 아빠의 이야기를 듣고 있으니 우리도 보트피플이나 다름없어 보였다. 아빠는 다시 일어서는 데 그렇게 오래 걸리지 않을 거라고, 아빤 힘센 사람이니 걱정 말라고 말했지만 이미 내 세상은 두 쪽이 나버린 거였다. 나는 큰아버지 댁 근처에 있는 학교로 전학을 가야 했다. 이사하던 날 아침, 집밖에 앉아 있다가 지난해 같은 반이었던 친구와 마주쳤다. 그애는 내가 전학 간다는 걸 몰랐다. 그애는 나를 흘끔거리다 내게 큰 소리로 물었다.

"너 왜 학교 안 가?"

"나는 이제 학교에 안 가."

"왜? 초등학교도 못 나온 사람 되려고?"

"아니, 나는 전학 가."

"그래, 잘 가."

그애는 하굣길에 헤어지듯 무심하게 잘 가, 하며 손을 흔들었다. 전학 가는 학교도 좋은 학교야, 엄마가 그랬지만, 원래 있던 학교에서 쫓겨나는 기분이 들었다. 나는 우리 학교 음악실과 정글짐을 좋아하는데, 친구들과 헤어지고 싶지 않은데, 생각해봤자 도리가 없었다. 이삿짐 트럭을 뒤따라가는 아빠의 차 안에서 나는 불길한 예감에 사로잡혔다.

우리가 앞으로 살아야 할 집에는 말을 함부로 하는 큰아버지가 있고, 그런 큰아버지에게 아무 말도 하지 못하는 큰어머니가 있고, 나랑 친하지 않은 사촌 삼 남매가 있고, 더부살이하는 작은고모와 그녀의 불쌍한 딸이 있고, 무엇보다 무서운 할머니가 있었다. 할머니는 나를 소 닭 보듯 대했다. 자기 아들의 자식인데 어떻게 그렇게나 관심이 없었을까, 여전히 궁금하지만 할머니는 정말로 내게 애정어린 말 한마디 건넨 적이 없었다. 할머니 앞에서 나는 항상 늦된 아이, 어딘가 부족한 아이가 된 것 같은 기분이 들었다. 예리와 예은, 수진 언니도 나와 같은 취급을 받았다. 할머니는 아들 말곤 그 누구에게도 관심이 없었다.

그 집에서는 육 개월을 살았다. 결코 오랜 시간은 아니었다. 그러나 당시의 내겐 영겁과도 같은 시간이었다. 하루하루가 너무나도 느리게 흘러갔다. 집에 들어가기 싫어 어찌나 오랫동안 골목을 걸었는지, 느린 걸음걸이를 따라 죽죽 끌리던 신발주머니가 금세 해질 정도였다. 날마다 문방구나 서점에 가서 잡다한 놀잇거리를 사던 예리를 구경하지 않았다면 견딜 수 없었을지도 모른다. 예리는 선심 쓰듯 주말에 나를 시내에 데려갔는데, 당시 신설된 문화센터(요즘의 키즈 카페 같은 곳이었다) 옥상에 있는 트램펄린에서 방방 뛰는 게 내 유일한 낙이었다. 세상이 끝나버릴 것처럼 놀다가 예리가 잘난 척하며 사주는 아이스크림도 얻어먹곤 했다. 어느 날 그애가 심술

굿게 "오늘은 언니가 돈 내. 맨날 나한테 얻어먹고, 언니는 거지야?"라고 말하기 전까지는 그나마 괜찮은 날들이었다.

시간이 흘러 그 집에서 나왔지만 나는 고등학생이 되어서도 그 집으로 이사하는 꿈을 꿨다. 그 꿈은 끈질기게 나를 괴롭혔다. 예리와 예은 자매가 가끔가다 나를 끼워주며 수진 언니를 따돌릴 때마다, '어차피 언니는 우리처럼 어린 애들이랑 노는 건 재미없을 거야' 생각하던 순간이 꿈에서도 반복됐다.

"언니는 거지야?"라는 예리의 말을 들었을 때 나는 대꾸하지 못했다. 아빠가 큰아버지한테 툭하면 손을 벌린다는 걸 알고 있었기 때문이었다. 결혼식을 몇 달 앞두고 남편이 우리집에 인사를 하러 왔을 때, 아빠는 말했다.

"자네도 이야기 들어서 알지? 인천의 부잣집 큰댁 말일세."

"아빠, 그 집 이야기하지 마요. 부자는 뭔 부자. 누가 들으면 만석지기라도 되는 줄 알겠네."

"어허, 그래도 서방 될 사람이 알긴 알아야지."

"네, 아버님. 들었습니다."

나는 하지 말라며 남편을 꼬집었고 엄마도 아빠에게 그만하라는 눈짓을 줬지만 둘은 아랑곳 않고 이야기를 이어나갔다.

"이런저런 사정이 있다고 해도 결혼 앞두고는 인사를 드려야지."

"네, 아버님."

"차 타고 슬슬 인천 한번 다녀오게나."

그날 남편이 돌아간 뒤 나는 아빠에게 따져 물었다.

"뭐라는 거야? 나더러 그 집에 인사를 가라고?"

"결혼 앞두고 인사하는 게 뭐가 어때서 그래, 남도 아니고."

"아니, 아빠는 내가 그 집구석 얼마나 싫어하는지 몰라서 그래?"

"싫기는 뭐가 싫어. 결혼 앞두고선 싫든 말든 하는 거야. 큰 아버지가 부조도 넉넉히 할 텐데……"

부조라는 말에 머릿속이 아득해졌다. 나는 더는 참지 못하고 소리를 질렀다.

"그깟 돈 받자고 내 머리를 조아리라고? 그 양반이 엄마나 나한테 무슨 막말을 해댔는데, 나랑 결혼할 사람을 데려가서 보여주라고? 그걸 말이라고 해?"

엄마는 눈물을 흘리며 나를 말렸다.

"알았으니까 제발 그만해. 엄마 심장이 너무 빨리 뛰어."

나는 엄마 손을 뿌리치고 집을 나갔다. 그리고 놀이터 그네에 앉아 숨을 골랐다. 전화를 걸어 이야기를 전하자 남편은 이렇게 말했다.

"자기, 인사 한번 드리는 게 뭐가 어때서 그래."

"뭐가 어떠냐고 말하지 마. 자기는 절대 내 마음 모르니까. 안다고 말하면 죽어."

"그래, 자기 마음을 나는 모르지. 그런데 그냥 형식적으로 인사드린다고 생각하면 되잖아. 부조도 많이 해주신대고……"

나는 전화를 끊고 며칠간 그의 연락을 받지 않았다. 그뒤로도 아빠는 큰아버지와 나를 엮으려는 시도를 멈추지 않았다. 영원히 끊을 수 없는 자기 혈육이니까, 자기를 키워준 형님이니까 큰아버지의 존재가 나나 엄마에게도 천운이리라고 착각했다. 틈만 나면 그 집 사람들과 나를 만나게 하려고 시도했다. 이번에도 마찬가지였다. 그러나 아빠는 몰랐다. 바닷마을 언니가 아니었다면, 그 언니가 아닌 다른 사람이었다면 나는 절대 만나러 가지 않았을 것이다.

*

다음날 아침, 나는 오랜만에 일찍 일어나 밥상을 차렸다. 사놓고 먹지 않은 밀 키트가 냉동실에 가득했다. 그것들로 음식을 해서 괜찮은 접시들에 담았다. 수아는 나보다 먼저 일어나 거실 탁자에서 문제집을 풀고 있었다. 수아가 샐러드에 연어를 썰어 넣는 내 곁에 다가와 기척을 냈다.

"고모, 제가 도울 건 없어요?"

나는 가만있는 게 도와주는 거라고 웃으며 말했다. 식탁에 숟가락을 놓다가 둘러보니 수아는 내 화장대를 구경하고 있었다. 수아는 무람없이 이것저것 꺼내 향을 맡아봤다.

"수아야, 이제 밥 먹자."

"고모, 화장품 잘 안 쓰세요?"

"그러게, 수업도 전부 온라인으로 해서 화장할 일이 잘 없네."

"그럼 그게 정말이에요? 교수님들 잠옷 입고 수업한다는 거."

"잠옷까진 아니지만 상의만 신경쓰는 편이기는 해. 얼른 밥 먹자."

수아는 야무지게 밥을 먹었다. 가리는 것 없이 잘 먹을 뿐만 아니라 입을 커다랗게 벌려 가득 떠 넣었다. 그래서 같이 먹는 사람의 입맛도 절로 돌게 했다. 식재료에 대한 관심도 많았다. 루꼴라 좋아해요, 이건 명이나물이잖아요, 참타리버섯이네요, 트러플 소스 완전 좋아해요, 하고 수아가 떠드는 소리를 들으며 나도 오랜만에 즐겁게 밥을 먹었다.

수아는 눈치보지 않고 필요한 물건을 꺼내 썼고 또 내게 달라고 말했다. 혼자 문제집을 풀거나 넷플릭스를 보거나 산책을 하러 나갔고, 달리기라도 했는지 종종 땀에 젖어 들어왔다. 남편이 있었다면 수아와 무슨 대화를 나눴을까. 아이돌 음악도 많이 듣고 유행하는 소식도 잘 알고 테크 유튜브도 많이 보는 남편은 신나서 수아에게 말을 걸었겠지. 남편에게선 여전히 소식이 없었다. 병원에 진료를 받으러 갈 날짜도 다가오는데 언제까지 돌아오지 않을 참인지 궁금했다. 시외에 있는 병원에 갈 땐 남편이 항상 함께였다.

수아가 산책을 나가고 얼마 지나 엄마에게서 문자가 왔다.

'열무김치하고 김부각하고 쑥떡 갖고 잠깐 들를게.'

평소 같았으면 음식은 갖고 오지 말라고 만류했겠지만, 수아가 있으니 먹을 게 넉넉해도 좋겠다는 생각에 알겠다고 했다. 삼십 분도 지나지 않아 인터폰이 울렸다. 엄마는 헝겊 장바구니가 꽉 차도록 먹을거리를 챙겨왔다. 그뿐만이 아니었다. 키친타월이며 일회용 알코올 솜, 일회용 행주까지 장바구니에 가득 들어 있었다. 나는 찹쌀약과를 꺼내며 엄마에게 말했다.

"이런 단거는 내가 입에도 안 댄다는데도 맨날 갖다주는 것봐. 엄마, 그리고 수아 와 있어."

"누구?"

"장훈 오빠 딸."

엄마는 먹을거리를 꺼내 늘어놓다 말고 멍하니 나를 쳐다봤다.

"걔 이름이 수아였나? 지난번에 장훈이댁 만나고 온 거 때문이야?"

"얘기하자면 긴데, 하여간 그때 잠깐 만나서 번호를 줬는데

애가 연락했더라고. 언니랑 싸웠나봐."

"가출하고 여길 왔다고? 어린애가? 야야, 최서방은 어쩌고?"

"최서방 요즘 너무 바빠서 며칠 집에 못 들어와. 나도 고등학교 때 이모네 가 있었잖아. 언니랑 잘 이야기했으니까 걱정 마요."

그때 일을 이야기하자 엄마는 입을 다물었다. 나는 엄마의 옆구리를 치며 언제나처럼 눙쳤다.

"알지? 엄마한테 뭐라고 하는 거 아닌 거 알지?"

그러고 있자니 산책 나갔던 수아가 집에 돌아왔다. 월패드 화면에 뜬 수아를 보며 엄마는 어머, 정말이네, 하고 중얼거렸다. 나는 현관에 들어서는 수아에게 말했다.

"수아야, 할머니 오셨어. 고모 엄마."

"할머니, 안녕하세요."

엄마는 할머니 소리를 듣자마자 단번에 함박웃음을 지었다. 그 모습을 보며 나는 조금 당황했다. 엄마는 하나밖에 없는 딸이 자식을 안 낳겠다고 선언했으니 영원히 손주를 볼 일은 없으리라고 생각할 것이었다. 할머니란 말을 저렇게 좋아하는 사람이었나 싶었다.

"어머, 그래, 네가 수아구나. 장훈이 딸. 나는 있지, 네 아빠의 작은엄마야. 가만있어봐봐. 애, 나 네 돌잔치 때 갔었다. 그러곤 처음이네. 너무 예쁘다."

엄마는 수아를 보며 계속 너무 예쁘다, 말했다. 영락없는 할머니 같아서 웃겼다. 나는 엄마에게 "집 나온 거 갖고 뭐라 하지 마" 귓속말했다. 엄마는 짜증스러운 목소리로 알았어 얘, 하고 대답했다.

이럴 줄 알았으면 맛있는 것 좀 많이 사오는 건데, 하고 내내 아쉬워하던 엄마는 현관을 나서며 수아에게 "할머니네도 이 동네니까 인천 가기 전에 밥 먹으러 와. 꼭 와야 돼" 강조했다. 수아는 공손하게 꼭 그러겠다고 대답했다. 나는 문득 궁금해져 수아에게 물었다.

"수아야, 엄마랑 연락했니?"

"아직요."

"그래, 혹시나 해서 물어본 거야."

"고모, 세탁기 좀 돌려도 될까요? 운동복이 몇 개 없어서요."

그제야 빨래를 며칠간 미뤄둔 게 생각나서 얼굴이 붉어졌다. 나는 후다닥 빨래 바구니를 들고 세탁실에 갔다. 세탁기를 돌려놓고 나와보니 수아는 소파 위에 무릎을 모으고 앉아 있었다. 나는 수아에게 발코니에 널어두면 밤새 싹 마르니까 걱정하지 말라고 말했다. 수아가 고개를 끄덕였다. 순간 깜짝 놀랐다. 자세히 보니 수아의 눈이 새빨갰다.

"울었니?"

내가 묻자 수아는 이번에도 고개를 끄덕이며 말했다.

"고모, 저 그 사람과 연락했어요."

"누구?"

"프랑스 고모요."

*

큰아버지 댁, 여름이면 능소화가 환하게 피어 있던 집. 마당이 딸린 번듯한 이층짜리 독채. 내가 세상에서 가장 싫어했던 집. 웬일인지 어른들이 전부 나가고 없던 주말 오후, 예리가 나를 안방으로 잡아끌었다. 그러니까 큰아버지의 침실로.

예리는 화장대 밑에서 자줏빛 벨벳 앨범을 꺼내들고 와 내 앞에 펼쳤다.

"언니, 이것 좀 봐봐."

예리가 손가락으로 짚어 보여준 건 큰아버지 부부의 결혼식 원판 사진이었다. 나이든 주례와 신랑 신부가 서 있는 사진. 하단에는 날짜가 박혀 있었다.

"이게 왜?"

"아니 제대로 좀 보라고. 오빠는 1976년생인데 왜 결혼식은 1983년에 해?"

나는 고개를 숙여 사진을 가만히 들여다봤다.

"날짜가 잘못 찍혔나?"

예리는 나를 흘겨봤다.

"언니는 뭐 아는 거 없어?"

그 말을 듣자 가슴이 덜컥 내려앉았다. 큰고모가 나를 앉혀두고 "얘, 너희 큰엄마는 새큰엄마야"라고 말하며 낄낄댄 게 며칠 전이었다. 눈치 빠른 예리가 내 표정을 벌써 읽은 것 같아서 긴장됐다. 나는 담담하려 애쓰며 말했다.

"음, 이런 게 아닐까? 그땐 돈이 없어서 결혼식을 바로 올리지 못한 사람들도 많았다고 했어. 큰아버지도 그런 것 같은데."

그때나 지금이나 나는 말을 지어내는 데 조금 소질이 있었다. 예리는 금세 표정을 풀고 그런가, 하며 볼에 바람을 넣었다. 그러고는 앨범을 원래 자리에 넣어두고 내게 웃어 보였다.

"나가자, 언니."

예리의 싱긋 웃는 얼굴을 보고 나는 알아차렸다. 내 말에 속아넘어가지 않았다는 걸. 이후 예리는 한 번도 그 일을 언급하지 않았다.

우리 가족이 그 집에 살기 시작한 다음부터 큰고모는 사흘이 멀다 하고 친정에 왔다. 악마같이 행패를 부리는 어린 딸을 데리고. 늦게 얻은 자식이니 이해해보려고 해도 큰고모와 어린 딸의 태도는 매번 사람들 눈살을 찌푸리게 했다. 유치원에 다니는데도 기저귀를 떼지 못한 그녀의 딸은 이 방 저 방을 헤집고 다니며 저지레를 했다. 예쁜 장난감이 많은 예리의 방에 들어가서는 아무거나 집어들고 달라며 떼를 썼다. 물건을 많이 사들이는 만큼 애착도 별로 없던 예리는 어지간해서는 그냥 줘버렸지만, 자기가 가장 아끼는 바비 인형만은 양보하지 않았다. 예리가 그건 못 준다고 울음을 터뜨리자 큰고모는 예리를 쥐어박았다.

"어린 동생한테 그것도 양보를 못해?"

그러더니 아주 작은 목소리로 "이 이기적인 년아" 하고 말했다. 큰고모가 욕하는 걸 처음 들은 건 아니었지만 예리와 나는 깜짝 놀랐다. 예리는 기가 죽어 얼른 아이에게 인형을 안겨줬다. 언제나 그런 식이었다. 자기 딸이 마당에서 혼자 돌아다니다 넘어져 무릎이 까졌을 때도 예리와 나를 불러 잡도리를 했다.

"요년들아, 동생도 제대로 못 봐? 넘어져서 처녀막이라도 터졌으면 어쩌려고 그랬어?"

예리도 나도 처녀막이란 말을 그때 처음 들었다. 그게 뭔지도 모르는 우리에게 큰고모는 계속 처녀막 타령을 했다. 그러다가 자기 남편에게 울면서 전화를 걸더니 "김박사한테 물어봤더니 자전거 타다가도 터질 수 있는 거래, 처녀막은. 그래도 벌써 이렇게 되면 어떡해, 어쩜 좋아. 정 그러면 나중에 장가올 놈한테 사정 설명하면 되겠지 뭐" 푸념을 했다. 전화를 끊고서도 예리와 나를 붙들고 너희들 때문에 얘 처녀막이 터진 것 같아 큰일이다, 라는 소리를 반복했다. 보다못한 큰아버지가 호통을 치며 말 같지도 않은 소리 좀 그만하라고 하기 전까지.

그날 큰고모는 예리의 방에 나를 데리고 들어갔다. 정작 그 방의 주인인 예리는 들어오지 못하도록 했다. 예리는 큰고모, 잘못했어요, 하며 방문을 연신 두드렸다. 큰고모는 꼴 보기 싫으니 딴 데 가 있으라고 예리에게 면박을 줬다. 그녀는 대중없이 조카들을 차별하기 일쑤였다. 어느 날엔 나는 거들떠보지도 않고 예리나 예은에게만 말을 걸었다. 우리 중 아무도 그녀를 좋아하지 않았지만 언제 푸대접을 당할지 몰라 벌벌 떨었다. 우리끼리만 있더라도 큰고모가 나쁘다거나 싫다는 말은 절대 하지 못했다. 그녀가 잠깐 다정하게 대해주면 황송해했다. 그날 나도 그랬다. 예리는 빼놓고 나와 이야기를 하는 큰고모가 무서웠지만 한편으론 안도했다. 오늘 더 미움받진 않을 것 같아서였다. 큰고모는 침대에 걸터앉아, 언제나 그랬듯 자신의 서러움을 쏟아내기 시작했다. 작은오빠, 그러니까 우리 아빠에 대한 이야기였다.

"얘, 알지. 너는 알지. 내가 흙 파먹고 자란 거. 너희들처럼 부모에게 사랑받고 밥 안 굶고 교육받고 그러는 거 복이다. 내가 너희들만한 환경이 됐으면 공부 잘해서 의사나 변호사 됐을 거다."

나는 바닥에 앉아서 고개를 주억거렸다. 정작 당시의 나는 친척집에서 더부살이하는 형편이었는데 무슨 좋은 환경을 운운하는지 의아했지만 말대답을 할 순 없었다.

"그래, 주현아. 사실 나는 너 불쌍하다고 생각해."

그런 내 마음을 읽기라도 한 양 큰고모가 측은하다는 표정을 지으며 말했다.

"부모 잘못 만난 게 죄지 뭐, 주현이 너한테 무슨 잘못이 있겠어. 네 아빠, 사업한다고 그렇게 잘난 척하더니 이 꼴이 다 뭐야. 자식새끼 방 한 칸 못 주고, 응? 눈칫밥 먹게 만들고. 저 이기적인 예리 계집애 눈치보느라 너도 힘들지? 그러게, 언제 길거리에 나앉을 줄 알고 어깨에 힘을 주고 다녀, 다니기를. 한심한 네 아빠 때문에 너만 고생이지, 그렇지? 주현이 너도 알지? 네 아빠가 어릴 적부터 나를 얼마나 무시하고 괴롭혔는지. 딸이라고 나는 흙을 먹게 하고 네 아빠만 쌀밥에 고깃국 먹었지. 네 큰아빠만 해도 봐라, 초등학교도 못 나왔건만 오로지 네 아빠만 공부시켜서 대학원까지 졸업시킨 거 아니겠니. 그럼 뭐하겠니. 이래 쫄딱 망해서 자식새끼 고생시키면."

나는 큰고모가 '흙을 먹었다'고 말할 때마다 궁금했다. 정말로 흙을 주워먹었다는 건가, 그만큼 배고팠다는 비유인가. 이야기를 듣고 있자니 비유가 아니라 배곯아 진짜 흙을 입에 욱여넣는 소녀의 모습이 떠올라서 나도 모르게 눈이 빨개졌다. 자기 이야기를 듣다가 눈시울을 붉히는 나를 큰고모는 기특하다는 듯 바라봤다.

"어린 너도 다 알아듣는 걸 네 아빠는 여전히 모르니 얼마나 웃기는 일이니. 돈 가지고 잘난 척하지 말 것이지, 내 앞에서. 서울 올라와 차비가 없어서 돈 좀 빌려달라고 찾아간 나한테 네 아빠가 어떻게 했는지 아니. 갑자기 이만한 공공칠 가방 하나를 꺼내오더니 탁 열어서 보여주는 거야. 현금이 이만큼 있다고. 그러더니 다시 탁 닫아. 차비도 없다는 여동생한테 돈 자랑하겠다고 그 짓거리를 한 거야. 글쎄, 죄받으려고 환장했지. 너희 집 나오면서 나는 다짐했었다. 돈 벌자고. 돈 하나만 보고 뭐든 하자고. 오빠한테 복수하자고. 아이고, 그런데 내 복수를 남들이 다 해줘. 결국 이렇게 금방 쪽박 찰 줄 내가 알았나."

큰고모는 좀전까지 내가 불쌍하다더니, 이제는 우리집이 망한 게 고소하다며 앞뒤가 안 맞는 말을 했다. 아빠 욕을 한참 하던 큰고모는 갑자기 평소 들어보지 못한 이야기를 꺼냈다.

"얘, 너희 큰엄마는 새큰엄마야. 새엄마가 무슨 뜻인지는 알지? 계모. 장훈이 오빠한텐 네 큰엄마가 계모라고."

그 말을 하는 그녀의 눈빛이 빛났다.

"예리, 예은이는 몰라도 너는 알고 있어야 한다. 장훈이가 얼마나 불쌍한지 말이야. 아이고, 딱한 내 조카. 친엄마 얼굴도 모르고 누나들이랑은 생이별을 하고."

나는 얼른 방문을 쳐다봤다. 예리가 방문에 귀를 대고 듣고 있지 않을까 싶어서였다. 예리가 들어서는 안 되는 이야기였다. 장훈 오빠는 당시 대학에 입학해 객지생활을 하고 있었고 금요일 밤마다 집에 와서 주말을 보내고 월요일 새벽에 다시 떠났다. 예리나 예은만큼 자주 보진 못했지만 장훈 오빠의 풀죽은 얼굴은 내게 익숙했다.

"오빠 친구도 없어? 왜 맨날 집에 틀어박혀 있어? 대학생인데 미팅하거나 술 안 마셔? 왕따야? 여자랑 손잡아본 적도 없지? 짜증나, 바보 같아."

예리가 그런 소리를 하며 따라다녀도 장훈 오빠는 귀엽다는 듯 웃고 말았다. 나는 머릿속이 복잡해졌고 당혹스러웠다. 그게 어려서 엄마를 잃고 계모에게 구박받아서 그런 거였어? 큰고모는 나를 보며 빙긋 웃었다. 내가 오래도록 용서하지 못하는 얼굴. 어린아이가 놀라거나 당황할 때마다 빙긋 웃으며 쾌감을 즐기는 인간의 비열한 표정.

"그러니까 너도 장훈이 오빠 불쌍한 줄 알아야 한단다. 오빠에게 예의바르게 하고. 너 유치원 다닐 때 고모가 따귀 때린 거 기억하지? 그거 서럽게 생각하고 고모 미워하면 안 돼. 네가 한참 오빠인 장훈이를 우습게 보고 밥상머리에서 오빠 바보라고 하는데 고모가 돌겠어, 안 돌겠어. 너는 이제부터라도 그걸 알아야 된다."

그러면 장훈이 오빠의 누나들은 누군데요?

나는 큰고모에게 묻지 못했다.

생이별이라는 말이 무슨 뜻인지 나는 정확하게 알고 있었다. 사람이 죽어서 이별하는 게 아니라, 살아 있는 사람들끼리 억지로 헤어질 때 쓰는 말이라는 걸. 내가 한 번도 본 적 없고 있는지도 몰랐던 장훈 오빠의 살아 있는 누나들은 대체 누구란 말인가. 나는 계속 방문을 쳐다봤다. 예리가 들어서는 안 되는 이야기라고, 예리나 예은의 귀에 들어가서는 안 된다고 생각하면서.

*

수아는 그날 내게 집에 돌아가겠다고 했다.

"엄마랑 싸운 이유가 그거 때문이었니? 혹시 아빠는 알고 있니?"

나는 너무 놀란 나머지 아이를 배려하지 않고 생각나는 대로 질문을 던졌다.

"프랑스 고모는 어떻게 알았어?"

수아는 고모, 죄송해요, 하고 입을 다물어버렸다.

"그래, 수아야. 더 말하고 싶지 않다면 어쩔 수 없지."

"고모, 할머니께 전해주세요. 밥 못 먹고 가서 죄송하다고요."

"다음에 먹으러 오면 되잖아. 겨울방학 때 와도 되고."

수아는 대답하지 않고 서둘러 더플백에 짐을 챙겨넣었다. 오래 데리고 있을 자신도 없었지만, 너무 금방 돌아간다는 생각이 들었다. 수아가 짐을 챙기는 동안 나는 가만히 서서 그애를 바라봤다. 문득 수아가 내게 실망했을 거란 생각이 들었다. 프랑스 고모라는 말에 과민 반응하는 내게 실망했을 거라고. 하지만 별수없었다. 수아를 대하는 내 태도는 내내 방어적이었다. 나는 수아만한 아이들을 대하는 데에 두려움을 갖고 있었다. 그건 어쩌면 혐오일 수도 있었다. 학생들을 대하는 내 마음이 그토록 어둡고 그늘진 것처럼. 차 키를 꺼내 함께 나서려는데 수아가 말했다.

"고모, 좀전에 엄마에게 연락했어요. 데리러 오신대요."

"그랬니? 그럼 엄마 오실 때까지 같이 기다릴까?"

"아뇨, 중간에서 만나기로 했어요."

수아는 현관에 서서 내게 꾸벅 인사한 뒤 신세 지고 갑니다, 하고 교과서를 읽듯 딱딱하게 말했다. 나는 애써 섭섭함을 감추며 아이를 배웅했다.

철컥, 하고 현관문이 닫히는 소리가 나자 마음이 동요했다. 다시 혼자 남겨졌다는 생각이 들었다. 수아의 갑작스러운 방문 이후 달라진 건 없었다. 학교 일을 처리하고 원고를 쓰려고 노력하고 끼니를 겨우 챙겨 먹고 약을 빼먹지 않으려고 애쓰는 일상으로 돌아온 것이었다. 남편이 돌아오지 않는데도 그를 찾지 않고 맥없이 기다리는 바로 그 일상으로 다시 끌려왔다.

책상에 앉아 입술을 깨물다가 달력에 써둔 일정을 확인했다. 병원에 가는 날이 얼마나 남았는지 봤다. 권교수는 나를 볼 때마다 말했다.

"강주현씨가 겪은 일은 저도 못 당해내요. 강주현씨는 참으로 대단하신 분입니다."

권교수에게 모든 일을 다 털어놓은 건 아니었다. 다만 나는 내가 교수라는 사실과 교수로 임용되고 얼마 되지 않아 어떤 일을 겪었는지 말했다. 학교를 그만두겠다는 내게 그는 그만둬도 힘들고 그만두지 않아도 힘들 것 같다면 그만두지 않는 편을 택하라고 조언했다. 일을 그만두더라도 몇 년간은 고통스러울 거라고 그는 말했다. 무작정 남아 견디라는 이야기가 아닙니다, 좀더 천천히 방법을 찾아보자는 이야깁니다, 라는 그의 진심어린 조언에 나는 울컥했다.

권교수를 만나기 전부터 나는 약을 먹었다. 처음 신경정신과 약을 먹은 이유는 잠을 자기 위해서였다. 아주 오랫동안 나는 쉽게 잠들지 못했다. 알레르기 비염이 있어 항히스타민제를 복용했었는데, 그걸 먹으면 잠을 잘 수 있어서 몇 년이나 수면제 대용으로 사용했다. 그러다 집중을 하기 위해 신경정신과 약을 먹고 있다는 주위 사람들의 이야기를 듣고 병원을 찾았다. 엄마는 내가 병원에 다닌다는 사실을 알고 울었다. 얼마나 스트레스를 받으면 정신병원에 다니냐고 했다. 나는 그저 병원에 다닌다는 걸 숨기지 않았을 뿐이었다. 이게 내 약점이 될 수도 있다는 생각은 한 번도 해본 적 없었으니까.

권교수는 내게 직장 내 괴롭힘 문제에 대해 좀더 적극적으로 대응하길 권했다. 학교라는 직장이 좀 특수한 환경이라는 건 자신도 잘 알고 있지만, 요즈음엔 교수들도 직장 내 괴롭힘 문제로 노동청을 찾아 진정하는 경우가 있다고 했다. 어쩌면 평생 봐야 되는 사람인데, 그렇게라도 해결을 해야지 어쩌겠느냐고 했다. 행정소송을 하는 방법도 생각해보자고 했다. 나는 권교수의 조언을 들으면서도 어쩔 수 없다고 생각했다. 권교수에게 말한 내용보다 훨씬 더 복잡한 문제가 엉켜 있었다.

신경정신과 약을 먹는다는 사실에 대해서, 나는 신작 출간 인터뷰에서도 말했고 교무 회의를 하던 중에도 털어놓은 적이 있었다. 수업시간에 말한 적도 있었다. 전부 다 내가 직접 말한 것이었다. 남편은 내게 말했다. 보통 사람들은 그 사실을 약점이라 생각할 수도 있다고. 그래서 쉬쉬하는 거 아니겠느냐고. 그렇게 말하는 남편이 미웠지만 상황은 정말로 남편이 말한 대로 되었다.

"선생님의 불안정한 심리가 학생들에게 어떤 영향을 끼칠지 모르겠네요."

서정수는 정확히 그렇게 말했다. 서정수는 나보다 삼 년 일찍 등단한 소설가였고, 나보다 이 년 일찍 임용된 같은 과 교수였다. 그는 나보다 두 살이 많았다. 성별 말고는 여러모로 조건이 비슷해서 비교되는 구석이 많은 관계였다. 학교에서 만나기 전에는 도서전이나 포럼에서 함께 행사를 한 적도 있었다. 뒤풀이가 파한 뒤 나란히 지하철을 타고 귀가한 적도 있었다. 그날 그는 내게 그간 얼마나 고생이 많으셨겠느냐고 말했다. 아무래도 여성 작가들은 활동하기 힘들 것 같다면서. 그 뒤 그는 신간에 서명을 해서 보내오기도 했다. '친애하는 주현 씨에게.' 인사치레였겠지만 그 말이 고마웠다.

그는 이제 나를 주현씨, 라고 부르지 않았다. 우리가 서로를 부르는 호칭은 선생님이었다. 그는 나를 강선생님, 이라고 불렀다. 주현씨에서 강선생님으로 호칭이 변화하는 동안 그와의 관계는 예상하지 못했던 방향으로 흘러갔다. 학교에서 또래인 그와 나를 엮어서 '젊은 일꾼'으로 생각하거나, 학생들이 그와 내가 한편일 거라고 믿는 것과 실상은 전혀 달랐다. 감염병의 여파로 온라인 수업만 진행되고 있는 탓에 그와 대면할 일은 그리 많지 않았다. 그러나 나는 날마다 그를 생각했다. 설거지를 하다가도 원고를 쓰다가도 분리수거를 하다가도 그의 얼굴이 떠올랐다.

"제가 뭐 그럼 강선생님께 사과라도 드려야 되는 건가요?"

그렇게 따져 묻던 서정수의 목소리가 생생했다. 어쩌다 대면 회의를 하면 서정수는 다른 사람들과는 두루 눈을 맞춰가며 이야기하면서 내 쪽은 전혀 돌아보지 않았고 내가 그에게 질문을 하면 은근히 대답을 피했다. 그의 말대로 그는 내 상사도 아니었고 대단한 권력을 가진 사람도 아니었다. 그렇기에 나조차도 그가 나를 괴롭히고 있는 거라고 단정하기 어려웠다. 다만 나는 그를 보는 날이든 보지 않는 날이든 그를 떠올렸다. 편두통처럼 늘 고통이 따라붙었다.

수아가 떠나고 두어 시간이 흐른 뒤 언니에게서 전화가 걸려왔다. 나는 받지 않았다. 수아에 관해 이야기를 나눠야 한다고 생각하니 망설여졌다. 언니는 내게 문자를 보냈다.

'아가씨, 수아를 돌봐줘서 고마워요. 수아가 잘 지냈다고 이야기하더라고요. 고모가 자기를 이해해주는 것 같아서 고마웠다고, 갑자기 나와버려서 죄송하다고요. 수아에게 들었어요. 프랑스 고모랑 연락했다는 이야기를 밑도 끝도 없이 했다고. 애아빠는 아직 몰라요. 너무 걱정하지 마세요. 큰아가씨에게 얼핏 들었던 모양이에요. 페이스북 메시지를 주고받았대요. 잘못하면 아빠에게 상처를 주는 일만 된다고 이야기했다가 말다툼이 커졌어요. 차차 풀어나가야 할 문제겠죠. 이렇게 아가씨에게까지 폐를 끼치게 되어 심란하네요. 아무튼 고맙습니다.'

나는 천천히 문자를 읽었다. 큰아가씨는 예리를 말하는 것이었다. 예리는 '프랑스 고모'에 대해 얼마나 알고 있을까. 적어도 한때는 내가 예리보다 그에 대해 아는 바가 많았다. 수아를 붙들고 무슨 이야기를 했길래…… 생각하다보니 큰고모가 나를 붙들고 어른들의 비밀에 대해 이것저것 속닥였던 게 생각났다. 그러나 무엇보다 언니가 걱정됐다. 곧 지방에 내려가야 할 언니가 마음에 한 짐을 얹은 것 같아서였다.

권교수는 내게 서정수와 평생 봐야 될지도 모른다고 말했었다. 권교수는 내가 작가라는 것은 모르고 있었다. 그가 말하는 '평생'은 정년퇴직 때까지를 말하는 것일 터였다. 서정수나 나나 전임이었고 대체로 사람들은 전임교수라면 정년이 보장되는 줄 알고 있었다. 다른 교수들도 입버릇처럼 그렇게 말했다. 선생님들은 앞으로 삼십 년 가까이 더 하셔야 되는데. 하지만 그나 나나 매년 재임용 신청서를 작성해야 하는, 서류상 정확하게는 '비정년 트랙'이었다. 정년직 교수가 되려면 언젠가 다시 채용 절차를 밟아야 하고 그때는 다른 교수들의 심사 점수도 반영될 것이었다. 과연 이게 평생이 보장되는 직업이라고 말할 만한지 확신이 없었다. 결국 서정수나 나 둘 중 누군가는 떨어져나갈 것이었다.

수아가 떠나자 남편이 없다는 사실이 다시 묵직하게 다가왔다. 더이상 방치할 수는 없었다. 나는 시누이의 연락처를 찾았다. 생일 때 말고는 서로 문자하는 사이가 아니었다. 바닷마을 언니와 다르게 나는 그녀를 아가씨라고 부르지 않았다. 결혼 전에 서로 이름을 부르기로 합의했다. 나는 시누이에게 내 남편이 가게에 잘 나오고 있느냐고 문자를 했다. 곧장 그녀에게서 답장이 왔다. 언제나처럼 발랄하게 이모티콘을 가득 넣은 문자였다.

'오빠 잘 있어요. 아직 용서해주지 않은 거예요?'

아직 용서해주지 않은 거예요?

나는 할말을 잃고 잠시 우두커니 앉아 있었다.

내가 용서하고 말고 할 일이 뭐가 있다는 건가.

*

맨발로 아스팔트를 걷거나 하의가 전부 벗겨진 채로 모르는 사람들의 눈총을 받는 장면. 어린 시절 나를 괴롭힌 악몽의 레퍼토리는 주로 그랬다. 대학 때 정신분석 세미나에 참여했다가, 양말이나 옷을 벗고 있는 꿈을 자주 꾸는 까닭은 내게 수치심에 관한 생각이 너무 많아서란 말을 들었다. 최근 내 꿈에는 이틀에 한 번꼴로 서정수가 등장했다. 친구는 내 이야길 듣더니 헛웃음을 지으며 정말 그 인간은 전 남친보다 더 지긋지긋하다고 말했다. 둘 중 하나는 죽어야 끝나지, 나는 대답했다.

시누이의 문자를 받고 나는 뒤통수를 얻어맞은 것 같은 기분이 들었다. 출근하는 남편에게 내가 뭐라고 말했는지, 그제야 떠올랐던 것이다. 당분간 집에 들어오지 말라고, 내 연락처를 차단해버리라고, 제발 좀 그렇게 해달라고 부탁했던 게 생각났다. 잠결에 내뱉은 말이었다. 아무리 그래도 그렇지, 내가 내쫓아놓고 그가 돌아오지 않는다고 망연자실했었단 말인가. 인지 기능에 문제가 생긴 건가 싶었다. 서정수와의 사건 이후에 권교수는 내게 정기적으로 검사를 받아보라고 권했다. 그의 조언대로 뇌파 검사와 간단한 지능 검사를 받았다. 변별 능력이 '보통' 사람들보다 저하되어 있다는 이야기를 듣기는 했으나, 내게 일어난 중요한 일조차 기억하지 못할 줄은 몰랐다. 나는 충격을 받았다. 남편은 그간 시누이네서 지내고 있었다. 나는 남편에게 얼른 집에 오라고 전해달라고 시누이에게 문자를 보냈다.

그가 떠나버리고 며칠이 지났을 때 나는 그런 꿈을 꿨다. 남편이 어린애들을 업고 걸리며 걷는데 그 모습이 너무 보기 좋아 꿈속에서 나는 빙긋 웃었다. 머리숱이 풍성한 그 뒤통수와 다부진 어깨, 꼬물거리며 그에게 매달린 어린애들, 그리고 저녁놀. 그 옆에서 그의 아내로 보이는 여자가 함께 웃고 있었는데 그 사람은 내가 아니었다. 그런데도 나는 남편과 그 여자의 뒷모습을 흐뭇하게 지켜보고 있었다.

그래, 가보니까 어때. 거긴 괜찮았어?

꿈에서 깬 내 머릿속에는 한동안 그 말이 맴돌았다. 남편은 아직도 습관적으로 '우리가 아이를 낳으면' 같은 말을 했는데 그럴 때마다 나는 결혼 전에 한 약속을 잊었냐며 큰소리를 쳤다. 아이를 낳지 않겠다고 몇 번이나 다짐해뒀지만 그가 딴소리를 할까 불안한 마음도 한구석에 늘 있었다. 그는 언젠가 그런 일이 이루어지기를 내심 기대하는 건 아닐까. 적어도 지금처럼 직장 문제로 고통받고 자기 처지를 비관하며 때론 울부짖는 나를 지켜봐야 하는 삶보다는 그런 삶이 그에게 더 좋은 거 아닌가, 나는 생각했다. 언니를 만나고 와서 나는 남편에게 그녀가 걱정된다고 말했다. 나와는 다르겠지만, 모두가 똑같진 않겠지만, 계속 단서를 붙여가며 말했다. 결국 학교라는 데가, 학교 재단이란 곳이, 교수 사회란 곳이…… 결국 나는 또 서정수 이야기를 했다. 그런 인간은 어디에나 있을 수가 있다고. 남편은 서정수란 말을 듣자 한숨을 쉬었다. 내가 겪은 사건 때문에 그도 마음고생이 만만치 않았지만, 막상 그런 반응을 보자 서러워져서 나는 화를 냈다. 얼마나 됐다고 지겹단 기색을 보이느냐며. 당신이 지겨우면 당사자인 나는 어떻겠느냐며. 당신은 아내인 나보다 같은 남자인 서정수의 마음을 더 이해하려고 노력한다고. 지긋지긋한 너희 동성 연대에 정말 치가 떨린다고. 나는 서정수 문제로 남편에게 가장 서운했을 때의 이야기를 꺼내고 말았다.

그때 남편은 내게 "어떻게 그게 가능해?"라고 물었다. 어떻게 그게 가능해? 여자들은 그게 가능한 거야? 가짜로 우는 거, 그게 어떻게 돼? 정말로 궁금하다는 듯 눈을 동그랗게 뜨고 내게 물었다. 서정수 이 인간은 나와 대화로 문제를 풀어보려는 의지가 전혀 없다며 가슴을 치는 내 앞에서. 도저히 서정수와 말이 안 통해서 눈물이라도 보이면 좀 알아들을까 싶어 울면서 말했다는 걸 남편은 내가 가짜로 울었다는 뜻으로 받아들였다. 그때 나는 체한 것처럼 명치끝으로 통증을 느꼈다. 남편이 서정수와 마찬가지로 상대방의 진심엔 관심도 없는 남자로 보였다. 나는 숨을 토하듯 겨우 말을 뱉었다.

"이러니 너나 그 새끼나 비슷하다는 말이 안 나오겠어?"

남편은 남편대로 그 말에 상처를 받았다.

남편에게서 전화가 걸려왔다. 그는 목소리를 낮추며 "이제 들어가도 되는 거야?" 물었다. 남편에게 수아가 왔었다는 이야기를 할 생각을 하니 기분이 조금 나아졌다. 그러다 다시 마음이 불편해지고 말았는데, 수아가 마지막에 한 '프랑스 고모'라는 말 때문이었다. 남편에게 프랑스 언니들의 이야기를 한 적은 없었다.

그 이야기를 단편소설로 써서 사달이 났던 것은 결혼을 하기 전의 일이었다. 작품집을 엮을 때 그 소설은 넣지 않았다. 편집자는 문제가 있는 것도 아닌데 작품집에서 제외하는 건 아쉽다고 조심스럽게 의견을 전했다. 이미 사촌들과 이야기가 끝났다면 묶어도 되지 않겠느냐고 덧붙였지만 나는 단호하게 넣지 않겠다고 했다. 나는 그 소설을 잊어버리고 싶었고, 아예 발표한 적도 없다고 생각해버리고 싶었다. 원고지 89.9매의 단편 「백년해로」는 그렇게 버려졌다. 아직도 간혹 블로그 따위에 그 소설을 언급하는 사람들이 있었다. 나는 모두가 그 작품을 잊어줬으면 하고 바랐다. 기억되길 바라는 것이 아니라 잊히길 바라는 것, 그런 마음도 가능하다는 걸 나는 처음 알았다.

오랫동안 장훈 오빠네와 연락하지 않고 지냈고, 내가 소설을 쓰는 것에 그들 모두 관심이 없을 줄 알았기 때문에 그 소설을 쓸 수 있었고 발표할 수 있었다. 여름이면 능소화가 담벼락에 너울대는 후암동 적산가옥 고택, 내가 잠깐 살았고 떠나온 뒤에도 내내 무서워했던 그 집, 그리고 내가 태어나기도 전에 큰아버지에게 버려진 두 딸에 대한 이야기. 그중 중년이 된 언니 한 명이 한국에 찾아와 동생만 만나고 싶다고 했던 이야기였다. 전부 실제로 일어난 일이었다. 내가 막 등단했을 때 "우리 가문에 드디어 황석영 같은 작가가 나오는 것이냐"며 좋아했다던 큰아버지는 내가 그런 소설을 썼다는 걸 알고 아빠에게 자식을 왜 그렇게 키웠느냐고 말했다. 아빠는 오랫동안 큰아버지가 어떤 모욕적인 말을 해도 참아왔지만 그 말에만큼은 참지 않고 버럭 소리를 질렀다. 내 자식이 소설로 좀 쓰겠다는데 뭐가 그리 문제요, 하고. 그게 그렇게 남부끄러운 일이면 애초에 왜 자식들을 버렸냐고. 옆에서 듣던 큰아버지의 사위들, 그러니까 예리와 예은의 남편들은 큰아버지와 아빠를 뜯어말렸다.

남편이 내 부모의 자랑이듯 그 사위들도 큰아버지의 자랑이었다. 특히 대형 로펌의 사무장인 예리 남편은 수시로 처가댁에 찾아가서 장인의 비위를 맞추는 남자였다. 나는 그를 한 번도 본 적이 없었다. 예리 결혼식에 가지 않았으니까. 그러니 그에게 현대소설을 읽고 스터디를 하는 취미가 있다는 걸 알 턱이 없었다. 그걸 알았다면 그 소설을 쓰지 않았을까, 뒤늦게 생각해봐도 부질없었다. 언젠가, 몇십 년 동안 소설을 써온 선배들을 만난 자리에서 들은 말만 떠오를 뿐이었다.

"부모는 자네가 무슨 소설을 써도 감내할 테지만, 친동생이라 해도 이야기가 달라져. 아무튼 직접 보고 들은 이야기라면 정말로 조심해야 해."

엄마는 예리 남편이 로펌에서 일하는 걸 걱정했다. 주변에 율사들 천지인데, 혹여나 법적으로 걸고넘어질 일이 있을까봐 신경이 쓰인다고 했다. 나는 그때 일을 떠올리면서, 자기 아버지의 흠이 지면에 적힌 걸 두고 화를 냈다는 예리가 아무것도 모르는 조카에게 제 입으로 떠들어댄 것이 웃긴다고 생각했다. 한창 예민한 나이인 수아가 어떻게 그런 이야기를 감당해낼 수 있을까. 나도 감당하기 어려웠고 예리 자신도 어려웠을 텐데. 하지만 수아는 우리와는 다르게, 요즘 애들답게 프랑스 언니에게 직접 연락을 했다. 수아는 그녀가 한국에 다녀간 후 그토록 그리워했던 장훈 오빠와 메일을 주고받았다는 걸 알고 있었다. 일 년 정도 메일을 주고받다가 무슨 사정인지 모를 일로 연락이 끊겼다는 것도. 수아와 그녀가 무슨 이야기를 나눴을지 조금 궁금했다.

집에 돌아온 남편에게 수아가 왔었다고 이야기해줬다. 남편도 엄마처럼 고개를 갸우뚱하며 그게 누구냐고 물었다. 장훈 오빠의 딸이라고 말해도 남편은 금세 알아듣지 못했다. 인천 그 오빠네 아이인데 언니를 보러 갔을 때 무심코 연락처를 건넸다고 설명했다. 남편은 수아가 제 엄마와 싸우고 우리집에 왔었다는 말을 듣고는 혀를 차며, 그런 자식을 두고 지방에 내려가야 하는 엄마의 마음이 무겁겠다고 말했다. 언니 걱정을 하다 나는 문득 우리가 누굴 걱정할 처지인가 생각했다. 그간 남편이 집을 떠나 있었던 것에 대해서 우리는 이야기하지 않았다. 마치 아무 일도 없었던 것처럼.

*

내 꿈은 언제나 현실의 나보다 정직했다. 불면증 치료를 위해 권교수에게 처방받은 약들 중에는 부작용이 '이상한 꿈'이라고 안내된 것이 있었다. 무심코 복약지도 설명서를 읽어내려가던 나는 그 대목에서 피식 웃었다. 평생 이상한 꿈을 꾸고 살았던 나로서는 그것도 증상이란 말이 다소 어이없었기 때문이었다. 나는 매일 이상한 꿈을 꾸었다. 그날 보거나 겪은 것들 중 조금이라도 마음에 남은 게 있다면 꿈에서 왜곡된 형태로 나타났다. 엉망진창인 파노라마를 되짚어보자면 가볍게 읽은 정신분석 이론이 희미하게 떠올랐다. 대학 때 가장 유행하는 학문이었던 정신분석학을 얕게라도 자주 접했기에 꿈이 현실의 왜곡된 반영일 수 있다는 걸 알았다. 아마 그런 이론을 평생 들어보지 못했다면 잠에서 깨고 나서도 얼마간 머릿속을 잠식하는 왜곡된 이미지들을 감당하기가 더 어려웠을 것이다.
하지만 때론 그런 이미지들이 무엇을 뜻하는지 정확히 알기에 더욱 힘들 때도 있었다.

수아가 다녀가고 며칠간 나는 수아와 관련된 꿈을 꾸었다. 서정수가 등장하는 빈도가 덜하니 다행인가 싶었다가 곧장 깨달았다. 이건 결국 새로운 레퍼토리인 듯 재생되는 이상한 꿈이라는 것을. 엄밀히 말하면 수아를 경유해 다시금 내게 도달하는 지긋지긋한 학교와 관련된 악몽이었다.

집에 돌아온 남편에게 짐짓 아무렇지 않은 척하려고 애쓰면서 수아와 함께 보낸 며칠을 즐거운 추억인 양 묘사했지만 때로 거짓을 말하고 있다고 생각했다. 꿈에서 수아는 매번 내게 이렇게 말했다.

그게 정말이에요? 교수님들 잠옷 입고 수업한다는 거.

짝다리를 짚고 비딱한 자세로 화장대에 기대선 수아. 식탁에 앉아 밥을 먹으며 뭐라고 뇌까리는 수아. 냉장고 문을 활짝 열고 코를 킁킁거리는 수아. 요가 매트를 내달라고 요구하는 수아. 내가 실제로 본 그 모든 수아가 꿈에서 하는 말은 한결같았다. 교수님들 잠옷 입고 수업하는 거 맞냐고. 그 말을 듣는 나는 상의나 하의가 벗겨져 있다. 우스꽝스럽게도 벌거벗은 채로 양말만 신고 있을 때도 있다. 내가 왜 이런 꿈을 꾸는지 알았다. 수아의 무람없는 행동들이 실은 거슬렸던 것이다. 수아가 자꾸만 교정의 학생들과 겹쳐 보였던 것이다. 하지만 나는 애써 그 사실을 외면했다. 그런 어른이 되고 싶지는 않았기 때문이다. 인생 좀더 살아봤다고 아이를 함부로 평가하는 어른. 수아를 보고 있노라면 내가 어릴 적에 어른들 눈치를 봤던 게 생각났다. 후암동 집에 얹혀살 때는 물론이거니와 나는 그 누구의 집에서도 이것저것 꺼내보거나 뭘 달라고 먼저 요구하지 않았다.

그러나 이상하게도 정반대의 내 모습이 보이기도 했다. 수아가 어른들 앞에서 참람한 짓거리를 일삼는 학생들과 겹쳐 보이기도 했지만, 어린 시절 풀죽어 있던 나와 겹쳐 보인 것도 사실이었다. 나는 할 수 없었는데 너는 할 수 있는 것들이 많아서 좋다고 생각했다. 눈치를 보지 않는 수아가 언뜻 나와 같다고 생각하면 보상받는 기분이 들었지만 학생들 같다고 생각하면 거슬렸다. 두 개의 상반된 마음 모두 내 진심이었다.

다만 현실의 나는 보다 솔직하지 못했다. 남편이나 엄마에게 말할 때뿐만 아니라 속으로 생각할 때도 대체로 나는 옛날의 어른들과는 비교할 수 없는 괜찮은 고모였고 수아는 자유분방하지만 속깊은 아이였다. 꿈속에서는 달랐다. 수아는 내 화장대를 툭툭 건드렸고 냉장고에 방치된 상한 음식냄새를 맡으며 나를 짜증나게 했다. 어디서 대학 비대면 수업 이야기를 주워들었는지 내 앞에서 교수들을 비웃기까지 했다. 나는 몸도 마음도 다소 벌거벗겨진 채로 아이를 노려보았다. 네가 뭘 안다고 그래, 라는 말이 목구멍에 솟구쳤다. 정확하게는 너희들이 뭘 안다고 그래, 라는 말. 명함을 받았다고 냅다 연락해서 찾아오고 다시 훌쩍 떠나버린 수아. 만약 큰고모였다면 뭐라고 했을까.

이상한 꿈에서 깨고 나면 고모라는 단어를 한참 생각하곤 했다. 그 아이와 나는 얼마만큼 연결되어 있을까. 가령 시누이의 딸도 내겐 조카였지만 엄밀하게는 남이었다. 큰어머니와 나의 관계가 그렇듯. 수아의 할아버지가 내 아버지의 형이므로 남이라고 할 순 없었지만, 그 존재조차 잊어버릴 만큼 오래 소식을 모르고 살았는데 가족이라고 할 수 있을까 싶었다. 그래도 나는 누군가 나를 '고모'라고 부른다는 사실이 신기했고 문득 설레기까지 했다. 어릴 적에 그 단어를 얼마나 무서워했었는지도 잊어버리고.

*

예리 남편이 내 소설을 읽었다는 이야기를 전해들었을 때 나는 당황했다. 예리 남편은 「백년해로」로 독서 클럽 회원들과 스터디를 하려고 준비하다가 그 이야기가 다름 아닌 자기 처가의 이야기라는 걸 깨달았다. 예리가 재혼 가정의 자녀라는 것도, 큰아버지가 전처와의 사이에서 낳은 자식들을 해외로 입양 보냈다는 것도 그전에는 몰랐으나 그는 '능소화 핀 후 암동 옛집'에 대해서는 들어본 적이 있었다. 작은아버지네 가족이 잠시 얹혀살았다는 이야기도. 아빠는 그 사람이 한 말을 내게 전부 전해줬다. 소설에 그려진 자기 아내의 어릴 적 모습에 당황스러웠다더라, 그렇게까지 못된 사람은 아닌 것 같은데…… 예리는 내 소설을 읽으며 입술을 떨었다고 했다. 가족이라지만 엄연히 각자 가정을 이뤄 사는 남의 허물이나 들추면서 문학한답시고 어깨에 힘을 주고 다녔냐고. 아빠가 그 말을 전할 때 엄마는 아빠의 옆구리를 찌르며 면박을 줬다. 그 이야기를 들으면서 나는 기분이 나쁘거나 화가 나지 않았다. 그저 놀랍고 조금 씁쓸했고 종국에는 퍽 슬퍼졌다. 항상 더 잘 쓰고 싶다고만 생각했다. 내 작품이 누굴 기분 나쁘게 하거나 상처를 줄 수 있다는 생각은 해본 적 없었다. 원고를 시작하면 끝내야겠다는 생각밖엔 없었다. 그런 생각도 그저 순진한 창작자의 기만이었나. 나는 아빠가 전해주는 이야기를 가만히 듣고만 있었다.

그러면서 나는 처음으로 내 소설을 수진 언니가 읽게 되는 상황을 생각해봤다. 우리 식구가 큰집에 얹혀살았던 기간은 잠깐이었지만 수진 언니와 작은고모는 꽤 오랫동안 그 집에 살았다. 나는 「백년해로」에 수진 언니도 등장시켰다. 동네에서 공부를 잘하기로 유명했지만 엄마와 함께 매일같이 구박받으며 삼촌네 집에서 더부살이하던 수진 언니. 예리 남편이 소설을 읽고 아마도 가장 놀랐을 대목은 어린 예리가 수진 언니를 학

대하는 모습이었을 것이다. 어린 나이에 인생은 견디는 것 말
곤 다른 방법이 없다는 사실을 깨달았을 수진 언니. 그녀는 옛
날 옛적에 우리를 떠났다. 후암동 큰집에서 구박과 멸시를 받
던 언니는 수능시험을 보자마자 그 집을 나왔다. 고등학생 시
절 내내 각종 기관과 재단에서 주는 장학금과 경시대회 상금
등을 모아 기백만원을 저금해놨던 수진 언니는 후암동과 멀리
떨어진 부천에 월세를 얻어 작은고모와 함께 독립했다. 대학
전액 장학금과 생활비, 도서비 일체를 지원받는 최우수 장학생
으로 선발된 뒤였다. 나는 수진 언니가 이룬 성취에 누구보다
진심으로 기뻐했다. 하지만 예리가 수진 언니를 괴롭힐 때 몇
번 방관했던 기억이 나를 오랫동안 괴롭혔다. 그녀가 수능시
험을 보기 며칠 전 나는 후암동 큰집을 직접 찾아가 선물로 엿
을 줬다. 수진 언니는 가만히 그걸 내려다보다가 말했다.

"힘들게 왜 여기까지 왔니? 나는 이미 수시에 합격해서 수
능에 목숨걸지는 않는데."

수진 언니가 그렇게 냉정하게 말하는 걸 난생처음 본 나는
어안이 벙벙했다. 지하철을 타고 집에 돌아오며 서운해서 눈
물을 찔끔거렸다. 그날 밤 수진 언니는 우리집에 전화를 걸었
다. 수진 언니는 기어들어가는 목소리로 "주현아, 미안해. 엿
준 거 정말 고마워……" 말했다. 수진 언니와 대화한 건 그때
가 마지막이었다. 부천에 월세를 얻어 떠났다는 소식을 끝으

로 언니를 본 적도 없고 근황을 들은 적도 없었다. 시간이 좀 더 흐른 후 수진 언니가 사법시험에 합격했다는 이야기를 들었고 사법연수원 성적도 훌륭했으나 곧장 변호사가 되기로 했다는 소식을 들었다. 이름만 들으면 누구나 알 법한 로펌의 변호사가 됐다는 이야기까지. 나는 수진 언니가 잘 살기를 바랐다. 가끔 구글에서 수진 언니를 검색하면 자랑스러운 동문으로 모교에서 초청 강연을 하는 사진이나 젊은 여성 법조인으로서 주목받는 인터뷰 등이 나왔다. 예리 남편이 수진 언니와 같은 로펌에서 일한다는 이야기를 들었을 때도 나는 어떤 식으로든 수진 언니와 예리가 다시 엮이는 일이 없기를 바랐다. 가장 최근에 검색했을 때는 수진 언니가 자신의 이름을 건 법률사무소를 개업했다는 소식이 나왔다. 언제나 가장 잘나고 똑똑했던 수진 언니, 하지만 딸 중에서도 가장 꼴 보기 싫은 딸의 자식이라 할머니의 지독한 구박을 받았던 수진 언니. 큰 아버지와 예리와 예리 남편이 어떻게 생각하는지보다 어딘가에서 수진 언니가 자신의 어린 시절을 대면할 수도 있다는 사실이 나에게는 더 괴로웠다.

발코니에 가서 창문을 닫던 남편이 내게 물었다.

"이 운동복들 자기 거야?"

나는 얼른 나가봤다. 미처 마르지도 않은 운동복을 급하게 걷어가던 수아가 생각났다. 정신없이 나가는 바람에 다 걷어가지 못한 모양이었다. 운동용 장목 양말 한 짝, 브라 톱, 얇은 후드 집업이 걸려 있었다. 수아가 산책을 다녀오겠다며 현관을 나서던 모습이 떠올랐다. 수아가 두고 간 운동복들을 개며 나는 어린 시절을 생각했다. 어깨가 잔뜩 굽은 수진 언니가 독서실에서 돌아오던 모습, 입술을 우물거리며 "다녀왔습니다" 말하던 모습, 이년 저년 하는 할머니 앞에서 표정을 지운 얼굴로 서 있던 모습, 예리가 발로 툭툭 건드릴 때 곧 땅속으로 꺼져버릴 것처럼 주먹을 꼭 쥐고 입술을 깨물던 모습. 언젠가 몰래 훔쳐본 수진 언니의 일기장에는 '잘못한 사람도 없고 당한 사람도 없고 세상은, 그냥 그렇게 모두가 똑같은 인간으로 살다 가는 것일 뿐일까'라고 적혀 있었다. 나는 그 말을 오랫동안 기억했다. 중학생 나이의 아이가 쓴 문장이라기엔 지나치게 어른스러웠고 중학생 나이의 아이가 써서도 안 되는 문장이라고 지금은 생각한다.

다음날 오전, 조교가 갑작스럽게 대면 회의를 소집한다고 단톡방에 메시지를 남겼다. 당일에 소집한 적은 내가 임용된 후 처음이었다. 서정수를 봐야 한다는 생각에 두통이 다시 생기는 것 같았다. 출근 준비를 하다 말고 나는 핸드폰을 다시 들여다봤다. 뭔가 이상하다는 생각이 들었다. 단톡방 인원을 보니 서정수가 없었다. 조교는 서정수를 제외하고 단톡방을 만든 거였다. 그렇다면 서정수는 회의에 참여하라는 연락을 받지 않았을 것이다. 예감이 좋지 않았다. 서정수와 관련해서 긴급하게 소집될 용건이란 뭘까. 작년 일이 생각나며 나는 무척 불안해서 견딜 수 없었다.

2부

나는 느리게 걸었다.

기왕에 학교는 엘리베이터 하나로 전부 연결되어 있었지만, 감염병 여파로 일부 출입문이 통제된 터라 곳곳을 돌아서 지나야 했다. 길치인 나는 한동안 주차장에서 본관 연구실이나 학과 사무실까지 가는 길을 헤맸다. 단출한 캠퍼스였으나 적응하는 데 시간이 걸렸다. 나는 그냥 천천히 걷기로 했다. 걸음을 재촉할수록 출입문을 헛갈리거나 하는 실수가 잦았다. 내가 이 학교로 출근하는 마음이 매양 그렇게 무겁다는 것을, 그 부담감이 자꾸 나를 헤매게 만든다는 걸 뒤늦게 깨달았다. 오래전 내가 졸업한 대학에서는 몇 년에 걸쳐 음악대학을 신축했는데 설계도와 정반대로 공사했다는 루머가 있었다. 그

건물에 들어가면 누구나 길을 잃을 수밖에 없고 동선이 꼬여 벽에 부딪히고 만다는 이야기도 돌았다. 꽤 오랫동안 잊고 있었는데 이곳에 출근을 하고부터 종종 떠올랐다. 학생들이나 교직원들이 나를 밀어내는 것이 아니라 철근콘크리트로 지어진 건물 자체가 물리적으로 나를 밀어내고 있다는 느낌을 받았다. 계절마다 색깔을 바꾸는 캠퍼스의 풍경에 감탄할 여유 같은 건 조금도 없었다.

그런 내 기분이 서정수를 대하는 태도가 되지 않도록 나는 애를 썼다. 그와 나는 정말로 비슷한 처지일 수도 있었다. 결코 한편이 될 수는 없겠지만 캠퍼스의 다른 누구보다도 그의 사정을 이해해볼 수 있었다. 오십보백보일 것이 분명한 연봉, 그간 우리가 쓴 작품들을 엮어 별 볼 일 없는 실적이라는 둥, 작품 잘 쓰는 방법을 가르치지 말고 취업 잘 되는 방법을 가르치라고 훈수 두는 윗선의 막말을 듣는 일, 강의 평가에 은근하게 서려 있는 학생들의 모욕적이고 무례한 태도들, 나아가 그들의 커뮤니티와 SNS에 외모 비하를 포함한 욕설이 올라오는 것까지. 그런 일을 겪을 때면 나는 나만 겪는 일이 아니라고 생각했다. 당연히 서정수 역시 비슷한 일을 겪을 것이었다. 그러나 그렇다고 해서 어떻게 그를 용서할 수 있겠나, 나는 수없이 자문했다.

내가 천천히 걷는 동안 학생들 한 무리가 묵례를 하고 지나갔다. 여느 날보다 마음이 무거웠다. 학교에 서둘러 오는 바람에 회의까지는 삼십 분 넘게 남아 있었다. 당일 오전에 교수 전체를 불러낼 만한 사안이 무엇인지 정확히는 알 수 없었지만, 서정수와 관련된 일일 거라는 확신이 들어 못내 불안했다. 섣부른 추측이 아니었다. 작년에도 그랬다. 작년에도 교수들은 특정한 사람을 제외하고 자기들끼리 모여 회의를 했다. 그때 배제된 사람이 바로 나였다. 나는 그 사실을 나중에야 알았다. 그런 식의 회의가 또 소집될 줄은 몰랐다. 이젠 서정수 차례였다.

서정수와 내가 왜 한편이 될 수 없는지 학생들이나 친구들에게 입장을 밝힐 때 나는 이런저런 이유를 댔는데 내 말을 들은 이들은 대개 한마디로 일축했다.

그는 남성이고, 남성 작가다.

그와 나는 종종 '젊은 작가'로 묶였다. 그리고 당연하게도 우리에게 막말을 하는 윗선은 그와 나를 젊은 말단 교수로 묶어 취급했다. 나는 그 모든 일이 순전히 그가 남성이기 때문에 벌어졌다고 쉬이 인정하고 싶지 않았다. 그러나 서정수의 아내가 내게 연락해왔을 때, 세간에서 납작하게 뭉뚱그려 쓴다고 여겼던 말, '남성'이라는 그의 정체성에 대해서 생각하지 않을 도리가 없었다. 서정수가 나를 겨냥하는 글을 페이스북에 올릴 때마다 꼬박꼬박 '좋아요'를 눌렀던 그의 아내는 얼마

지나지 않아 내게 일방적으로 커피 쿠폰과 뷔페 식사권을 보내왔다. 부부 동반으로 식사를 함께하자는 얼토당토않은 제안을 하기도 했다. 나는 기가 막혔지만 예의를 갖춰 정중하게 거절했고 그뒤 며칠 동안 밥을 입에 대지 못했다.

회의실에 도착한 나는 다른 교수들 앞에서 서정수를 평가해야 한다면 어떤 표정을 지어야 할지 생각해봤다. 아무리 생각해봤자 뾰족한 수가 없다는 건 잘 알고 있었다.

*

앞으로 내가 무슨 일을 겪게 될지 짐작조차 못했던 첫 학기에 서정수와 줌으로 이런 대화를 나눈 적이 있었다.

"선생님도 생활기록부를 내셨나요?"

온라인 회의가 끝나자마자 모두가 잽싸게 빠져나간 뒤 먼저 나갈 타이밍을 놓친 서정수와 줌 대화방에서 멀뚱하게 서로를 바라보다 내가 던진 질문이었다. 회의 내내 꼿꼿하게 앉아 있던 그는 별안간 몸을 기우뚱 움직이더니 늘어지는 자세로 고쳐 앉았다. 그가 한쪽 입꼬리를 올리며 피식하고 웃었다. 그러고는 양손을 깍지 낀 채 피곤하다는 듯 뒤통수를 연신 눌렀다.

"아, 예, 저도 제출했었죠. 황당했죠."

"그러셨군요. 저는 지원 서류 준비하다가 그 대목을 보고 너무 놀라서 하마터면 포기할 뻔했어요."

"아니, 그런 일로 지원을 포기할 뻔했다고요?"

그는 여유가 넘치는 표정으로 웃으며 덧붙였다.

"그런 것까지 내야 되나 싶긴 하지만 못 낼 것까진 없잖아
요."

"네, 그렇긴 한데 제가 행정 업무에 좀 약해서…… 그렇게
쉽게 생활기록부를 발급받을 수 있는지도 몰랐고요."

"아, 이런 데서 또 우리가 약간 세대차이가 나네요."

느닷없이 튀어나온 세대차이라는 말에 나는 당황했다. 그는
나보다 고작 두 살 더 많았다.

"저희 학년까지는 인터넷으로 생활기록부 발급이 안 되거
든요."

"그런가요? 아, 저도 봤던 것 같아요. 특정 연도 이후의 졸
업생만 가능하다고."

"그렇게 된 게 교육행정정보시스템인가, 그 프로그램 때문
에 그렇잖아요. 전교조 선생님들께서 개인정보 침해라며 반대
집회 하셨던 게 엊그제 같은데, 결국 그것 때문에 선생님은 편
하게 발급받으셨네요."

그 옛날 일을 엊그제라며 눙치는 것도 다소 어이없었다. 그
에게 말을 건 걸 후회하며 나는 억지웃음을 지어 보였다. 고개
를 까딱 숙이며 대화를 마무리하려는데 그가 말을 이었다.

"생활기록부를 내라는 게 어이없긴 했지만 오랜만에 보니까 또 감회가 새롭더라고요."

"네, 선생님은 성적도 좋으셨을 테니까……"

나도 모르게 내뱉었다. 서정수의 고등학교 성적이 좋았을 거라는 건 누구라도 알 수 있는 사실이었다. 그는 나보다 훨씬 '좋은' 대학을 나왔으니까. 그가 눈을 동그랗게 뜨며 되물었다.

"강선생님도 성적이 좋으셨겠죠. 아닌가요?"

내가 인터넷으로 '편하게' 발급받은 고등학교 생활기록부를 보고 처음 느낀 감정은 처참하다는 것이었다. 수우미양가로 등급이 매겨진 성적 때문이 아니었다. 출결 기록에 무단결석 이력이 있어서였다. 엄마에게 머리카락을 잘리고 며칠간 학교에 가지 못했던 그때였다. 엄마가 담임교사를 따로 만나 촌지까지 건넸는데, 담임교사는 내가 학교에 가지 않은 첫날을 무단결석으로 처리했다. 엄마가 사정을 설명했는데도 무단결석으로 처리한 이유를 알 수가 없었다. 무단결석을 한 건 고등학교 삼 년을 통틀어 그때 단 한 번이었지만, 그건 너무나도 눈에 띄는 오점이었다. 억울하고 분했으나 잊고 사는 수밖에 없었다. 그런데 십수 년 만에 그걸 다시 보니 비참한 감정이 새삼 떠올랐다. 무단결석을 했던 학생이 교수가 된다. 내가 생각해도 이치에 맞지 않는 일 같았다. 면접을 볼 때도 내 앞에 마주앉아 있는 사람들이 서류를 봤다고 생각하니 기가 죽었다.

그 때문에 더욱 서정수와 대화를 나누는 게 불편해졌다. 그는 생활기록부가 평생의 자랑거리일 수 있는 사람이었다. 그의 페이스북 프로필에는 학벌주의에 반대하며 출신 학교를 밝히지 않겠다는 메시지가 적혀 있었다. 그러나 그의 페이스북을 들어가본 사람 중 그가 졸업한 학교를 모르는 사람은 없을 것이다.

남편은 내 이야기를 듣고 웃으며 어깨를 쳤다.

"에이, 그깟 대학교. 콤플렉스 있는 건 아니지?"

별것 아닌 일들을 두고 내게 '콤플렉스 있는 거 아니냐'고 농담하는 건 남편의 말버릇이었다. 남편이 그렇게 말하면 나도 같이 웃고 넘겨야 했다. 기분이 나빴지만 티내지 않으려고 꾹 참았다. 반면 그 이야기를 들은 친구는 이렇게 말했다.

"그건 아니지. 서정수, 누가 들어도 입결 좋았다고 뻐기고 다니는데. 그 나이에도 그런다는 걸 학생들은 알까."

"알고 보니까 외고 출신이더라고."

"대학이 문제가 아니네. 그 외고 출신들 자부심을 누가 이겨."

"뭐, 대놓고 언급하는 것도 아닌데 정말로 내 콤플렉스 때문일 수도 있지."

"나는 아니라고 본다."

얼마 안 돼 문제가 터졌을 때 나는 친구가 한 그 말을 떠올렸다. '학생들은 알까.' 과연 학생들 역시 서정수의 태도를 문제삼고 있었다. 학생회가 학교에 제출한 민원 서류에는 이런 말이 적혀 있었다. '수업시간에 본인의 학력을 자랑하는 듯한 발언을 서슴지 않으며, 본교 재학생과 졸업생을 무시하는 뉘앙스로 이야기하기도 함.' 그 대목을 읽는데 서정수와 나눈 대화가 떠올랐다. '자랑하는 듯한'이나 '무시하는 뉘앙스'라는 표현이 온당한지, 교수의 말에 기분이 상한 게 민원을 넣을 만한 일이 되는지 판단하기에 앞서 나는 학생들의 말에 공감했다. 그게 뭔지 나도 이미 느껴본 적 있으니까. 만약 나에 대한 비난이 이어지지 않았다면 나는 학생들 편에 설 수 있었을까. 재학생들이 익명으로 작성했다는 의견서에는 서정수보다 나에 대한 문제 제기가 더 많았다.

　그때 마침 나는 〈더 체어〉라는 드라마 시리즈를 보고 난 후였다. 미국 대학의 영문과를 배경으로 교수들의 이야기를 다루고 있어 공감 가는 대목이 많았다. 특히 정전인 『모비 딕』을 읽는 수업을 둘러싸고 일어나는 에피소드가 인상적이었다. 학생들은 오래전 테뉴어(정년 보장)를 받은 늙은 백인 남성 교수가 아니라 젊은 흑인 여성 교수에게 수업을 받겠다며 수강신청을 하지 않는 것으로 자신들의 입장을 분명히 드러낸다. 또한 개인 사정을 핑계로 수업에 번번이 지각하고 나치와 관련한 부적절한 언행을 한 교수를 보이콧하며 캠퍼스 안에서 집회를 열기도 한다. 나는 이 드라마를 보며 나 자신에게 여러 번 놀랐다. 교수가 되기 전이었다면 조금도 불편하지 않았을 장면들 때문이었다. 공청회가 열리고 자신에게 사직을 요구하는 학생들 앞에서 입장을 밝히는 교수. 나는 그의 난감함에 더 마음이 쓰였다. 드라마의 첫 에피소드에서 학과장이 된 후 첫 출근한 한국계 여성 교수는 연구실 책상에서 누군가 선물한 명패를 발견한다. 명패에는 다음과 같은 장난스러운 말이 적혀 있다. '온갖 잡것들 중 우두머리 잡것FUCKER IN CHARGE OF YOU FUCKING FUCKS'. 드라마가 워낙 화제였기에 교무 회의에서도 이야기가 나온 적 있었다. 한 선배 교수는 학생들의 집회가 마치 철없는 진상들의 소란처럼 그려진 터라 불편하다고 이야기했다.

"요즘 말로 '트롤'이라 해야 하나, 마치 그런 걸 보는 느낌이랄까요."

나는 드라마의 연출 방식에 대한 비판에는 동의했으나 그것이 불편하다고까지 말하는 데는 의문을 가졌다. 그는 이십 년간 교수 생활을 해온 사람이었는데, 보이콧을 외치는 학생들 앞에 선 교수의 난감함에 대해선 조금도 공감하지 않았는지 궁금했다.

한갓지게 드라마에 대한 감상을 나눈 지 며칠이 되지 않아 학생들이 서정수와 나를 묶어 민원을 제기했다는 소식을 들었다. 전임 교수들의 수업 태도를 문제삼는다는 의견서는 몇십 페이지에 달했다. 이십 년, 삼십 년 가까이 재직한 교수들의 이름은 어디에도 없었다. 그야말로 '온갖 잡것들 중 막내 잡것'인 그와 나에 대한 이야기뿐이었다. 교무 회의에서 '학생들의 요구가 그렇게 몰지각하게 그려져서는 안 된다'고 말했던 그 교수를 떠올렸다. 나는 그제야 교수가 그때 왜 그렇게 이야기했는지 깨달을 수 있었다.

자기에게는 그런 일이 일어나지 않으리라고 확신하는 정년직 교수의 여유.

의견서를 받아보고 나서 나는 서정수와 일시적으로 한편이 될 수밖에 없었다.

*

소라방 주꾸미라고 알아? 어둠을 찾아 소라에 숨어든 주꾸미를 포획하는 거야. 그렇게 어두운 곳에 침잠하는 마음이 가장 먼저 들키고 가장 먼저 먹잇감이 돼. 숨어들지 말고 낮아지지 마. 정글의 짐승처럼 어깨라도 펴서 몸집을 부풀려. 강해 보여야 잡아먹히지 않아.

나는 학생이 제출한 소설을 소리 내서 읽었다. 분할된 줌 화면의 구석에서 합평을 받는 학생이 눈을 내리깔았다. 나는 마음속으로 감탄했다. 어둠을 찾는 마음이 가장 먼저 먹잇감이 된다. 특별히 개성적인 아이디어라고 할 수는 없으나 충분히 문학적인 비유였다. 무엇보다 작품 전체에 '어둠에 침잠하는 마음'이 무엇인지 선명하게 드러나 있었다. 진지하고 성실한 작품이었다. 그러나 나는 그런 생각을 입 밖에 내지 않고 도리어 이렇게 말했다.

"주꾸미가 소라에 숨는 이유는 인간의 그것과는 다를 텐데요."

내 말이 너무 차갑게 들렸는지 학생의 얼굴이 일그러졌다. 나는 그 모습을 흘낏 보며 말을 이어갔다.

"인간의 관점에 입각한 비유나 과도한 의인화를 조금은 자제하면 좋을 것 같아요."

학생은 내내 눈을 내리깔고 있었다. 사실은 좋은 작품이라고 생각한다는 격려를 학생에게 끝내 해주지 못했다. 부족한 부분이 있지만 좋은 작품이라고 생각한다고, 그러니 용기를 잃지 말고 계속 작품을 써나가라는 말을 해줄 수도 있지 않나. 내가 훌륭한 교수였다면 당연히 어떤 방식으로든 학생을 격려했을 것이다. 그런데 왜 그렇게밖에 말하지 못했을까. 한참 후에야 나는 깨달았다. 대학 시절 시 창작 수업에서 들은 교수의 말 때문이었다. 합평을 위해 제출한 내 시에 있는, '나이가 들다보니 세포도 늙어가나봐요'라는 마지막 행에 대해 교수는 이렇게 말했다.

"세포가 늙어가다니, 그런 일은 절대 없다는 거 알죠?"

시 창작에서 이 정도 비유도 허용될 수 없나, 생각하며 조금 억울해했고 이후 학생들의 작품을 볼 때마다 비과학적이거나 이치에 들어맞지 않는 비유를 하나하나 골라내는 버릇이 생겼다. 그 말 때문에 이런 버릇이 생긴 스스로가 한심하게 느껴졌다. 게다가 그때 그 교수는 비판을 한 뒤 섬세한 격려를 하는 걸 잊지 않았다. 하지만 소라방 주꾸미를 다룬 작품을 합평하며 내가 한 가장 큰 실수는 따로 있었다.

강해 보여야 잡아먹히지 않는다는 작품 속 진지한 충고는 주인공인 화자가 자신의 연인에게 건네는 말이었다. 자신이 퀴어라는 사실을 일터에서 아우팅당한 연인에게. 연인이 느끼는 절망이 자기와 무관하지 않으며, 오히려 절망의 폭풍우 속에서 함께 웅크리고 있는 사람이 하는 말이었던 것이다. 소설에 두 사람이 연인이라거나 퀴어라는 사실이 직접적으로 등장하지는 않았지만, 작품을 꼼꼼히 읽었다면 누구나 알 수 있는 사실이었다. 아니, 그 사실을 모른다면 작품의 내밀한 주제의식에 접근조차 할 수 없었다.

그런데 나는 수업시간에 그 사실을 언급하지 않았다.

작품에 쓰여 있지 않은데 내가 먼저 퀴어라고 말하기가 조심스러웠다. 남성인 두 주인공이 연인이라고 전제하는 것 역시 그랬다. 나는 에둘러 '이 두 인물은 아마도 꽤 깊은 감정을 나누는 관계인 것으로 보인다'고 말했다. 그것으로 어느 정도 표현했다고 생각했는데, 후에 학생은 강의 평가에 이렇게 남겼다.

'작품의 기본적인 줄거리조차 파악하지 못하는 교수에게 평가를 받고 싶지 않습니다. 작품의 기본적인 줄거리조차 파악하지 못하는 교수는 함량 미달이라고 생각합니다.'

학생이 두 번이나 강조한 '기본적인 줄거리'란 표현을 나는 한참이나 바라봤다. 물론 강의 평가는 익명으로 하는 것이었으나, 누가 작성했는지 모를 수 없었다. 말투나 문체는 지문 같은 것이니까. 〈더 체어〉의 늙은 교수는 자신에게 꾸준히 악평을 남기는 학생을 추적한다. 내게는 그런 장면이 비현실적으로 느껴졌다. 물론 도의적으로 추적해서는 안 되는 일이지만, 아예 추적할 필요가 없었다. 게다가 설령 누가 작성했는지 알아낸다 한들, 그리고 당사자에게 이야기한다 한들 뭐가 바뀐단 말인가. 적어도 강의 평가는 모두가 합의한 자유로운 비평 공간이어야 했다. 학생이 감정을 수습하지 못하고 꾹꾹 눌러 썼을 '함량 미달'이란 말도 받아들여야만 했다.

이후 그 학생은 다른 학생들과 달리 의견서에 유일하게 실명으로 입장을 밝혔다.

그는 내가 기존에 발표한 작품 중에 퀴어 소설이 있다는 사실과 내가 기혼자라는 사실을 언급하며 남성과 결혼한 이성애자 여성 작가가 레즈비언 커플이 등장하는 소설을 쓴 것에 대해 '기만적'이라고 말했다. 그런 평가는 그 소설을 발표했을 때에도 이미 들은 바 있었다. 그때 나는 수없이 자문했다. 나 자신이 퀴어가 아니면서 그것을 다만 소재로 소비하는 '퀴어베이팅'을 한 것은 아닌지. 그런 면에서 그 작품은 여전히 내게 숙제였다. 그러나 그런 말을 공개된 의견서에서 접하자 당혹스러웠다. 어쨌거나 의견서는 교수가 쓴 작품에 대해 평가하기 위한 것은 아니었으니까. 내가 그 의견서를 단지 강의에 대한 평가라고, 순진하게 믿었을 때까지는 그랬다.

학생은 제법 긴 분량으로 나에 대한 평가를 이어나갔다. 수긍되는 대목이 하나도 없는 것은 아니었다. 오히려 나는 대부분의 평가에 고개를 끄덕였다. 학생들의 작품에 대해 불성실한 생활기록부처럼 빤한 말만 늘어놓는다는 점이나 시간 분배를 잘 하지 못해 제대로 다루지 못한 작품들이 있다는 점도. 그러나 '퀴어베이팅 같은 것이나 해온 기혼 여성 작가이자 교수'가 퀴어를 다룬 학생의 작품을 대충 읽고 기본적인 줄거리조차 파악하지 못했다는 지적 앞에선 그저 놀랄 수밖에 없었다. 처음으로 학생을 만나 직접 얘기하고 싶다는 기분에 사로잡혔다. 뭐라고 말할지 아무리 생각해봐도 고작 떠오르는 말이라곤 '난 당신의 소설이 퀴어를 다룬다는 사실을 파악하고 있었다고요!'밖에 없는 주제에.

전공 특성상 학생들은 곧 독자이자 소비자였고 엄격한 리뷰어였다. 그러나 서정수에 대해서는 단 한 줄도 그런 방식의 문제 제기가 없었다. 이야기를 전해들은 친구는 학생들이 서정수의 작품에는 애초에 관심조차 없기 때문이라고 말했지만 그런 말이 위로가 될 리는 없었다. 학과장도 문자메시지와 전화로 내게 위로를 전했다. 학과 예산을 횡령한 교수도 무사히 정년퇴직한 마당에 이런 일로 실질적인 곤경을 겪지는 않을 거라고 그가 말했을 때, 나는 가슴이 덜컥했다. 이런 일이 누적되면 결국 그런 교수가 되는 거 아닌가, 하는 생각이 들어서였다. 한번은 울면서 그에게 말했다.

"교수님, 저는 이미 적폐가 된 것 같습니다."

서정수와 한번 만나서 상의하고 싶다는 생각도 했다. 그는 이 상황을 어떻게 버텨내고 있을지 궁금했고, 잠시나마 나와 비슷한 처지에 놓인 그가 안쓰럽게 여겨지기도 했다. 학과장이 내게 소리를 버럭 지르기 전까지는, 그러니까 나를 제외하고 열린 교수 회의에서 서정수와 그의 개인 조교 노릇을 한다는 학생이 뭐라고 진술했는지 알기 전까지는 말이다. 오래전 그와 함께 지하철을 타고 귀가했던 날의 풍경이 떠올랐다. 합정역 근방에서 행사를 마치고 그와 함께 2호선 열차에 올랐다. 나는 신림동에서 자취할 때였고 그는 남태령 쪽에 살아 사당역에서 4호선으로 갈아타야 한다고 했다. 그때 나는 결혼 전이었고 그는 결혼한 후였다. 학교에서 만나기 전에는 그럭저럭 괜찮은 관계를 유지하고 있었다고, 나는 오랫동안 그렇게 믿었다. 그가 그날 자신의 아내에 대해 뭐라고 내뱉었는지 잊고 있었다. 아내가 이십대 중반이라는 사실을 그가 얼마나 자랑스럽게 떠들었는지. 반백수나 마찬가지인 자기를 부양하느라 아내가 얼마나 열심히 돈을 벌고 있는지, 그녀가 시가에 얼마나 잘하는지, 귓속이 썩어 문드러질 것 같은 그런 말들을 나는 군말 없이 들어주었던 것이다. 마침내 신림역에 도착했다는 안내 방송이 나올 때 느꼈던 해방감마저 나는 잊고 있었다.

*

회의 시각에 가까워지고 있었다. 책을 아무리 들여다봐도 눈에 들어오지 않아서 나는 인스타그램을 켜서 예리의 계정에 들어갔다. 수아가 돌아가고 나는 예리의 인스타그램 계정을 찾아봤다. 중학생 시절에 예리는 친구가 키우던 강아지 이름에 자기 생일을 붙여 메일 주소를 만들었고, 나와 마지막으로 연락한 대학 시절에도 메일 주소는 바뀌지 않았었다. 그대로 검색해봤더니 계정 하나가 나왔다. 책으로 육아하는 엄마, 강

예리. 예리의 계정 이름이었다. 팔로어 수가 몇천이나 됐고 올라와 있는 게시물도 많았다. 그뒤로 나는 틈날 때마다 예리의 인스타그램에 들어가봤다.

육아 계정으로 제법 인기를 끄는 모양인지 게시물 하나에 광고가 네댓 개씩 붙어 있었다. 연예인이 아닌데도 협찬을 받는다는 게 신기했다. 협찬 품목도 매우 다양했다. 아이 옷이 가장 많았고 공기청정기나 거실 소품들도 있었으며 예리가 입은 실내복에도 협찬 딱지가 붙어 있었다. 유년 시절부터 지금까지 예리를 보면 참으로 놀랍다는 생각만 들었다. 별다른 재주랄 게 없어 보이는데 언제나 주목을 받았다.

학과장이 문을 벌컥 열고 들어왔다. 나는 화들짝 놀라 핸드폰을 닫고 일어서서 인사를 했다. 조교가 뒤따라 들어오며 간식거리를 테이블에 놓았다. 나는 옆에서 그 일을 거들었다. 학과장은 의자에 앉은 채 심기가 불편한 표정으로 눈을 감고 있었다. 그는 화가 치밀어오를 때면 눈을 감는 버릇이 있었다. 우리 엄마와 연배가 비슷한 그는 내가 초등학교에 입학하기도 전에 등단한 사람이었다. 나는 그를 볼 때마다 '꽃목걸이'란 말이 떠올랐다. 그는 학과 예산을 횡령했는데도 무사히 정년 퇴직한 교수 이야기를 내게 전해주며 이렇게 말했었다.

"뭐 별일이라고 그 난리들이랍니까. 죄를 짓고 꽃목걸이를 걸고 나간 사람도 모르면서!"

그는 오랫동안 교수로 지내면서 별별 꼴을 다 겪었다며 이런 일은 아무것도 아니라고 웃으며 말했다. 그러다 어느 날은 자신이 말년에 왜 이 고생을 해야 하느냐며 화를 냈다. 도대체 젊은 교수들이 왜 학생들의 신임을 얻지 못하냐고 서정수와 나를 묶어 비난하기도 했다. 한동안 눈을 감고 있던 그가 입을 뗐다.

"내가 오래전에 그런 말을 들었는데요, 강선생."

"네, 교수님."

"사람을 잘 들이는 게 중요하다고."

또 무슨 말을 하려나 싶어 긴장이 되었다. 그는 눈을 게슴츠레 뜨며 피곤하다는 듯 말했다.

"작년에도 그랬지만 참 골이 아프네요."

그때를 생각하면 누구보다 골이 아픈 건 나였다.

서정수가 어떤 학생과 가깝게 지내는지 나로서는 알 수 없었다. 알고 싶지도 않았고 알 필요도 없는 일이었다. 나를 제외한 회의가 열린 날 서정수를 따라와서 나에 대해 모함한 학생이 남학생이 아니라 여학생이라는 걸 알았을 땐 조금 놀랐다. 나는 당연히 남학생이라고 생각했던 것이다. 그 학생은 내가 신경정신과 약을 복용하고 있어 학생들에게 반말을 하는 등 부적절한 언행을 보였다고 했다. 나는 그게 모함이라는 걸 증명하기 위해 그간 학생들과 나눈 메일과 문자를 모두 출력해 교수들에게 제출했다. 교수들은 내게 자신들은 원칙적으로 판단할 것이라고 말했다. 부적절하다거나 원칙적이라는 말은 애매했다. 다만 내가 '미친 사람'처럼 행동하지 않았다는 것은 증명해내야만 했다.

"이렇게까지 해야 되나?"

나는 남산3호터널 톨게이트 앞에서 브레이크를 꽉 밟은 채 혼잣말을 했다. 길이 막힐 때는 유료도로를 이용하는 것이 습관이었지만 그날은 문득 못 견디게 화가 났다. 기껏해야 오 킬로미터 정도만 더 가면 집에 도착하는데 통행료 이천원을 내야 한다는 사실이 화가 나서 견딜 수 없었다. 나는 하마터면 소리를 지를 뻔했다. 요금 징수원한테 소리를 지른다면 정말로 미친 사람이 되는 거라고 생각했다. 학생들이 말한 대로.

퀴어베이팅을 운운하는 것까진 참아낼 수 있었으나 질병을 문제삼는 것은 결국 나를 벼랑 끝으로 몰았다. 그게 다 서정수의 계략이었다는 걸 당시에는 알 수 없었다. 서정수의 조교 노릇을 하는 그 학생은 나의 '부적절한 언행'을 문제삼으며 팔로어가 많은 자신의 SNS를 통해 공론화하겠다고 엄포를 놨다고 했다. 학과장을 비롯한 남자 교수들은 미투 이후 SNS라고 하면 치를 떠는 눈치였다. 학과장은 내게 전화해서 우리 제발 좀 편하게 갑시다, 라고 말했다. 어떻게 나를 제외하고 선생님들끼리 회의를 했느냐고 따져 묻는 내 말을 끊으며 그는 되물었다.

"강선생, 이 마당에 지금 그게 중요합니까?"

피복이 벗겨진 전선에 감전된 것처럼 손끝으로 찌릿찌릿한 통증이 전해졌다. 처음 느껴보는 감각이었다. 겨우 정신을 차리고 통행료를 결제한 나는 집으로 가는 동안 몇 번이고 이를 꽉 깨물었다. 손끝의 통증처럼 어금니로 생경한 통증이 느껴졌다.

*

"언니, 나는 컴퓨터 하는 게 너무 재미있어서 잠잘 시간도 밥 먹을 시간도 줄여서 컴퓨터를 해. 내가 없는 동안 사람들이 뭐라고 이야기를 나눴는지 너무 궁금해서 조바심이 나거든."

예리는 그 옛날부터 인터넷을 적극적으로 활용했다. PC통신 시절이던 중학생 때부터 예리는 모임의 '시솝' 노릇을 하며 정모에도 자주 나갔다. 모임에는 대학생들이 많았는데 그들 모두 중학생인 자신을 무시하지 않는다고 예리는 말했다. 무슨 깡으로 신촌이나 강남역 같은 번화가에서 어른들이랑 어울리는지 나는 알 수 없었다. 명절 때 만나면 예리는 늘 '언니 오빠들'에 관한 이야기를 주절주절 늘어놓았다. 다들 이름난 대학을 다니고 있고 좋은 차에 명품을 걸치고 다닌다고 했다. 멋지고 쿨한 그들을 보자니 자기 오빠가 새삼 볼품없게 느껴진다는 이야기도 했다. 서초동 타운 하우스에 살며 벤츠를 끌고 다니는 대학생이라니. 나는 언제나 예리가 조금씩 거짓말을 한다고 생각했지만 그땐 다소 달랐다. 예리가 말하는 그들의 정보가 너무나 구체적이었으니까.

예리의 인스타그램을 보며 나는 많은 정보를 알게 되었다. 예리가 '책으로 육아하는 엄마'라는 계정을 운영하기 훨씬 전 '미니멀 살림하는 엄마'라는 이름으로 이미 꽤 많은 구독자를 보유한 주부 유튜버였으며, 무슨 일인가를 겪고 난 후 활동명을 바꿨다는 사실도 얼마 지나지 않아 알게 되었다. 그런 만큼 아직도 유튜브에는 예리를 비난하는 댓글들이 많았다. 삭제하지 않고 남겨둔 영상들에는 꾸준히 욕설이 달렸다.

비난 댓글은 소설에 달리는 평과는 비교도 되지 않을 만큼 많았다. 유튜브를 보는 사람은 소설을 읽는 사람보다 훨씬 더 많으니까. 문득 예리가 과거 내 작품을 읽고 집안의 사생활을 공개했다며 화를 냈던 일이 떠올랐다. 그애가 얼마나 유명한 유튜버였는지 나나 우리 가족은 알 턱이 없었다. 이름과 얼굴을 걸고 하는 일이 어떤 것인지도 모르는 주제에 화를 낸다고 생각했던 내가 어리석게 느껴졌다. 예리도 얼굴을 걸었다. 예리는 자식의 얼굴까지 영상에 등장시켰다. 나는 습관처럼 예리의 유튜브 계정에 들어가 영상들을 봤다. '책으로 육아하는 엄마' 계정에 올라온, 벽면을 책으로 꽉 채운 거실과는 달리 소파조차 없는 텅 빈 거실에 앉아 간식을 먹는 아이와 베이지색 앞치마를 두르고 이곳저곳을 청소하는 예리의 모습을.

회의는 예상대로 서정수 없이 열렸다. 나는 조교를 힐끗거렸다. 그녀는 작년에 나를 빼놓고 한 회의에도 참석했을 것이다. 조교는 교수들이 나누는 말을 못 들은 척하며 앉아 있었다. 선배 교수들은 모두 언짢은 표정으로 학과에 바람 잘 날이 없다고 푸념했다. 서정수뿐만 아니라 나까지 겨냥하는 말이었는데도 나는 놀랍게도 무감했다. 서정수를 생각하면 화가 치밀어올랐고 그와 친한 학생이 나를 모함한 일을 떠올리면 죽고 싶다고도 생각했었는데, 막상 한 학기 휴학을 마친 그 학생이 복학을 앞두고 자기가 그간 서정수 교수에게 어떤 착취를 당했는지 공론화하겠다고 했다는 이야기를 듣자 허탈한 감정 이상이 들지 않았다.

이런 일을 얼마나 더 겪어야 익숙해지는 걸까, 잠시 생각했다가, 별일이 아니니 걱정 말라고 태연하게 이야기했던 학과장이 얼마 지나지 않아 분노에 차 소리치던 모습을 떠올렸다. 별일이 아니다, 살다보면 이런 일은 얼마든지 더 있다, 는 의연한 태도는 위장일 뿐이었다. 더 많이 살아봤다는 유세는 진심이 아니었다. 회의인지 뒷담화인지 모를 말이 오가는 내내 나는 서정수에게 복수하고 싶다고 생각했던 지난날의 나를 맥없이 돌이켜봤다.

"내 복수를 남들이 다 해줘."

시간이 이렇게 흘렀는데 큰고모가 나를 붙들고 했던 그런 말이 잊어지지 않아서 이런 순간에 떠오르고야 말다니, 한숨이 절로 나왔다. 저마다 한마디씩 의견이랍시고 내는데, 아무 말도 하고 싶지 않았다. 누구보다 서정수가 망하기를 바라는 사람이 있다면 바로 나일 텐데, 이상하게 어떤 말도 하고 싶지 않았다. 서정수와 내가 같은 처지가 되는 순간이라고는 그나마나 학생처장이 대놓고 비웃은 오래된 중고차를 탄다는 사실을 확인할 때밖엔 없었다. 그런 이야기를 나눈 게 언제였는지 까마득했다.

조교는 학생이 서정수를 고발한다며 학과장에게 보낸 메일을 출력해서 나누어주었다. '서교수님과 저는 건강하지 못한 관계였습니다. 저는 지나치게 서교수님에게 의존했는데, 이를 심리학적으로 공의존이라고 부른다는 것을 알게 되었습니다.' 공의존. 처음 보는 단어였다. 메일은 세 페이지가 넘어갈 정도로 길었다. 서정수가 자신에게 어떤 심리적 압박을 가했고 그로 인해 어떤 위협감을 느꼈는지 자세히 서술되어 있었지만 작년에 그와 함께 벌인 일에 대한 언급은 하나도 없었다.

그날 저녁 나는 드라이기로 머리카락을 말리는 남편의 뒤에다 대고 말했다.

"작년에 나를 공론화하겠다던 학생이 이번에는 서정수를 공론화하겠다고 그러네."

남편은 드라이기를 손에 쥔 채 멍한 표정으로 나를 돌아봤다.

"공론화라는 게 대체 뭐야?"

"그럼 공의존이라는 말은 들어봤어?"

남편은 눈이 동그래져서 대답했다.

"몰라. 그게 무슨 귀에 걸면 귀걸이고 코에 걸면 코걸이는 아니잖아."

"그러게. 나도 그렇게 생각해."

남편은 더는 묻지 않고 다시 머리를 말렸다. 정말로 공론화가 무엇인지 몰라서 되물어봤을 리는 없었다. 작년에 누구보다 열심히 SNS를 검색하며 나에 대한 안 좋은 소문이 날까 마음 졸였던 사람이었으니까. 그는 평소 즐겨 보던 강아지 사진이나 전자기기 리뷰 동영상을 보는 대신 하루에도 몇 번이고 내 이름과 작품을 검색했다. 그 사실을 잘 알고 있었지만 그가 '세상에는 거짓된 공론화도 많은 것 같다'고 말했을 때는 화를 참을 수 없었다. 그에게 그런 말이나 할 거면 더는 내 일에 관심 두지 말라고 윽박질렀다. 딴에는 위로하려고 한 말이었겠지만, 공론화라는 단어 자체가 나를 두렵게 했고 그런 내 상황이 비참했다.

막상 잠을 청하려고 하자 몸이 뻣뻣하게 굳어 평소보다 더 잠에 들기 어려웠다. 잠이 오지 않을 때 핸드폰을 들여다보고 있으면 남편은 조용히 내게 말했다. 잠에 들려는 노력 없이는 누구라도 잠에 쉽게 들 수 없다고. 하지만 나는 쉬이 잠들지 못하는 익숙한 고통 속에서 예리의 인스타그램을 봤다. 그녀는 팔로어가 몇천이나 되는 계정을 운영하며 수백 개의 댓글에 하나하나 답장을 달아놓고 있었다.

며칠이 지나자 수아가 다녀갔다는 사실이 옛일처럼 여겨졌다. 그러나 수아가 던진 말의 무게에 나는 내내 짓눌려 있었다. 동화책과 위인전과 과학책을 리뷰하는 예리의 인스타그램에 날마다 들어가보면서, 결국 내가 궁금해한 것은 프랑스 언니라는 사실을 인정하지 않을 수 없었다. 장훈 오빠의 딸이 프랑스 언니와 연락하는 일이 어떻게 가능했던 걸까. 나는 얼마 뒤 본가로 찾아갔다. 엄마는 반갑게 나를 맞고는 점심에 끓여놓은 닭볶음탕이 남았다며 서둘러 부엌으로 달려갔다. 나는 밥을 먹은 지 얼마 되지 않았다고 거짓말을 하면서 엄마를 차분하게 말렸다. 물론 엄마는 그 말을 믿지 않았다.

"엄마, 괜찮아요. 오늘은 할 이야기가 있어서 온 거예요."

"한 숟가락이라도 뜨고 하지."

"먼저 이야기하고 먹을게요, 그럼."

"어휴, 어쩔 수 없지. 그런데 너 알지? 밥은 배고플 때 먹는 게 아니라는 거."

나는 알겠다고 대답하며 화제를 돌렸다.

"엄마, 그때 그 언니는 어떻게 한국에 올 생각을 했대요?"

엄마는 내 말에 놀란 표정을 짓다가 짐작되는 바가 있는지 "수아 때문에 그러는구나" 하고 중얼거렸다.

수아가 '프랑스 고모'와 연락했다는 말을 남기고 곧장 집에 돌아갔다는 이야기는 이미 문자로 전한 상태였다. 그것 때문에 제 엄마랑 싸운 것 같다는 말도. 엄마는 '어휴, 어쩌면 좋냐, 그애들은'이라고 짤막하게 답장했는데, '어휴'라는 글자에서 엄마의 깊은 한숨이 전해져오는 것 같았다. 나는 '그애들은'이라는 말을 곱씹었다. 바닷마을 언니의 자식들을 두고 하는 말인지, 장훈 오빠 내외를 말하는 건지 정확히 알 수 없었다. 어쩌면 언니와 수아 모녀를 칭하는 말일 수도 있었다. 엄마는 아빠와 결혼한 뒤 그 집안에서 일어난 일들을 모두 지켜봤을 것이다. 언니들을 멀리 해외로 떠나보낸 게 사실이라는 걸 나는 엄마와 아빠의 결혼식 사진을 보고서야 확신할 수 있었다. 웨딩드레스를 입은 엄마 옆에 선, 큰아버지를 빼닮은 두 여자아이를 보지 않았다면 큰고모가 아무렇게나 지어낸 이야기라고 생각했을지도 모른다.

"입양된 애들은 얼굴이 변하질 않는단다."

몇 년 전 프랑스 언니를 만난 후에 아빠가 한 말이었다. 외국으로 이민 간 사람들의 자식들은 외국물을 먹은 티가 제법 나던데, 확실히 입양 보낸 애들은 그런 것이 전혀 없다고. 그게 다 자기 뿌리를 잊지 않으려고 노력하기 때문이 아니겠느냐고. 그러면서 아빠는 작은아버지, 하고 울던 그애들의 모습이 기억에 선하다고 덧붙였다. 나는 그런 식의 회한조차 그녀들을 배제한 가부장의 나르시시즘이라고 말하고 싶었으나 애써 참았다. 오랫동안 내 부모 역시 그 일에 동조한 가해자라고 생각했지만, 내가 그들의 입장이었다면 달리 어떻게 할 수 있었을지 떠오르지 않았기 때문이었다. 아이들을 보내던 날, 김포공항에 차를 몰고 갈 때 느꼈던 비통함을 생생하게 기억하는 부모에게 당신들이 그날을 기억하며 슬퍼하는 것은 기만이라고 말하기가 어려웠다. 프랑스 언니, 정확히는 두 자매 중 언니인 야엘이 한국에 다녀간 후부턴 더욱 그랬다.

"장훈이가 입을 꾹 닫았단다, 제 누나에 대해서는."

"그럼 엄마도 전해들은 게 없는 거야?"

"그렇지. 나나 네 아빠나 들은 게 없지. 큰아빠도 그 이야기 꺼내는 거 싫어하고."

"그럼 수아는 어떻게 그걸 알았을까."

엄마는 말없이 핸드폰을 만지작거렸다. 핸드폰 배경화면이 켜졌다 꺼졌다 했다.

"엄마."

나는 입술을 한 번 깨물었다.

"수아가 혹시 내 소설을 읽은 걸까."

엄마는 내 말이 끝나기가 무섭게 고개를 세차게 저었다.

"그럴 리가 있냐. 얘, 주현아. 네 소설 읽는 사람 많지 않다면서. 네가 그랬잖아. 수아가 무슨 방법으로 아직 책으로 묶이지도 않은 네 소설을 읽어. 그건 아니야."

"엄마가 그렇게 말하는 건 처음 보네. 내 소설 인기 없다고 말하는 건."

"아니 그게 아니라, 수아가 읽었을 리 없다는 거지."

"제 부모가 하는 말을 들었을 수도 있잖아요. 나도 어른들 말 엿듣고 안 거 많았잖아요."

엄마는 단호하게 말했다.

"그런 생각 마라. 예리 그것이 입방정 떨어서 수아가 알게 됐다고 그러지 않았니? 예리는 옛날이나 지금이나 이기적이라서 그러고도 남는다. 주현이 너 혹시라도 네 탓 할 것 같으면 더이상 수아나 장훈이댁이랑 연락하지도 마."

몇 년 전 예리가 나를 걸고넘어진 다음부터 엄마는 그 이름을 입에 올리는 것조차 거북해했다.

"도대체 나이를 얼마나 먹어야 철이 들려나, 그 물건은."

더이상 엄마 앞에서 수아나 예리 이야기를 꺼내지 않는 것이 좋을 듯했다. 엄마는 돌돌이 테이프를 꺼내 마룻바닥을 쿡쿡 찍으며 말을 이어갔다.

"아무리 제 부모가 받아주며 키웠다고 해도 그렇지, 자식까지 낳고 살면서 여전하거든."

나는 프랑스 언니에 대해 뭔가 알아내려던 마음을 접고 묵묵히 엄마의 이야기를 들었다. 엄마의 평가에 조금 반감이 들기도 했다. 예리를 좋아한 적은 한 번도 없었으나 그건 그애가 철이 없어서가 아니었다. 오히려 지나치게 조숙한, 약은 성격 때문이었다. 어릴 적에 순한 장훈 오빠를 자주 놀려먹거나 집에서 제일 만만한 수진 언니를 괴롭힌 것도 그들을 편들어줄 사람이 딱히 없다는 걸 알아서였을 터였다. 예리가 얼마나 못되게 굴었는지는 밤새도록 나열할 수 있었다. 그렇지만 엄마의 말을 듣고 가장 먼저 떠오른 장면은, 우리집에서 놀던 예리가 퇴근하고 돌아온 엄마를 보며 안쓰러워하던 모습이었다.

"언니, 작은엄마가 얼마나 힘들면 지옥철이라는 말을 쓰시겠어. 세상에, 지옥철이라니."

엄마는 오랫동안 지하철 2호선을 타고 통근했다. 후암동 집으로 들어가기 얼마 전, 방학 때 놀러온 예리와 거실을 온통

어지럽히며 늦은 저녁까지 놀고 있는데 퇴근한 엄마가 벌컥 화를 냈다.

"지옥철에서 나오자마자 이게 뭐야!"

예리와 나는 엄마의 눈치를 보며 저지레한 것들을 살금살금 치웠다. 엄마가 화를 낸 것 때문에 예리가 구시렁대지 않을까 생각했는데, 오히려 예리는 작은엄마가 얼마나 힘들면 그러겠느냐고 나를 달랬다. 지옥철이라는 말을 금세 이해한 예리가 그날따라 유난히 어른스럽게 보였다.

큰아버지네 부부가 예리나 예은에게 용돈을 많이 주며 키운 것은 사실이지만 딱히 아이들을 무작정 받아주는 편은 아니었다. 그 시절 여느 집 애들처럼 예리나 예은도 많이 혼나면서 자랐다. 하지만 그렇다고 예리를 편들 마음은 없었다. 엄마는 한숨을 쉬며 일어섰다.

"닭볶음탕 안 당기면 우동이라도 먹을래?"

"아니. 괜찮아요."

"벌써 저녁때 다 됐어."

"집에 가서 먹을게요."

엄마는 행여나 그러겠다, 말하며 무릎을 탁탁 털었다.

사람들이 말하는 점심때, 저녁때 같은 말이 나에겐 익숙하지 않았다. 이십대 땐 사흘이 멀다 하고 밤을 새워 글을 썼기 때문에 그랬고, 지금은 잘 먹지 못하기 때문에 그랬다. 한때 나는 먹성이 좋았다. 밥을 서너 공기씩 비우기도 했고 라면에 밥도 꼬박꼬박 말아먹었다. 회전초밥집에서 접시를 수북하게 쌓아가며 끝없이 먹는 내 모습을 보고 사람들은 깜짝 놀라기도 했다. 이제 그 시절은 전생처럼 여겨졌다. 갈수록 식욕이 없어졌고 간혹 사람들이 즐겁게 음식을 먹는 영상을 보면 반감이 들 때도 있었다. 언젠가 식사 모임에서 두 입 먹고 포크를 내려놓는 나를 보며 동석한 사람 중 한 명이 말했다.

"주방장이 해고될까봐 무서운데요."

봉골레파스타는 이제 막 서빙되어 나온 것처럼 보일 정도였다. 조개 위의 파슬리가 뿌려둔 모양 그대로 남아 있었다. 나는 접시를 치우러 온 직원에게 절대 맛이 없어서 남긴 게 아니라고 말했다. 그러나 주변의 눈치를 보며 꾸역꾸역 먹을 수는 없었다. 그날 귀가하는 길에 다른 집 문 앞에 놓인 식재료 배달 박스를 봤다. '한끼도 놓치지 마세요.' 나도 모르게 박스에 적힌 문구를 노려보게 됐다. 사람들이 삼시 세끼를 챙겨 먹는다는 말은 언젠가부터 내게 풍문일 뿐이었다. 친구는 내게 조심스럽게 거식증 같다고 말했다. 그 말을 들은 나는 "그래, 나는 비실천적 거식증이야"라고 웃으며 대답했는데, 곰곰이 생각해보니 '비실천적'이란 말조차 틀린 것 같았다. 단순히 먹는 걸 좋아하지 않게 되었을 뿐만 아니라 정말로 음식을 거부하는 상태가 된 것 같다고 느꼈다. 언젠가는 환기를 하려고 창문을 전부 열어놓은 늦은 오후에 이웃집에서 풍겨오는 음식냄새에 역겨움을 느꼈다. 그뒤로 일부러 밥때를 피해 환기를 하기도 했지만, 예상치 못한 때에 음식냄새가 풍겨오면 속이 울렁거렸다. 얘기를 들은 남편은 어지간히 요리를 못하는 집인 것 같다고 했다. 내 코가 이상한 게 아니라 단지 음식이 맛없는 것일 뿐이라고. 하지만 나는 그 말에 동의할 수 없었다. 남편에게 직접 냄새를 맡아보라고 하고 싶었다. 뭔가 의심스러웠다.

이웃집의 음식냄새에 시달린 지 육 개월 정도가 지났을 때 퍼뜩 깨달았다. 이런 냄새를 과거에도 맡아본 적 있었다. 지금에서야 깨달은 게 의아할 정도로 몸에 생생하게 남은 기억이었다. 경기도에 있는 고등학교에서 방과후 교사 일을 하던 시절이었다. 수업은 저녁에 시작해서 늦은 밤에 끝났다. 지하철을 두 번 갈아타고 마을버스를 타야 해서 학교까지 가는 데 한 시간 반이 넘게 걸렸다. 마을버스에서 내릴 즈음이 되면 멀미가 났다. 그 냄새는 교문을 들어설 때마다 났다. 학생들이 석식을 먹고 난 직후였다. 학생들은 그게 '짬 냄새'라고 알려주었다. 잔반이 뒤섞인 '짬통'에서 풍기는 음식물 쓰레기 냄새였다. 고된 출근길에 멀미까지 하며 맡은 냄새는 더욱 고역일 수밖에 없었다. 학생들은 자신들에게는 너무 익숙하다고 말했다. 어떤 학생은 급식 자체가 맛이 없다고 푸념했다. 잔반과 별다를 게 없다고.

방과후 수업 시간이 석식 시간 전으로 조정된 후 나는 수업을 마치고 다른 교사들과 함께 급식을 먹게 되었다. 학생들은 대체로 급식이 맛없다고 평했고, 특정 음식을 비하할 때 '급식 맛'이라고 부르기도 했으나 직접 먹어본 결과 급식은 의외로 맛있었다. 임연수어나 보리굴비를 잘 모르는 학생들의 눈에 그건 그저 '급식 생선'일 뿐이었다. 전날 석식에 오징어무침이 나왔는데 오늘 중식에 오징엇국이 나오면 잔반을 사용했다고 의심하는 학생도 있었다. 급식이 맛없다는 건 학생들의 편견이었다. 나는 교사들과 이야기를 나누며 매번 즐겁게 식사했다. 그때만 해도 먹성이 좋을 때라서 항상 식판에 음식을 수북하게 담았다. 급식 냄새와 짬 냄새가 별다를 게 없다는 건 가혹한 평가였다.

교수가 된 후 그나마 좋았던 점들 중 하나가 학생식당에서 밥을 먹는 일이었다. 식욕을 잃어버리고 난 후에는 예전만큼 수북하게 담지 못했으나 웬만하면 석식을 챙겨 먹으려고 애썼다. 출근하려고 집을 나서며 학생식당 앱에 공개된 메뉴를 한 번씩 읽어보곤 했다. 음식에 대한 기대라기보다는 잘 차려진 한끼를 먹고 하루를 마무리하는 일에 대한 기대에 가까웠다. 은색 스테인리스 식판에 밥과 국과 반찬이 골고루 담긴 그 모양새가 좋기도 했다. 삼삼오오 모여 음식을 먹으며 수다를 떨거나 책을 읽는 학생들의 모습을 보는 것도 좋았다. 감염병 사태가 심각해졌을 때 학생식당 운영이 잠시 중단되었는데, 그 시기에 나는 배달 음식이나 간식거리를 먹지 않았다. 내가 좋아하는 것이 학생식당 음식 자체라기보다는 그 분위기라는 걸 그때 깨달았다. 학생식당은 몇 달 뒤 다시 정상적으로 운영되었으나 더는 갈 수 없었다. 작년 사건 이후부터였다. 당시 학생 전용 커뮤니티에 하루가 멀다 하고 나와 서정수에 관한 욕설이 올라온다고 들었다. 학생들이 모여 있는 모습을 보는 일이 내겐 괴로웠다. 캠퍼스 내에서 운신의 폭은 훨씬 더 좁아졌다. 친구도 남편도 엄마도 내가 학생식당에서 밥 먹기를 즐겼다는 사실은 알지 못했을 것이다. 그나마 챙겨 먹으려고 애쓰던 유일한 식사였다는 사실을.

집으로 돌아가려는 내게 엄마는 구워둔 것이니 전자레인지에 돌리기만 하면 된다며 비닐로 포장한 생선을 억지로 안겼다.

"찬물에 밥 말아서 같이 먹어."

엄마는 신신당부했다.

*

대도아파트.

한자를 잘 모를 때였지만 큰고모네 집에 갈 때마다 나는 '큰

도둑'이란 말을 떠올렸다. 아마 부모 중 누군가 그렇게 말하는 걸 주워들었을 터였다. 도둑 아파트라니 낌새가 좋지 않다면 서. 서울의 오래된 아파트들이 대개 그랬듯이 그 아파트도 이미 오래전에 허물어졌다. 지도 앱에서 스트리트 뷰 서비스를 제공하기 시작했을 무렵 나는 기억나는 동네들을 전부 검색해봤다. 어릴 적에 살았거나 지나가며 본 저층 아파트는 거의 자취를 감췄다. 1971년에 준공된 한 동짜리 저층 아파트인 대도 아파트도 마찬가지였다. 이제 그 자리엔 빌라 몇 채가 들어서 있었다.

방 하나에 거실 하나가 전부인 소형 아파트였으나 그 집에 갈 때마다 나는 놀이공원에 가는 것처럼 설렜다. 엄마가 읽는 잡지에 나오는 집들처럼 예쁜 집이었다. 현관문이 열리면 그 집 특유의 쾌적하고 향기로운 냄새가 풍겼다. 나는 오랫동안 그 냄새를 기억했다. 살면서 가본 어떤 집에서도 그렇게 좋은 냄새는 맡아보지 못했다. 지금처럼 디퓨저가 대중화된 시절도 아니었는데 어떻게 그런 냄새를 낼 수 있었을까. 물론 자취를 하고부터는 아무리 비싼 디퓨저를 놓는다고 해도 그런 냄새를 유지하기 어렵다는 것을 알게 되었다. 그런 냄새를 내려면 날마다 침구를 청소하고 매일같이 쓰레기통을 비우고 빨랫감을 쌓아두지 않아야 했다. 설거지를 미뤄두거나 집먼지를 방치해서도 안 됐다. 미취학아동이었던 당시의 나는 그런 걸 알 턱이 없었다.

　냄새뿐만 아니라 그 집의 풍경도 지금까지 사진처럼 선명하게 머릿속에 남아 있다. 현관에 걸어둔 흰색 레이스 밸런스나 원목 신발장 위에 놓아둔 촛대나 석고로 만든 오브제 따위. 특히 인상적이었던 건 주방 풍경이었다. 작은 부엌 창에 현관에 걸어둔 것과 같은 흰색 레이스 밸런스가 걸려 있었고, 조리 기구가 싱크대 상부장에 가지런히 달려 있었다. 주방이 비좁았는데도 단 한 번도 지저분하다는 느낌을 받은 적은 없었다. 깨끗하게 삶은 행주 여러 벌이 항상 작은 빨래 건조대에 널려 있었다. 큰고모는 행주를 삶고 난 후 창문을 열어 환기하며, 북쪽 창문은 열어두는 게 아닌데, 자주 푸념했다. 살림을 얼마나 잘했는지 어린 내가 알 길은 없었으나, 그녀가 살림에 꽤 자부심을 느낀다는 것 정도는 알 수 있었다. 그녀는 우리집에 올 때마다 엄마에게 지적을 했다. 나무 도마를 왜 그런 식으로 보관하느냐고 타박하는 걸 하도 들어서 큰고모가 온다고 하면 나는 당장 도마부터 숨겼다. 그녀는 선반마다 손가락으로 쓸어 먼지를 확인하거나 개수대를 꼼꼼하게 살피며 비아냥대기도 했다. 내가 중학생이 되자 다 큰 계집애가 설거지 하나도 제대로 못하고 사냐며 꾸짖었다. 그녀는 설거지해둔 그릇을 하나씩 꺼내 만져보며 말했다.

　"네 엄마가 기름때 닦는 방법도 안 가르쳐줬니? 예리라면

118

절대 이렇게 해놓지 않을 거다."

예리가 나보다 손끝이 야무지다는 것은 잘 알고 있었다. 그 때부터 큰고모는 예리와 나를 살림으로 자주 비교했다. 큰고 모에게 칭찬받고 싶은 적은 없었으나 항상 주눅이 들었다. 큰 고모가 딸을 낳고 난 후부터 나는 대도아파트에 놀러가지 않 았다. 옛날처럼 잘해주지도 않았으므로 놀러가고 싶지 않았 다. 큰고모네 부부는 계속해서 더 넓은 집으로 이사를 갔다. 마지막으로 갔던 집은 천장이 까마득하게 높은 칠십 평대 빌 라였다. 거실 끝이 한눈에 가늠이 되지 않을 만큼 넓은 집을 보면서 나는 큰고모가 처음 얻은 신혼집이었던 대도아파트를 떠올렸다. 큰고모는 언제나 바닥에 먼지 한 톨 없이 깨끗하게 집들을 관리했지만 대도아파트만큼 강한 인상을 주는 집은 없 었다.

대도아파트에서 살 때 쓰던 식기에는 전부 장미꽃이 그려 져 있었다. 침구와 커튼은 흰색이었고 원목 식탁에 깔린 테이 블보와 카펫은 우리집에 있는 것들과 다르게 고급스러운 느 낌을 풍겼다. 큰고모는 먼지가 탈 만한 물건은 전부 뜨개질한 레이스로 덮어두었다. 냉장고 손잡이나 전화 수화기에도 회 색 레이스 뜨개가 감겨 있었다. 식탁 한구석에는 요리책이 몇 권 놓여 있었는데, 나는 큰고모네에 놀러갈 때마다 그 책들을 읽었다. 책에 실린 음식 사진이 주는 느낌이 무척 기묘했다.

엄마가 보는 잡지에서 구경했던 음식 사진들과는 달랐다. 메뉴 자체도 낯설었지만 빛을 가득 담은 사진이 특별하게 여겨졌다. 내가 그 사진들을 유심히 보고 있으면 큰고모가 다가와 말했다.

"일본말만 가득한데도 좋아하는구나."

큰고모가 일본 요리책을 보는 건 이상한 일이 아니었다. 고모부가 일본에 자주 간다는 걸 나도 들어서 알고 있었다. 큰고모의 인테리어 취향은 말하자면 일본풍이었다. 언젠가 큰고모는 이렇게 말하기도 했다.

"나는 일본식 유럽풍을 좋아하는 거야. 일본풍도 아니고 유럽풍도 아닌 것이, 일본 사람들이 상상하는 유럽풍이란 게 따로 있는 것 같아. 나는 그게 좋더라고."

성인이 되고 난 후 나는 그 말이 무슨 뜻인지 완전히 이해하게 되었다. 종교를 가져본 적 없는 큰고모가 집안 곳곳에 성모상 같은 가톨릭 성물을 놓아두었던 까닭도. 엄마는 세례를 받고 난 뒤 그런 큰고모를 가끔 흉봤다. '미사포를 예쁜 천때기라고만 생각하는 사람이니까'라는 식이었다. 고모부가 일본을 자주 다니는 덕에 내게 주어지는 선물도 있었다. 캐릭터가 잔뜩 그려진 손가방이나 작은 인형, 스티커 따위였다. 특히 나는 배낭을 멘 펭귄 인형을 좋아했다. 인형이 멘 배낭 안에는 작은 공이 가득 들어 있었다. 작디작은 디테일까지 그럴듯하게 묘사된 게 일본 물건의 특징인 것 같았다. 초등학교 입학 기념 선물로 큰고모는 일본에서 사온 가죽 재킷을 주었다. 엄마는 큰고모네로부터 얻어온 것들 중에 그 가죽 재킷을 가장 좋아했다. 옷깃과 소매에 하얀 레이스가 달린 갈색 가죽 재킷이었다. 엄마는 귀한 물건이라며 내가 그 옷을 입을 때마다 흐뭇하게 쳐다봤다. 이런 일제 옷을 입는 애는 이 동네에 나밖에 없을 거라고 하면서. 그걸 입고 찍은 사진도 꽤 많았다. 그 사진들을 보면 마음이 복잡했다. 자식이 없던 시절 큰고모 부부가 내게 베풀었던 호의를 나는 기억하고 있었다. 대도아파트에 놀러갈 때마다 신났던 마음 같은 것도.

고모부는 부잣집의 막내아들이었다. 언젠가 큰고모가 어린 나를 붙들고 자기는 남편을 조금도 사랑하지 않지만 돈 때문에 결혼한 거라고 내뱉은 적이 있었다. 큰고모는 엄마에게 시댁 재산에 대해서 자주 떠들어댔다. 부잣집인 거 하나 보고 결혼했는데, 막내인 점은 미처 계산하지 못했다고 말하기도 했다. 시댁은 문구 장사를 하는 집안이라고 했는데, 어릴 적엔 그 집이 문방구를 한다고 생각했다. 문방구를 하는데 그렇게 부잣집이라고? 나는 의아해했다. 나중에 알고 보니 그 집은 적산 기업인 국내 굴지의 문구 기업이었다. 큰고모는 가끔 이렇게 이야기했다.

"더는 힘들어서 안 되겠어. 이젠 진짜 벽제 가서 무릎 꿇고 빌고 올래."

나는 큰고모의 시댁인 벽제 시골집을 상상했다. 아빠는 '지우개 공장집'이라고 낮춰 부르긴 했지만 고모부네가 대단한 부잣집이라는 건 나도 알았다. 드라마에서 보던 으리으리한 저택일까. 운전기사가 몇 명이나 딸린 검은 차를 타고 다닐까. 평소 안하무인으로 행동하는 큰고모가 무릎 꿇고 어른들 앞에서 싹싹 비는 모습을 상상하기도 했다. 무언가를 얻어내기 위해서라면 큰고모는 무릎을 꿇을 수도 있는 사람이라고 생각했다.

나는 오랫동안 고모부가 무슨 일을 하는지 몰랐다. 큰고모 말처럼 '부잣집 자식'이라는 게 직업일 수도 있겠거니 여겼다. 나중에 알고 보니 그는 오랫동안 대학원을 다니고 있었다. 내가 대학에 갈 때가 되어서야 그는 박사학위를 얻었다. 박사 시절에 잠깐 시간강사로 일하기도 했는데, 그 잠깐을 두고 큰고모는 오랫동안 주변에 남편이 교수라고 거짓말을 하고 다녔다. 정작 자신은 대학에 다녀본 적도 없으나 큰고모는 박사니 교수니 하는 말에 매우 민감했다. 아빠가 대학원에 다닌 사실을 두고두고 비꼰 것도 그 때문이었다.

고모부는 잠시 사업을 하기도 했었다. 전공을 살려 작은 IT 회사를 창업했는데, 정부에서 IT 관련 사업에 전폭적인 투자를 하던 무렵이라 초기에는 그럭저럭 괜찮은 정도로 회사를 굴려나갈 수 있었지만 이 년도 안 돼서 곧 사업을 접었다. 아빠가 고모부와 통화하는 걸 엿듣고 그가 '망했다'는 걸 알 수 있었다. 아빠는 수화기에 대고 이렇게 말했다.

"김서방, 그래도 삼십대에 망하는 건 괜찮아. 오십대에 망하는 것보다는 나아."

큰고모네가 망했다고 한들 별로 걱정되지는 않았다. 벽제 시골집이 있으니까. 생각했던 대로 그들은 우리집과는 다르게 사업이 망했다고 삶이 달라지지 않았다. 고모부는 몇 개월 뒤 다시 대학원으로 돌아갔다.

그들이 좁디좁은 독신자 아파트인 대도아파트에서 신혼생활을 시작했을 무렵 나는 그들이 부자라는 걸 몰랐다. 고모부가 무엇 때문에 일본에 자주 가는지도. 그저 가끔 내게 주어지는 아기자기하고 예쁜 선물을 좋아할 뿐이었다. 이젠 그 시절의 고모부의 모습이 어떠했는지 추측해볼 수 있다. 세븐스타 같은 일본 담배를 물고 파친코에 하루종일 틀어박혀 있는 모습을. 실패를 두려워할 필요가 없는 인생도 있다는 걸 나는 그들을 통해 알았다. 다만 큰고모의 신경질은 날이 갈수록 심해졌다. 그녀는 마치 할머니에게 전날 들은 이야기를 말하듯 이렇게 말하곤 했다.

"쥐뿔도 해준 것 없는 친정에서 나한테 감히 그런 걸 바랐어?"

할머니가 큰고모에게 시집가지 말고 장훈의 두 누나, 장선과 장희를 맡아 키우라고 했다는 이야기였다. 일찍 출가한 둘째 딸은 어쩔 수 없고 네가 맏딸이니까 맏딸 노릇을 하라고 강요했다는 거였다. 큰고모는 두고두고 생각할수록 괘씸하다고 했다. 어릴 적부터 배곯으며 혼자 자랐고 돈 한푼 없이 서울에 올라와서 험한 꼴을 당하고 살았는데 이젠 결혼도 하지 말고 오빠의 자식들이나 키우며 살라고 하다니. 첫 조카인 장선을 아끼고 귀여워했지만 자기에게 떠맡으라고 할 줄은 몰랐다고. 그 이야기를 할 때마다 큰고모는 '감히'라는 말을 내뱉었다. 저들이 감히. 나한테 감히.

큰아버지는 첫번째 부인과 이혼한 후 자식 셋을 홀로 도맡았다. 물론 한 번도 육아에 참여한 적은 없었다. 이혼하기 전에도 후에도 자식 셋을 돌보는 일은 할머니가 했다. 할머니나 큰아버지나 아들인 장훈을 버릴 생각은 추호도 없었다. 재가하는 데 걸림돌이 되는 건 두 딸뿐이었다. 큰고모가 맡아 키우지 않겠다고 하자 할머니는 이제 막 결혼한 내 부모를 은근슬쩍 떠보기도 했다. 엄마는 자기가 두 아이를 키워야 될까봐 정말로 무서웠다고 말했다. 그래서 엄마는 큰고모가 데려가길 바랐다. 누군가 맡아야 한다면 며느리가 아닌 딸이 맡는 게 그나마 이치에 맞는 일이라고 생각했다. 젊은 엄마의 심정은 이해하고도 남았지만, 누가 맡더라도 이치에 맞는 경우는 아니었다. 어떻게든 자기 자식을 다른 사람에게 보낼 궁리만 했던 큰아버지를 두고 외할머니는 엄마에게 이렇게 말했다고 했다.

"짐승 발가락만 닮아도 그렇게는 못하지."

*

중학생이 되어서야 나는 엄마가 하는 일이 뭔지 정확히 알게 되었다. 초등학생 때는 가족 소개서에 엄마의 직업을 '커리어우먼'이라고 써 냈다. 엄마는 그 단어를 보고 기겁하며 이런 말은 쓰지 말라고 했다. 텔레비전이나 신문에 자주 나오는 말인데 왜 정색하고 혼내는지 알 수 없었다. 큰고모가 가끔 그 단어를 쓰며 비아냥대기도 했다.

"얘, 너희 집은 맞벌이 가정이란다. 아빠가 능력이 없다는 뜻이지."

'맞벌이'라는 단어를 아는 친구들은 내게 안됐다는 듯이 말하곤 했다. 집에 엄마가 없으니 얼마나 외롭겠냐면서 자기 집에 놀러와 저녁을 먹으라고 하기도 했다. 친구네 집에 가면 나는 친구의 엄마들에게 우리집을 이렇게 소개했다. 아빠는 사업하시고요, 엄마는 커리어우먼이에요. 엄마가 무슨 일을 하느냐고 물어보는 사람은 한 명도 없었다.

아주 어릴 적에는 엄마 회사를 따라다녔던 적도 있었다. 동네에 종일반을 운영하는 천사선교원이 생기기 전이었다. 엄마가 무슨 일을 하는지는 잘 몰랐지만, 엄마가 다니는 회사 이름은 정확하게 알고 있었다. 식탁 유리 밑에 언제나 엄마의 명함이 있어서였다. 엄마는 급한 일이 생기면 회사로 전화하라고 말하면서도 정말 급한 일이 아니면 하지 말라고 했다. 카펫에 물을 쏟거나 발가락을 찧는 일 따위로 전화를 해서는 안 됐다. 하루는 쓰레기 종량제 봉투에 실수로 음식물을 넣어 버린 일 때문에 공무원들이 찾아와 문을 쾅쾅 두드렸다. 공무원들은 내가 다니는 학교와 내 이름을 부르며 당장 문을 열라고 했다. 겁이 난 나는 어쩔 수 없이 엄마 회사로 전화를 했고 엄마는 회사를 조퇴하고 집으로 달려왔다. 그러고는 구청에 전화를 걸어 아이 혼자 있는데 문을 열라고 협박을 하는 게 깡패 새끼들이지 무슨 공무원이냐고 소리를 질렀다.

한번은 초등학교를 졸업할 무렵 친구가 우리집에 놀러온 적이 있었다. 그 아이는 전학 온 지 얼마 되지 않았으나 아이들을 웃기는 능력이 있어 금세 아이들과 두루 친해졌다. 당시 유행하던 아이돌 노래와 춤도 잘 알고 있었고 드라마와 만화도 어찌나 많이 보는지 아이들의 관심을 끌 만한 화제를 곧잘 던졌다. 할머니가 새벽마다 엄마에게 전화해서 대통령이 누가 될 것 같으냐고 물어본다면서, 정말 한심하다고 킬킬대기도 했다. 자기 가족을 희화화하며 흉내내는 아이를 나는 그때 처음 봤다. 그 무렵 나는 만화잡지를 정기 구독하며 만화를 따라 그리는 데 몰두하고 있었는데, 그애가 충무로에서 사온 그림 도구들을 구경시켜주겠다고 했다. 그날은 엄마가 야근을 해서 늦은 저녁까지 집에 혼자 있었다. 친구는 책가방에 그림 도구를 잔뜩 챙겨서 우리집에 놀러왔다. 나는 그애가 샀다는 그림 도구 중 스크린톤을 구경하고 싶어서 애가 탔다. 배경의 명암을 묘사할 때 붙이는 스티커였는데, 잡지에 실린 만화가들의 작업 후기에 흔히 등장하던 물건이었다. 친구는 내게 그걸 쓰는 방법을 알려주고 몇 장 나눠주겠다고 했다. 책가방을 내려놓으려던 친구는 식탁에 있는 엄마 명함을 보고 눈이 휘둥그레졌다.

"우리 아빠도 이 회사 다니는데. 여기 경기도에 있는 회사 잖아?"

나는 그 말에 의아해졌다. 나는 친구에게 그 회사는 강남역에 있다고 정정해주었다. 내가 어릴 때 많이 따라가봤고, 방학 때마다 회사에서 운영하는 신문 읽기 교실에 다니기 때문에 잘 안다고 말했다. 친구는 우두커니 서서 어깨에 멘 가방 끈을 만지작거렸다. 그애답지 않게 입을 삐죽이며 어쩔 줄 몰라했다.

"아닌데. 경기도에 있는 거 맞는데."

나는 명함에 적힌 작은 글씨들을 가리켰다.

"여기, 서울시 서초구 서초동 1318번지. 서울이라고 적혀 있잖아."

친구의 얼굴이 새빨개졌다. 사실을 이야기하는데 왜 어린애처럼 우기며 떼를 쓰는지 알 수 없었다. 친구는 갑자기 집에 돌아가겠다고 했다. 나는 당황하며 말했다.

"우리 오늘 스크린톤 같이 하기로 했잖아. 왜 갑자기 가는 건데?"

"너한테 스크린톤 보여줄 일 절대 없을 거야."

친구는 현관문을 쾅 닫고 나가버렸다. 내가 뭘 잘못했는지 몰라서 어안이 벙벙했다. 그애 가방에 들어 있을 스크린톤이 눈앞에 아른거렸다. 그날 퇴근한 엄마에게 자초지종을 이야기하며 머리를 싸매자 엄마는 미간을 찌푸리며 말했다.

"왜 그랬지? 창고 직원분 아이인가."

다음날부터 그애는 나와 눈이 마주치면 고개를 돌리며 피했다. 처음에는 신경이 쓰였지만 어차피 겨울방학이 얼마 남지 않은데다 곧 초등학교도 졸업할 테니 더는 신경쓰지 않기로 했다. 그애와는 몇 년 뒤 같은 고등학교에 배정되어 다시 만나게 됐는데 학교 등나무 아래 벤치에서 그애는 웃으며 말했다.

"그땐 나도 참 예민했나봐. 회사 이름만 보고 반가워했는데 막상 너희 엄마는 본사에 다니신다고 하니까. 우리 아빠는 창고에서 일했거든. 너는 아무것도 모르는 것 같더라."

나는 고개를 끄덕이며 정말 아무것도 몰랐었다고 대답했다.

엄마의 직업은 편집자였다. 엄마는 함께 일했던 그 시절 동료들을 떠올리며 그땐 '그게 가능했던 시절'이라고 말했다. 뭐가 가능했냐고 묻자, 쪽방 하나 얻어 뒤마나 도스토옙스키를 번역해서 떼돈을 버는 일, 이라고 대답했다. 엄마가 아는 아저씨들 중에도 그런 사람들이 있다고 했다. 고전을 제대로 번역하겠다는 포부 하나를 가지고 중견 기업을 세운 사람들. 언젠가 나는 엄마에게도 어떤 포부가 있었느냐고 물었다. 엄마는 미소만 지었다. 너희 세대와는 다르게 우리 세대에는 그런 게 있었다. 그 뭔가가 가능했다. 그런 말을 자주 했지만 정작 엄마 자신에 대해서 물어보면 마치 그 시절로부터 혼자 소외된 사람처럼 쓸쓸한 표정을 지은 채 아무 말도 하지 않았다.

천사선교원 종일반에 입학하기 전 한 달간 엄마는 나를 데리고 출근했다. 2호선 열차는 언제나 사람들로 미어터졌다. 나는 낯모르는 여러 노인들의 무릎에 자주 앉았다. 애기 엄마가 고생이라며 노인들은 곧잘 나를 받아 안았다. 정신없는 와중에도 엄마는 내 옷을 제대로 입히려고 무척 신경을 썼다. 아동복 정장을 입고 흰 스타킹에 구두를 신은 내 사진을 보면 알 수 있었다. 사진 속 나는 커다란 복사기 옆 일인용 소파에 앉아 있었다. 나는 그 소파에 앉아 복사하러 오는 어른들을 물끄러미 바라보거나 문득 고꾸라져 잠을 잤다고 했다. 어떤 장면은 옛날에 꾼 악몽처럼 흐릿하면서도 분명하게 내 눈앞을 스쳐지나갔다. 와이셔츠에 넥타이를 맨 아저씨들이 종이 뭉치를 들고 서서 싱긋 웃으며 나를 바라보거나 아줌마들이 쪼그려앉아 나와 눈을 맞추며 머리를 쓰다듬는 장면 같은 것들. 나는 그 소파에서 태어나 처음으로 책을 읽었다. 직원들이 지나다니며 내 옆에 놓아준 그림책이었다. 한글을 읽을 줄 모르는 나는 그림을 손가락으로 짚으며 이야기를 지어냈다. 천사선교원에 입학해 한글을 떼고 나자 책 속 장면들이 더욱 생생하게 머릿속에 펼쳐졌다. 도대체 이 마술은 무엇이기에 나를 이토록 홀리게 만드나 생각했다.

초등학교 중학년이 되고부터는 방학 때면 엄마 회사에서 운영하는 신문 읽기 교실에 다녔다. 나 혼자 지하철을 타고 가서 수업을 듣고 엄마와 함께 귀가했다. 어떤 직원들은 나를 알아보고는 "벌써 이만큼이나 컸어요?" 하면서 놀랐다. 수업에선 주요 일간지의 사설을 읽고 모르는 단어를 사전으로 찾아보았다. 어느 여름날 강사가 눈시울을 붉히며 오늘은 굉장히 중요한 날이라고, 역사에 기록될 날이라고 말했다. 김일성이 죽은 날이었다. 수업이 끝나고 지하철을 타러 가는데 뉴욕제과 앞에 사람들이 우르르 모여 웅성대고 있었다. 전쟁, 전쟁, 전쟁! 내 귀에는 그 단어만 들렸다. 이후 오랫동안 내게 전쟁이라는 단어는 폭탄이나 무기, 군인들이 아닌 강남역 뉴욕제과를 연상시켰다.

엄마는 만 육십 세에 정년퇴직할 때까지 그 회사에 다녔다. 그사이 회사는 강남에서 종로로 사옥을 옮겼다. 위치는 달라졌으나 전과 같은 2호선 라인이었다. 그렇게 고된 출퇴근길이 끝났는데, 퇴직한 후 엄마는 무척 힘들어했다. 이젠 뭘 어떻게 해야 할지 모르겠다고 했다. 예순 살에 퇴직하는 건 너무 이르다고 했다. 그러면서도 엄마는 자긴 운이 좋은 편이라고 했다.

"혹시 들어봤니. 엄마가 처녀일 적엔 여성의 정년퇴직이 스물다섯 살인 회사도 있었어."

엄마는 내게 회사에 다니는 건 너무나도 중요한 일이라고 강조했다. 내가 교수가 되고 나서는 방과후 교사나 시간강사를 할 때와는 다르게 직장인의 덕목을 일러주기도 했다. 몇십 년간 직장생활을 한 선배였으므로 새겨들을 만한 부분이 많았다. 내가 엄마보다 힘든 직장생활을 하고 있다고는 감히 생각할 수조차 없었다. 나는 엄마처럼 지옥철을 타고 아침 아홉시까지 출근하지도 않았고, 맡길 데 없는 자식을 데리고 다닌 것도 아니었다. 그런데 내가 너무 힘들어서 직장을 그만두겠다고 하면 엄마는 뭐라고 할까. 여태껏 프리랜서로 살다가 어떻게 얻은 정규직인데 그만둘 생각을 하니, 라고 할까. 누구나 완벽하게 만족하는 직장생활이란 없다고 타이를까.

큰고모는 내가 혼자 집에 있을 때면 우리집에 찾아와서 엄마를 흉봤다. 그깟 것 몇 푼이나 번다고 애를 내팽개쳐놓고 다니느냐는 식이었다. 중학생이 된 후부터 나는 큰고모가 불쑥 찾아오면 불편한 기색을 내비쳤다. 하루는 과외수업을 받고 있는데 큰고모가 집에 찾아왔다. 큰고모는 과외 선생에게 우리 조카를 잘 부탁한다며 사람 좋은 웃음을 지어 보였다. 선생이 집을 나가자마자 큰고모는 내게 쏘아붙였다.

"왜 고모가 왔는데 인상을 쓰고 있어?"

"고모, 저 공부해야 하는데요."

"그래서 너 수학은 잘하니? 영어는?"

큰고모는 내 학습지를 이리저리 들춰봤다.

"네 엄마가 너는 자기 머릴 닮아서 공부는 제법 한다고 그러더라. 국어를 잘한다면서? 그런데 그거 아니? 예리도 국어 같은 건 잘한다. 수학이나 영어를 잘해야지."

그 말을 듣는데 갑자기 서러워져서 눈물이 났다. 공부를 잘한다고 잘난 척한 적도 없는데 그런 말을 들으니 억울했다. 큰고모는 집안 구석구석을 살피며 나를 타박했다. 예리라면 집안을 이 꼴로 만들어놓진 않을 거라고 하면서, 공부를 잘하는 것도 중요하지만 계집애라면 살림도 배워야 한다면서 구시렁댔다.

"너는 접시 안만 닦고 밖은 안 닦니? 행주는 또 이게 뭐야. 시뻘건 물이 들어가지고. 얘, 행주 같은 건 탁탁 털어서 널어

뒤야 하는 거야. 이렇게 꿍쳐놓는 게 아니고."

나는 처음으로 큰고모에게 소리를 질렀다.

"보태주는 거 없으면 그만 좀 해요!"

*

설거지를 하는 남편의 뒷모습을 가만히 지켜보면서 나는 큰
고모가 했던 말들을 떠올렸다. 남편에게 그녀가 했던 말과 똑
같은 말을 하고 놀란 적이 있었다. 행주는 이렇게 꿍쳐놓는 게
아니야. 접시 바깥도 닦아야지 안만 닦아? 아직도 기름때가
묻은 그릇을 닦거나 행주를 삶을 때면 큰고모가 했던 말들이
떠올랐다. 예리라면 절대 이렇게 두지는 않을 거다. 집요하게
예리와 나를 비교하면서 꾸짖던 순간들이.

'미니멀 살림하는 엄마' 계정엔 아직도 꽤 많은 영상이 남아
있었다. 몇십만이나 되는 조회 수를 보면서 나는 예리가 가진
영향력을 생각했다. 유튜브 영상을 한 번 재생하는 일이 책을
한 권 사서 읽는 일보다는 가볍다고 해도 나로서는 좀처럼 상
상해본 적 없는 숫자였으므로. 나는 이따금 예리가 찍어 올린
영상들을 떠올렸다. 가장 많이 기억나는 장면은 유리병을 삶
는 모습이었다. 스테인리스 통에 행주를 깔고 주둥이를 아래
로 해서 차곡차곡 세운 유리병을 삶는 모습. 영상 너머로 훈기

가 혹 끼쳐오는 것 같았다. 나는 한 번도 유리병을 삶아본 적이 없었다. 스테인리스 소재로 된 식기야 연마제를 없애려고 열심히 닦아낸 적 있으나 유리병이나 유리컵을 삶아야 한다는 생각까진 하지 못했다. 예리는 삶은 유리병을 햇볕에 말린 후 직접 만든 과일 잼이나 조미료를 그 안에 차곡차곡 담았다. 시판 고추장이나 간장, 참기름 역시 유리병에 옮겨 담고·이름표를 붙였다. 지극정성이었다. 예리는 자주 '그럼요, 시판도 이용해야죠'라는 자막을 달곤 했는데, 그 말은 결국 시판 제품을 낮춰 보는 말이었으므로 내 입장에서는 불편하기도 했다.

예리가 내세우는 '미니멀 살림'이라는 콘셉트를 통해 처음 알게 된 것들이 있었다. 가령 소창 행주나 세제 대용으로 쓰이는 열매인 소프 너트 같은 것이었다. 예리는 하루종일 행주를 삶고 손빨래를 하고 부지런히 걸레질을 했다. 영상을 아무리 봐도 미니멀한 살림이라는 게 정확히 뭔지는 파악하기 어려웠지만 옛날에 큰고모가 그랬던 것처럼 종일 집안을 쓸고 닦는 부지런한 주부의 일상이라는 점은 분명했다.

유리병을 삶는 모습만큼이나 자주 머릿속에 떠오르는 장면은 영상에서 언뜻언뜻 보이던 예리의 모습이었다. 얼굴이 나오는 영상도 있긴 했지만, 대체로는 목 위에서 잘렸다. 모노톤 앞치마를 두른 예리는 고무장갑이나 비닐장갑 한번 끼는 일 없이 맨손으로 정성 들여 채소를 다듬거나 천연 세제로 화장실 바닥을 박박 닦았다. 반듯한 쇄골과 깨끗한 손톱, 가느다란 손가락이 인상적이었다. 그런 모습을 보자니 예전에 누군가, '유튜브로 성공하려면 얼굴은 몰라도 손은 반드시 예뻐야 한다'고 농담했던 게 생각났다. 자막이며 배경음악, 시시각각 바뀌는 카메라 앵글까지 무척 공들여 만든 티가 나는 영상들이었다.

그러나 잔잔한 음악이 흐르는 아름다운 모노톤의 영상에 달린 댓글들은 처참했다.

거짓말. 사기꾼. 기인. 괴인. 그런 말들이 예리를 수식하고 있었다.

아이 얼굴이 등장하는 영상을 내리지 않는 점을 언급하며 뻔뻔함에 혀를 내둘렀다는 사람도 있었다. 많은 이들이 계정이 욕을 먹는 만큼 오히려 조회 수가 높아지니 수익을 내려고 일부러 영상을 그대로 두는 게 아니냐는 의혹을 제기했다. 고작 그런 이유 때문에 자신과 아이가 등장하는 영상을 삭제하지 않고 걸어둔다니, 좀처럼 이해되지 않았다. 잠이 오지 않는 밤마다 나는 댓글들을 읽었다. 이 계정에서 무슨 사건이 일어났던 건지 알고 싶었다.

지난해에 학생들이 작성한 의견서를 읽었을 때 나는 초등학교 입학식에서 이름이 불렸던 순간을 떠올렸다. 강당을 가득 메운 학부모들은 자기 아이가 호명되는 순간마다 눈을 빛냈다. 얼마나 씩씩하고 똑똑하게 대답하는지 보려고 귀를 기울였다. 내 부모 역시 그랬다. 나는 왠지 담임교사가 호명하는 내 이름이 부끄러웠다. 기어들어가는 목소리로 대답하자 담임교사는 목소리를 크게 낼 때까지 몇 번이고 이름을 다시 불렀다. 강주현, 강주현, 강주현! 내 이름이 사람들 앞에서 처음으로 크게 호명되던 순간이었다. 강주현 교수는 애초부터 자질 논란이 일었던 분입니다. 강주현 교수는 박사학위가 없으신 분으로서, 박사학위를 가진 서정수 교수보다 더 수업을 잘하셨어야 한다고 생각합니다. 신입이신 강주현 교수의 자질 문제 때문에 오랫동안 재직하고 계신 교수님들의 심기가 불편하실까봐 걱정됩니다.

또박또박 적혀 있는 내 이름이 부끄러웠다. 그토록 많이 이름을 걸고 작품을 발표했는데, 이제 와 나는 초등학교 입학식을 떠올리고 있었다. 고작 여덟 살 때의 부끄러움조차 여태 넘어서지 못한 주제에 무슨 일을 할 수 있단 말인가. 어떻게 사람들 앞에 설 수 있단 말인가. 그때 나는 침대에 누워서 하염없이 그런 생각을 했다.

서정수의 아내가 처음 연락해왔을 때도 나는 침대에 누워 있었다. '안녕하세요, 저는 서정수 선생 아내 되는 사람입니다'라고 시작되는 문자를 받고 나는 벌떡 일어나 앉았다. 하지만 몇 번을 곱씹어 읽어봐도 이게 무슨 소리인지 이해되지 않았다. 서정수의 아내는 괜찮다면 통화를 하고 싶다고 했다.

뒤미처 메일과 문자 수신을 알리는 진동이 울렸다. '교수님, 건강은 괜찮으신지요.' '교수님을 응원합니다.' '교수님께서 아프신지 미처 몰랐습니다. 저도 교수님과 같은 병을 앓고 있습니다. 오늘날 정신질환이 낙인의 기제가 되어서는 절대 안 된다고 생각합니다.' 나는 그런 말들을 위로를 가장한 조롱이라고 생각했다. 나는 서정수의 아내에게 답장하지 않았다. 대신 서정수에게 전화를 걸었다. 임용된 후 개인적으로 먼저 연락하는 것은 처음이었다. 서정수는 내게 학생들의 커뮤니티에서 무슨 이야기가 나돌고 있는지 모르냐며 도리어 화를 냈다. 자신을 따르던 학생이 그 이유만으로 마녀사냥을 당하고 있다며 낮은 목소리로 나를 꾸짖듯 말했다.

"어쨌거나 선생님, 우린 어른이잖아요."

서정수는 내게 말할 틈을 주지 않고 자기가 하고 싶은 말만 했다. 학생들이 자신을 정신질환 혐오자라고 모함한다고 했다. 나는 '학생들이 그걸 어떻게 알았답니까?'라고 말하고 싶은 걸 눌러 참았다. 말하자면 서정수는 내게 부탁을 하려는 것이었다. 가뜩이나 이런저런 민원으로 함께 곤경을 겪는 마당에 괜한 오해까지 받는 건 억울하다고 그는 말했다.

"어차피 강선생님이나 내가 뭘 하든 욕이나 지껄일 불손한 놈들이에요. 이럴 때 강선생님이 의연하게 학생들 앞에서 한마디해주시면 지금 제가 겪고 있는 사이버 불링은 일단 종식되리라고 봅니다."

어떤 사람은 부탁을 하면서도 상대방을 공격한다는 사실을 그때 처음 알게 된 것은 아니었다. 자신이 난처할수록 언성을 높이고, 양심의 가책을 느낄수록 오히려 억울해하는 부류가 있다는 건 예전부터 알고 있었다. 나는 전화를 끊고 그간의 내 삶을 돌아봤다. 나는 그저 시끄러운 일에 휘말리고 싶지 않았을 뿐이었다. 많은 사람들의 입에 오르내리는 걸 원한 적은 한 번도 없었다. 학창시절에도 지극히 평범한 학생이었고 작가가 되어서도 마찬가지였다. 아예 관심을 받지 않을 수는 없겠지만, 나는 그저 엑스트라급 조연이 되길 바랐다. 나의 소망은 대학 시절엔 정족수를 채우는 삶이었고 지금은 일인분의 몫을 해내는 것이었다. 지나친 보신주의라고 스스로를 비하할 때도 있었으나, 대단한 자기 효능감에 빠져 일인 이상의 몫을 할 수 있다고 믿은 적은 한 번도 없었다.

전부 지독한 두려움 때문이었다. 공부를 잘한다는 소문이 나면 아이들은 뜬금없이 시비를 걸어오거나 숙제를 대신 해달라고 했고, 교수의 신임을 받으면 선배들은 그 교수와 내가 남다른 관계가 아닌지 여기저기 캐묻고 다녔다. 남들 눈에 띄는 여학생은 늘 구설수에 휘말렸다. 그렇다고 어깨를 잔뜩 만 채 쥐죽은듯 살아야 하는 건 아니라고 생각하면서도, 솔직히 두려웠다. 무언가를 잘해서 누군가의 입방아에 오르는 것도 겁나는데 하물며 약점이나 실수 때문에 입방아에 오르는 일은 절대 없길 바랐다. 나는 그저 그것만 바랐다. 물 한 그릇을 떠놓고 비는 심정으로. 살아가면서 큰고모 같은 어른을 다시 만나지 않기를 기도했던 것처럼 남들 입에 오르내리는 일 같은 건 절대 없기를.

짐작건대 예리는 이런 나와는 정반대일 것이다. 어릴 적에도 예리는 항상 주목받길 바랐고 남들이 이러쿵저러쿵 떠드는 일 따위야 인기가 있다면 필연적으로 감수해야 하는 것쯤으로 여겼다. 고등학생일 적엔 무릎 위로 올라오는 반바지는 꿈도 못 꾸는 나를 비웃으며 한껏 눈에 띄게 꾸미고 다녔다. 짧은 리바이스 청치마와 엉덩이 굴곡이 드러나는 게스 청바지, 용돈을 모아 샀다가 큰아버지에게 걸려 혼났다는 버버리 배낭을 보며 정말 나와는 종이 다른 것 같다고 생각했다. 그 시절 예리는 눈을 가늘게 뜨고 내 앞머리를 바라보며 말하곤 했다.

"앞머리가 정말로 투미하다, 투미해."

내심 예리를 약간 무시하고 있었던 나는 '투미하다' 같은 단어를 어디서 배웠기에 틈만 나면 써먹나 생각했다. 어느 명절에 예리는 자기 방에 데려가서 내 앞머리를 이리저리 만졌다.

"이런 앞머리는 없는 게 나아. 이러고 다니면 안 창피해?"

대학 시절 예리는 탈색이나 피어싱, 타투를 즐겨 했다. 영상

속 예리는 그때와 다른 이미지였다. 흰 블라우스에 무채색 앞치마를 두르고 머리카락은 단정하게 묶고 있었다. 지금 운영하는 인스타그램에서도 비슷한 느낌이었다. 예리를 욕하는 댓글들을 읽다가 나는 사건이 일어난 직후로 짐작되는 시점의 영상을 찾을 수 있었다. 정말 예뻐요, 대단합니다, 배우고 싶어요, 살림왕이시네요, 찬양 일색이었던 분위기는 고작 하루만에 바뀌었다. 사람들은 예리더러 정말 이상한 사람이라고 했다. 처음에는 왜 그런 짓을 했냐고 진지하게 물어보는 댓글이 많았는데, 예리가 침묵으로 일관하자 나쁜 사람이라며, 이사달이 난 와중에도 유튜브 수익만 챙기려는 사기꾼에 자질이부족한 엄마라는 비난이 이어졌다. 오랫동안 예리의 구독자였다는 사람은 '돌아선 팬이 더 무섭다는 건 잘 아시겠죠'라며, 자신은 예리와 개인적으로 만난 적도 있는데 이미 그때 이상한 사람이라는 걸 눈치챘다고 했다.

　제아무리 예리라고 해도 이런 상황을 견디지는 못했을 터였다. 누군가는 유튜브 앱을 꺼버리면 그만이라고 할지도 모른다. 나로 말할 것 같으면 아직도 학생들의 커뮤니티에 무슨 말들이 도배돼 있는지 정확히 몰랐다. 건너서 아는 교수 하나는 조교에게 부탁해 커뮤니티에 올라와 있는 자신에 대한 욕설들을 수집해서 소송할 거라고 했다. 누군가는 그런 선택을 할지도 모르겠으나, 나로선 이미 전달받은 의견서 속 표현만으로도 버거운 마당에 커뮤니티까지 들어가보고 싶지는 않았다. 예리도 그런 걸까, 잠깐 생각했다. 하지만 '미니멀 살림하는 엄마'를 방치해두고 '책으로 육아하는 엄마'로 계정을 바꾼 예리가 여전히 나오는 정말 다른 종류의 인간이라는 생각이 들었다.

댓글을 읽다가 뒤늦게 유튜브 계정에 사과문이 올라왔었다는 사실을 알게 되었다. 찾아보니 아직도 그대로 있었다.

친애하는 구독자님들께.

안녕하세요, 미니멀 엄마입니다. 오늘부로 저는 활동을 중단합니다. 여러분들께서 지적해주신 바와 같이 지난 사건과 관련해 제 잘못을 인정하고 있기 때문입니다. '지옥에서 온 청소부'님께 지나친 결례를 저질렀습니다. 전부 제 잘못입니다. 다만 청소부님을 조롱하기 위해 일부러 그런 것은 절대 아니며, 그날을 떠올려보자면 저는 큰 착각 속에 빠져 있었던 것 같습니다. 저희 집에 정말로 문제가 있다고 생각했습니다. 평소 지인들과 일상적인 교류를 하지 않고 집안에서 살림하고 촬영하고 편집만 했기 때문에 좁은 세계에 갇혀 있었습니다. 청소부님을 기만하거나 약올리기 위해 그랬던 것은 정말 아닙니다. 제 마음이 조금 아팠다고 생각해주시면 감사하겠습니다. 제 채널을 사랑해주신 여러분들께 부끄러운 모습을 보여드려 죄송합니다.

사과문을 읽고 나는 '지옥에서 온 청소부' 계정을 검색했다. 전문 청소업체를 운영하는 사람이 한 집을 방문해 청소하는 과정을 영상으로 담아내는 계정이었다. 대체로 소위 '쓰레기 집'이라고 불리는 집들이 영상에 담겼다. 몇 달, 혹은 몇 년씩 청소를 하지 않고 방치해둔 집들을 업체의 직원 여럿이 하루 온종일 치우는 내용이었다. 그런 집들이 있다는 걸 들어본 적은 있었으나 영상 몇 개를 재생해보고 나는 약간 충격을 받았다. 바닥은 물론이거니와 침대 위까지 음식물 쓰레기를 비롯한 쓰레기들이 쌓여 있었고 그것들을 걷어내면 바퀴벌레가 우르르 나왔다. 업체 직원들이 쓰레기집을 살 만한 집으로 바꿔놓는 과정은 그 자체로 경악과 탄성을 자아냈다. 영상 몇 개만 봐서는 예리에게 무슨 일이 있었는지 파악하기 어려웠다. 이번에는 '지옥에서 온 청소부'와 '미니멀 살림하는 엄마'를 합쳐 검색해봤다. 그러자 '유명 살림 유튜버 집 방문했다가 통수 맞았습니다'라는 제목의 영상이 나왔다. 그 영상에는 예리가 매일같이 쓸고 닦는 깔끔하고 정돈된 거실이 등장했다. 예의 모노톤 앞치마를 두른 예리가 휑한 거실 한가운데 서 있었다. 예리의 얼굴은 모자이크 처리가 되어 있었다. 이어서 큼지막한 자막이 지나갔다. '왜 이런 집에 저희를? 분명 저희에게 콜라보를 요청하실 땐 집에 문제가 있다고 했는데…… 어느 집

에나 허물이 있을 순 있습니다만, 이 집엔 전혀 청소할 구석이 없었습니다!!!'

바로 상황이 이해되지는 않았지만, 예리가 청소업체 직원들을 집에 부른 일로 인해 논란이 됐다는 것만큼은 분명해 보였다. 예리의 사과문에 달린 댓글은 읽지 않았다. '제 마음이 조금 아팠다고 생각해주시면 감사하겠습니다'라는 대목을 나는 곱씹었다. 훗날 예리는 내게 이렇게 말했다.

"결혼은 정신병을 유발해."

나 자신도 우울증 환자였으나 나는 '정신병'이라거나 '마음이 아프다'는 식으로 질병을 표현하지는 않았다. 오히려 마음의 문제가 아니라 몸의 문제라고 생각하는 편이었다. 청소업체 영상을 보고 난 후 다시는 예리의 유튜브에 들어가보지 않았다. 하지만 앞치마를 두르고 맨손으로 야무지게 살림하는 예리의 모습이나 군더더기 없는 집안의 풍경이 머릿속에 종종 떠올랐다. 그리고 그 장면들은 거실 한가운데 황망하게 서 있던 예리의 모습과, '마음이 아프다'고 쓴 사과문으로 이어졌다. 청소업체 영상은 예리의 손까지는 모자이크 처리를 하지 않았다. 오히려 영상은 예리의 손을 클로즈업했다. 예리는 안절부절못하며 뼈마디가 가늘고 길쭉한 손가락을 구부렸다 폈다 했다.

*

여름방학이 끝나가고 있었다. 서정수 건으로 소집된 회의의 의미와 결과가 무엇이었는지 알 수 없었다. 학기중이 아니라 방학이었기에 상황 파악이 안 되는 건지도 몰랐다. 교수들은 그저 자기에게 불똥이 튈까봐 걱정할 뿐이었고, 나 역시 당사자인 학생을 돕고 싶은 마음은 터럭만큼도 생기지 않았다. 남들이 복잡한 원한 관계나 송사에 휘말릴 때 그런 말을 하는 걸 들었었다. '적의 적은 친구'라거나 '이이제이가 효과적인 복수'라거나 하는. 나는 복수라는 단어를 떠올리는 것조차 꺼려졌다. 그러나 어느 날 샤워를 하다 문득 더이상 서정수를 그렇게 많이 생각하고 있지 않다는 것을 깨달았다. 회의를 다녀온 후로 놀랍게도 마음이 가벼워졌던 것이다. 이런 것도 복수라면 복수였다. 그가 고통받고 있으리라는 사실이 내 마음을 평안하게 해준 거였다. 내가 고작 이것밖에 안 되는 인간이라는 걸 나는 가만히 인정했다. 나는 병원을 찾아가 권교수에게 말했다.

"예전에 읽었던 글에서는 용서가 제일의 건강 비법이라고 쓰여 있었어요. 5공 때 군부를 비난하는 소설을 발표했다가 안기부에 끌려가 고문받고 나오신 분이 하신 말이었지요. 저는 그때도 이해가 되지 않는다고 생각했습니다. 저에게 제일의 건강 비법은 아무래도 복수인 것 같아요."

권교수에게 서정수를 둘러싼 사건은 설명하지 않았다. 권교
수는 나를 가만히 쳐다봤다. 다소 의아해하는 눈빛에 나는 약
간 움찔했다.

"강주현씨는 그동안 많이 고생하셨으니까요. 요즈음엔 마
음이 편하다고 느낍니까?"

그 말을 듣는데 의사에게는 복수 따위의 단어를 사용하는
것보다는 자기 상태를 대책 없이 확신하는 모습을 보이는 것
이 더 걱정이리라는 생각이 들었다. 생각 끝에 나는 '아무래도
확신할 순 없다'고 말했다. 언제나 그랬으니까.

방학이 끝나갈 때마다 나는 하루씩 까먹는다고 생각했다.
어릴 땐 숙제 한 장을 풀고 사과 한 조각을 먹은 것처럼 지금
은 지나는 하루를 달게 까먹는 것이라고. 이번 여름방학은 바
닷마을 언니와 수아만 기억에 남을 것 같았다. 그것만으로도
충분하다고 생각했다. 수아가 걱정됐던 마음이나 프랑스 언니
에 대해 더 알고 싶었던 마음도 새 학기가 다가오자 시나브로
잊어졌다. 개강을 며칠 앞두고 바닷마을 언니에게서 연락이
오기 전까지는.

언니는 개강이 일주일도 남지 않은 시점에서 돌연 채용이
취소되었다며 내게 연락해왔다. 이미 인천에서의 일을 정리하
고 대학이 있는 지역의 원룸을 계약한 뒤였다. 채용 취소라는

말을 나는 처음 들었다. 이십대 때 동네 구멍가게 수준의 보습 학원에서도 그런 일을 당한 적은 없었다. 나는 교수 채용 커뮤니티에 '채용 취소'라는 말을 검색해봤다. 놀랍게도 그런 일을 당한 사람이 언니 말고도 여럿 있었다.

언니는 문자로 짤막하게 상황을 전했다. 학과에서는 채용이 결정되었으나 이사회에서 최종적으로 승인이 거절되었다는 통보를 받았다고 했다. 언니는 자기보다 더 절박한 사람이 교수가 되어야 한다고 덧붙이며 아이들도 걱정이었는데 차라리 잘됐다고 했다. 차라리 잘됐다는 말이 결코 진심일 수는 없을 것이다. 교수들의 커뮤니티에서 그런 일을 당한 사람들이 어떻게 대처했는지를 찾아보려 했으나, 소송을 했다거나 문제 제기를 했다거나 하는 사람들은 단 한 명도 없었다. 이사회로부터 승인 거절을 당했으니 어쩔 수가 없지요, 하는 체념만 늘어놓을 뿐이었다.

용기를 내서 전화를 걸었으나 언니는 받지 않았다. 외국인 신부라고 그녀를 깔보던 큰고모가 생각났다. 왜 세상일이 이렇게 돌아가는지 도무지 알 수 없다고 생각했다. 언니는 그날 저녁 늦게 전화를 걸어와 밝은 목소리로 말했다.

"아가씨, 저랑 호캉스 갈래요? 공항 근처 호텔 숙박권이 생겨서요."

언니는 수아와 함께 이미 우리집 근처에 차를 대놓았다고 했다. 나는 오래 생각할 겨를도 없이 여행용 파우치를 챙겨 서둘러 내려갔다. 조수석에 앉아 있던 수아가 차에서 내리며 내게 인사했다.

"고모, 잘 지내셨어요?"

3부

인천국제공항고속도로는 이젠 내게도 제법 익숙한 길이었지만 지날 때마다 전방을 덮쳐오는 지독한 바다 안개에는 매번 놀랐다. 어쩌면 이렇게도 어둡고 흐릴까, 하며. 하지만 안개는 목까지 칼칼해질 만큼 먼지가 많은 날 보는 뿌옇고 흐린 하늘과는 조금 달라서 내게 이상한 위안을 주었다. 그건 프리다이빙을 배우는 친구가 말했던, 어두컴컴한 심해에서 느끼는 위안과 비슷한 것인지도 몰랐다. 사람은 물론이거니와 산호나 물고기 등 그 어떤 생물도 없는 적요 아래 깊고 까마득한 어두움. 가만히 물속에 서서 발을 차며 그 어두움을 지켜보면 마음이 편해진다고 했다. 물을 무서워하는 나로선 도저히 이해할 수 없는 이야기였는데, 눈앞의 무시무시한 안개를 보고 있으니 그게 무슨 의미인지 조금 알 것 같기도 했다. 죽음에 가까운 느낌을 주는 시커먼 심해만큼은 아니어도 충분히 현실과는 동떨어진 풍경이었다. 고속도로를 달리다보면 사람이 모여 살지 않는 땅이 끝날 줄 모르고 이어진다는 사실에 왠지 안도하게 되기도 했다.

언니와 수아가 찾아왔을 때가 이미 꽤 늦은 시각이었기에 우리는 함께 밤의 고속도로를 달렸다. 호캉스 갈래요? 청량한 발성. '호캉스'라는 단어가 담고 있는 한없는 가벼움. 오랜만에 만난 언니와 수아는 그간 별일 없었다는 듯 내게 웃어 보였다.

우리는 호텔 주차장에 나란히 주차했다. 수아가 호텔 로비에서 언니에게 사진을 찍어달라고 했다. 로비에 걸린 큰 액자 앞에서 짝다리를 짚은 수아가 손바닥을 펼쳐 귀 옆에 댔다. 마치 '안녕' 하고 인사하는 듯한 포즈였다. 언니는 한껏 몸을 낮춰서 수아의 전신사진을 여러 장 찍어주고는 핸드폰을 수아에게 건네며 내게 조용히 말했다.

"얘는 사진에 목숨걸어요. 그래서 내가 더 늙어."

언니가 체크인을 하는데 수아가 언니에게 재촉하듯 손짓하며 귓속말을 했다. 언니는 프런트 직원에게 야간에도 야외 수영장을 개방하는지 물었다. 수아가 "내가 이미 다 확인했는데"라고 혼잣말을 했다. 직원은 고개를 끄덕였다. 수아가 난

데없이 연락해왔던 날처럼 이번에도 내게는 고민하거나 주저할 겨를이 없었다. '호캉스'도 갑작스러운데 수영장까지. 언니는 내 손을 잡으며 난처한 듯 미소를 지었다.

"미안해요, 아가씨. 수영복은 넉넉히 챙겨왔어요."

아마 그때였는지 모른다. 엘리베이터 앞에서 노래를 흥얼거리는 수아를 보는데, 무람없는 그 아이의 모습에 '어떤' 학생들의 모습이 또다시 겹쳐 보인 것은. 그 생각은 머릿속을 빠르게 훑고 지나갔다. 나는 애써 생각을 떨쳐냈다.

막상 수영장 덱에 발을 디디니 마음이 한결 편안해졌다. 발바닥에 적당히 따뜻한 기운이 돌았다. 안개 낀 늦여름 밤의 공기는 조금 후덥지근했다. 꽤 늦은 시각이어서 그런지 사람이 보이지 않았다. 수아는 가운을 벗어 선 베드에 던져놓고 성큼성큼 수영장으로 걸어들어갔다. 언니는 저지레하는 아이를 보듯 걱정스러운 표정으로, "다이빙하면 안 돼!" 외쳤다. 언니와 나는 나란히 선 베드에 누웠다. 우리는 헤엄치는 수아를 눈으로 좇으며 이야기를 나눴다.

"수아가 아주 어릴 땐 예리 고모를 무척 좋아했어요. 네 살 땐가, 말문이 다 트이지도 않았는데 그러더라고요. 엄마, 예리 고모 착해, 그치?"

친근하게 예리 고모, 예은 고모라고 부르는 수아. 내가 큰고모가 흙을 퍼먹고 자랐다는 옛날을 모르듯 수아는 어린 예리가 얼마나 맹랑하고 악랄했는지 알 수 없을 터였다. 큰고모가 내게 그랬던 것처럼 예리도 처음에는 수아에게 잘해줬을 것이다. 어려서 그토록 무시하던 오빠의 딸이어도 '내 핏줄' 운운하면서, 자기 자식이 생기기 전까지는. 나는 언니에게 말했다.

"저도 지금은 예리랑 연락을 안 하고 살지만, 가만 보면 예리는 저희 큰고모랑 비슷한 데가 있어요."

언니는 대번 알아듣고 웃었다.

"아, 그 고모님이요. 저도 잘 알죠."

언니를 무시하던 큰고모가 생각나서 나는 입술을 깨물었다. 언니는 다시 예리 이야기를 했다.

"한동안 생각했어요. 왜 아이에게 그 이야기를 한 걸까. 화가 나서 참을 수가 없더라고요. 네 아빠에겐 우리 말고 다른 누이들이 있단다. 그 이야기를 어린 수아에게 할 필요가 있었을까."

나도 그랬다. 큰고모가 왜 나를 붙들고 그런 이야기를 했는지 알고 싶었다. 알아봐야 아무것도 바꿀 수 없는 과거, 그저 누군가의 추문으로만 남은 기억을 큰고모는 왜 들추었을까. 하지만 오랜 시간이 지난 후 나는 애써 노력하지 않고도 자연스럽게 알게 되었다. 그 이야기를 할 때 눈을 빛내던 여자의 비열한 표정을 떠올리면서. 그저 그녀는 지독하고 무거운 이야기를 발설하는 게 재미있었던 것이다. 그런 사람은 이해할 필요도 없고 이해할 수도 없다는 걸 나는 어느 날 문득 깨달았다. 하지만 언니에게 그렇게 말할 수는 없었다. 언니가 이해할 수 있는 종류의 사람이 아닌 거예요. 그냥 이해하려고 하지 마세요.

언니는 이야기를 하면서도 눈으로는 계속 수아를 좇았다. 덱을 빙 두르고 있는 화려한 조명 덕에 멀리서 수영하는 수아의 모습이 깜빡이는 레이저 포인터처럼 보였다. 때로 수아는 연기처럼 자욱하게 내려앉은 지독한 밤안개에 흔적조차 없이 빨려들어갈 것만 같았다.

"수아는 쉬지도 않고 계속 수영을 하네요. 지난번에 봤을 때도 느꼈지만 운동을 정말 좋아하는 것 같아요."

"공부는 못 가르쳐도 수영은 꼭 가르치려고 했어요, 제가. 애들 둘 다요."

나는 언니를 돌아봤다.

수아는 넓은 야외 수영장을 거침없이 오가며 헤엄쳤고 언니는 문득 옛날이야기를 꺼냈다.

*

스노클링 패키지를 신청한 한국 청년들의 모습을 보며 언니는 불안감을 느꼈다. 다이빙 센터 직원이 스노클 마스크를 착용하는 방법과 주의 사항을 재차 안내했으나 누구도 제대로 듣는 것 같지 않았다. 언니가 일하던 리조트에는 그즈음부터 한국 관광객들이 많이 찾아오기 시작했다. 호텔리어 공채에 한국어 특기생으로 합격한 언니는 한국인들을 전담해 접객했다. 주로 신혼여행을 오는 젊은 커플들이 많았지만, 가끔 또래 친구들끼리 오는 경우도 있었다. 언니는 객기를 부리는 젊은 이들을 보면 마음을 놓을 수 없었다. 그날도 마찬가지였다. 한 국 청년들은 이미 배를 탄 순간부터 의기양양해했다. 바다는 커녕 계곡물에서도 놀아본 적 없을 것 같은 젊은 남자들이었다. 배가 출발하자 안내대로 구명조끼 끈을 단단히 묶고 긴장한 표정으로 승선한 커플과 달리 그들은 뱃머리에서 움직이며 장난을 쳐댔다.

언니는 자신만만한 친구들 사이에서 조금 움츠러든 채 앉아 있는 남자를 주시했다. 그는 구명조끼를 대충 걸치고 말없이 먼바다를 바라보고 있었다. 언니는 그에게 다가가 한국어로 말했다.

"라이프 베스트는 입는 게 좋아요. 훨씬 덜 힘들 테니까요."
동행인 다른 남자가 웃으며 그의 등을 쳤다.
"무섭냐? 안 입어야 훨씬 더 재미있어."
그는 언니를 쳐다봤다. 언니는 가만히 고개를 저었다. 오랜 시간이 흐른 뒤에도 언니는 자신에게 답을 구하듯 빤히 쳐다보던 남자의 눈을 잊지 못했다. 큰 소리로 웃고 떠드는 남자들 무리에 섞이지 못한 듯 내내 혼자 조용히 있던 장훈 오빠의 모습을.

그날 스노클링 트립에는 한국인 신혼부부와 장훈 오빠네 일행, 하와이에서 여행 온 커플이 참여했다. 함께 승선한 사람들이 하나둘 바다로 뛰어들었다. 미국인들은 구명조끼는커녕 수영복도 제대로 갖춰 입지 않았지만 언니는 걱정하지 않았다. 그들에게선 아주 어릴 적부터 바다를 놀이터 삼아온 폴리네시아 사람들의 분위기가 풍겼다. 언니는 투숙객의 인상만 봐도 바다와 얼마나 친숙한지 대략 알 수 있었다. 바닷마을 아이였기 때문이었다.

언니는 고립된 어촌에서 태어나 자랐다. 지금은 고급 리조트가 들어섰지만 당시에 그곳은 외부에 널리 알려진 동네가 아니었다. 떠나온 지 오래된 지금 언니는 가끔 유튜브에서 고향을 검색해봤다. 그곳의 경치를 보며 아름답다고 생각하는 자신에게 가끔 놀랐다. 발바닥에 아무렇게나 밟히던 산호 조각이나 건기의 새파란 하늘, 활엽수나 나무두더지, 그 어떤 것도 어린 언니를 감탄하게 하지 못했다. 세상의 어떤 사람들은 물에 발을 담그는 것도 무서워한다는 풍문을 들었을 때, 심지어 이곳과 멀리 떨어지지 않은 동네에 사는 아이들마저 아무 때나 바다에 들어가지는 않는다는 이야기를 들었을 때 언니는 생각했다. 그런 동네에 가서 그런 사람들과 어울려 살아보고 싶다고. 바다가 전부가 아닌 곳에서. 항구가 보이지 않는 세상에서. 가끔 이곳을 찾는 외국인 관광객들처럼. 맨손으로 물고기를 잡는 동네 아이들을 신기한 눈으로 구경하는 사람들처럼. 테트라포드에 걸터앉는 사람들처럼.

언니의 경험상 한국인들 중 수영을 잘하는 사람은 별로 없었다. 언니는 구명조끼를 입지 않아도 된다며 의기양양해하던 사람들이 얼마 지나지 않아 허우적대는 모습을 몇 번이나 보았다. 장훈 오빠는 관광객 중 가장 마지막으로 바다에 뛰어들었다. 오리발을 신는 것도 익숙하지 않은 듯했다. 비틀거리며 계단을 내려가던 그는 선뜻 뛰어드는 친구들을 초조하게 바라보며 망설이다가 바다에 입수했다. 누군가 억지로 등을 떠민 것처럼 냅다 미끄러지며. 언니의 예상대로 그는 수면에 떠오르자마자 허우적댔다. 언니는 뒤따라 입수한 뒤 오빠가 입은 구명조끼의 상태를 살폈다. 친구들이 훼방을 놓긴 했지만 제대로 착용한 상태였다. 선두에서 다이빙 센터 직원이 로프를 던져주었다. 언니는 로프를 집어 오빠에게 내밀었다. 오빠의 친구들은 이미 어빡자빡 바다에 흩어져 있었다. 대체로 구명조끼를 입고 있지 않았으나 다행히 다들 제법 헤엄을 잘 치는 듯했다. 덕 다이브로 바다 깊이 내려가는 친구도 있었다. 언니는 오빠의 뒤에 바짝 따라붙었다. 수영을 아무리 못해도 구명조끼를 제대로 착용한 이상 바다에 빠져 죽을 일은 없었다. 헤엄치는 폼이 못 미더웠지만 다행히 오리발도 신고 있었다. 언니는 선두에서 헤엄치는 직원에게 낙오자를 안내하고 있다는 수신호를 보냈다.

구명조끼를 입지 말라고 부추긴 사람은 그런 오빠를 신경도 쓰지 않고 스노클링을 즐기느라 여념이 없었다. 언니는 거대하고 화려한 산호가 나오거나 '니모'로 유명한 흰동가리 무리가 말미잘 근처에서 헤엄치고 있을 때 오빠를 툭툭 치며 손가락으로 가리켰다. 고생하며 헤엄치는 것이 무용하게 오빠는 바닷속 풍경을 구경할 여유가 조금도 없어 보였다. 그날은 평소 보기 힘든 거북떼도 나타났지만 오빠는 버둥거리기 바쁠 뿐이었다. 스노클 마스크가 불편한지 틈만 나면 물 밖으로 얼굴을 내밀고 침을 뱉었다. 그러다가 가라앉는 듯한 느낌이 들었는지 갑자기 언니의 몸을 붙들고 늘어졌다. 물에 빠질 것 같다는 위기감을 느끼는 사람이 본능적으로 하는 행동이었다. 언니는 종종 그런 일을 겪은 터라 침착하게 오빠를 떼어내며 "이러다 우리 둘 다 죽어요"라고 말했다. 무사히 리조트에 돌아왔지만 오빠는 자기 행동에 충격을 받고는 틈만 나면 언니에게 사과를 했다. 이십 년 가까이 흐른 지금까지도 오빠는 그 일을 떠올리면 미안하다고 말하곤 했다.

그날 트립을 마치고 돌아가는 배에서 찍은 단체사진 속에는 난생처음으로 바다 수영을 해서 잔뜩 지친데다가 자기도 모르게 언니에게 한 행동 때문에 놀란 기색이 가시지 않아 시퍼렇게 질린 오빠가 갖가지 포즈를 취하는 친구들 가운데 우두커니 서 있다. 수영을 못하는 친구를 깊은 바닷속까지 데려와놓고 알은척도 하지 않던 친구들을 보며 언니는 혀를 찼다.

돌아가는 배에서 사람들에게 몸을 말릴 담요를 나누어주던 언니는 문득 몸을 작게 떠는 오빠의 뒷목을 봤다. 까무잡잡한 피부에 아토피 자국이 도드라졌다. 훗날 그와의 사이에서 아이를 낳게 될 줄 몰랐던 언니는 두 아이 모두 제 아빠를 닮아 아토피로 고생할 줄도 당연히 몰랐다. 타이트한 운동복을 입기 좋아하는 수아가 목덜미와 등을 거울에 비춰보며 한숨을 쉴 때마다 언니는 그날 배에서 본 오빠의 모습을 떠올리곤 했다.

아토피를 제외하면 수아는 오빠보다 언니를 훨씬 더 많이 닮았다. 태어났을 적에도 그랬지만 자라날수록 더더욱 그랬다. 어딜 가나 사람들은 수아를 힐끔거렸다. 뚫어지게 바라보는 사람도 있었고 거듭 곁눈질을 하는 사람도 있었다. 수아는 유치원에서 외국 애 같다고 놀림받았을 때 언니에게 울며 말했다. 예쁜 엄마가 아니라 못생긴 아빠를 닮았어야 했다고.

　연년생인 수아 남매가 차례로 초등학교에 입학하자 언니는 일과가 시작되기 전 아이들을 차에 태워 수영장에 보냈다. 그렇게 0교시 수영 수업을 사 년 동안 시켰다. 수아는 금세 수영을 익혀 반년 만에 접영을 했다. 반면 아들은 일 년이 넘도록 물에 잘 뜨지도 못했다. 이런 것도 유전이 되나 싶을 만큼 아들은 아빠를 닮았고 딸은 엄마를 닮았다. 수아는 오빠랑 수준이 안 맞아서 같이 수업받기 싫다고 떼를 썼다. 오빠가 물 공포증을 극복하려고 물속에서 끝없이 호흡과 발차기를 연습하는 동안 수아는 더이상 배울 것이 없을 만큼 다양한 영법을 배웠고 나중엔 주니어 수영 대회에도 참가했다. 언니는 수영장 대기실에 난 유리창으로 수영하는 두 아이의 모습을 지켜봤다. 날렵하게 다이빙해서 물살을 가르는 수아와 그 옆에서 킥판을 잡고 버둥거리는 아들을 보며 남편을 처음 만났을 때를 가만히 생각하곤 했다.

　이야기를 나누며 우리는 햄버거와 오렌지주스를 주문해 먹었다. 오랜만에 입맛이 당겼다. 언니는 다른 부모처럼 아이가 공부를 잘하길 바라거나 잘난 외모에 끼가 넘쳐 연예인이 되길 바란 적은 없다고 했다. 언니는 살짝 웃으며 말을 이었다.

　"미술을 잘했으면 좋겠다, 아니면 악기 하나는 잘 다뤘으면

좋겠다, 뭐 그런 정도였죠. 수영 말고 욕심내서 시킨 건 없었
어요."

"거짓말."

언니와 나는 깜짝 놀라 고개를 돌렸다. 어느새 수영을 마친
수아가 와 있었다. 수아는 물을 뚝뚝 흘리면서 언니를 쏘아보
며 말했다.

"엄마가 뭘 욕심낸 적이 없어. 영어 시켰잖아."

언니는 어처구니없다는 듯 웃으며 대꾸했다.

"그걸 뭘 시켰다고 표현하니. 영어는 당연한 거지."

"고모, 엄마 좀 보세요. 영어가 당연한 거래요. 저 영어 유치
원 다녔어요. 한국말 쓰면 벌점 받는 유치원이요. 그런데도 저
영어 못해요."

언니는 수아를 흘겨보며 "자랑이다, 아주" 핀잔을 주고는
내게 수영하고 오겠다고 말하며 자리를 떴다. 수아가 가운을
입고 언니가 누웠던 선 베드에 누웠다.

"엄마가 저보고 이렇게 생겨서 영어도 못하면 안 된다고 했
어요."

수아는 그런 말을 대수롭지 않게 뱉었다.

수아가 핸드폰을 집어들길래 나도 언니를 따라 수영장에 들
어갔다. 언니 근처에서 잠수를 하고 가능한 만큼 숨을 참았다.
물속에서 언니를 훔쳐보기 위해서였다. 몇 년 전 수영 강습을

다닐 때도 나는 수영을 잘하는 사람들의 동작을 물속에서 몰래 훔쳐보곤 했다. 남편은 내게 그러지 말라고 했다. 평소에는 누군가 힐끗거리며 보는 걸 질색하는 사람이 물속에선 왜 그런 짓을 하느냐고 타박했다. 조심하려고 노력했지만 내 악취미는 쉬이 없어지지 않았다. 숨을 오래 참지는 못했기에 보는 시간은 아주 잠깐일 뿐이었지만.

언니는 마치 심해에 있는 것처럼 헤엄쳤다. 틀에 박힌 영법은 아니었지만 아무렇게나 헤엄치는 것도 아닌 것 같았다. 그다지 깊지도 않은 수영장에서 언니는 마치 인간이 다다를 수 없는 깊은 바닷속으로 내려가듯 몸을 바닥으로 기울였다. 나로서는 시도조차 할 수 없을 것 같은 덕 다이브. 수영을 배우다보면 물에 뜨는 것도 어렵지만 가라앉는 것은 더욱 어렵다는 걸 알게 된다. 언니는 자유롭게 수면 아래로 깊이 가라앉았다가 상승하기를 반복했다. 수직에 가깝게 몸을 세워 수면으로 올라가는 언니를 계속 바라보고 싶었지만 나는 가쁜 호흡을 뱉으며 머리를 물 밖으로 꺼내야만 했다. 몇 년간 강습을 받았지만 물속에서 몸을 뒤집는 것도 겁나는 내게 언니는 마치 태생이 물속인 바다 생물 같아 보였다.

문득 나는 '바닷마을 언니'라는 호칭을 떠올렸다. 이야기를 듣고 보니 언니는 정말로 큰 바다에서 온 사람이었다. 나는 언니가 한국에 와서 처음 본 바다는 어땠을지 상상해봤다. 지금

사는 인천이었을까, 아님 강릉이었을까, 부산이었을까, 제주였을까. 한국도 섬나라들처럼 바다를 건너지 않으면 국경을 넘을 수 없다는 걸 알았을 때 언니는 어떤 기분이었을까. 다른 나라를 의미하는 '해외'라는 말이 언니에게는 어떻게 들렸을까. 어떤 아이들은 애쓰지 않아도 어느 날부터 글을 익혀 책을 읽거나 자전거를 탈 줄 알게 되는 것처럼, 기억나지 않는 순간부터 헤엄을 쳤던 언니가 싫다는 자식을 끌고 수영 수업을 받게 했을 때 어떤 기분이었을까. 나는 그런 것도 상상했다. 결혼 후 인천에 살게 된 언니에게 장훈 오빠가 멋쩍어하며 이런 말을 건네는 장면.

"인천 바다는 참 작다."

오래전, 장훈 오빠가 아직 성년이 되기 전에 다 함께 인천에 있는 해수욕장으로 놀러간 적이 있었다. 후암동에 모여 살기 전이었다. 예리와 예은과 나는 튜브를 타고 놀며 바다가 똥물이라고 푸념했다. 파란 바다를 기대했는데 흙탕물이라며. 예리가 침을 퉤퉤 뱉으며 바다가 더럽다고 욕하던 모습이 생생하게 기억났다. 해수욕장이 있던 그 동네도 지금은 개발된 지 오래였다. 언니가 사는 바닷마을과 멀지 않은 곳이었다.

언젠가 남편은 언니의 메신저 프로필 사진을 보고 영락없이 인천 사람같이 생겼다고 말했다. 이만큼이나 한국에 오래 살았으니 누가 봐도 한국 사람처럼 보이는 건 당연하지 않겠느냐고도 했다. 나는 생각이 달랐다. 오래 살았다고 해서 다 그 지역 사람처럼 보이는 건 아니었다. 몇 년 전 아빠가 내게 입양된 애들은 얼굴이 변하지 않는다고 말했던 것도 떠올랐다. 아빠의 말은 주술적인 소망 따위가 담긴 속설을 인용한 것이었지만. 언니는 남편 말대로 누가 봐도 한국 사람처럼 보일 수도 있지만 한편으론 수아 말대로 영어를 못하면 의아하게 느껴질 수 있을 정도로 외국인같이 보이기도 했다. 나는 호텔에서 밤을 보내는 내내 그 생각을 했다. 언니의 생김새, 수아의 생김새, 나의 생김새, 그리고 프랑스 언니의 생김새. 너무 표시가 나는 어떤 얼굴들에 대해서.

*

야엘이라는 이름, 그리고 그녀가 잊었거나 잊으려고 노력했을 장선이라는 이름. 자기 나라 말이 너무나 아름답다고 생각한다는 프랑스 사람들의 모국어를 사용하고, 그 나라에서도 잘 배운 사람들이 흔히 그러듯 영어도 능숙하게 구사할 언니. 부모의 결혼식 사진에서 본 그녀는 큰아버지를 빼닮은 얼굴이었다. 통통한 얼굴에 갈색 피부, 외까풀에 깊은 몽고주름과 작고 얇은 입술. 친구가 외국 여행중에 만나 사귀었던 남자가 내게 알려준 영화 〈피부색깔=꿀색Couleur de peau: Miel〉의

인물들처럼 금방 표시가 나는 얼굴.

그 남자는 처음 만난 자리에서 내게 원래 한국 여자가 자기 취향이라고 말했다. 그 말을 듣자마자 나는 친구의 눈치를 살폈다. 친구는 대수롭지 않은 듯 웃었다. 원래 한국 여자 취향이라서 한국 여자인 친구를 만났다는 이야기를 어떻게 받아들여야 하나, 나는 한참 생각했다. 친구와 남자는 이 년간 사귀었고 그동안 남자는 다섯 번이나 한국에 왔다. 그가 올 때마다 친구는 내게 연락해서 함께 만나자고 했다.

"다음달에 아지 들어온대. 같이 롯데월드 가자."

당시 나는 석사논문을 준비하고 있었다. 돈도 없고 바쁘기도 해서 누굴 만날 여유가 없었지만 아지가 한국에 오면 꼬박꼬박 만나러 갔다. 둘도 아니고 넷도 아니고 셋이 롯데월드나 서울대공원, 여의도 벚꽃길과 국립현대미술관에 가서 놀았다. 아지와 내가 단둘이 찍힌 사진도 한 장 남아 있었다. 서울대공원 동물원에서 기린들을 배경으로 찍은 사진이었다. 내가 둘을 찍어준 사진은 훨씬 많았지만 아지와 헤어진 후에 친구는 하나도 남김없이 전부 지워달라고 했다.

아지는 다섯 살 때 한국을 떠난 입양인이었다. 친구는 아지와 프랑스어로 능숙하게 대화했다. 원래 프랑스어를 공부했던 건 친구가 아니라 나였다. 친구는 대학 동기들 중에서 가장 영화를 좋아하는 아이였다. 〈영화와 문학〉이라는 전공 필수 과

목을 수강할 때 교수가 틀어준 영화를 보며 졸지 않은 사람은 나와 그 친구밖에 없었다. 친구는 고전 프랑스 영화를 상영하는 시네마테크를 찾아다니며 작품을 감상했다. 나도 대학 땐 곧잘 프랑스 영화를 봤지만 친구처럼 대여섯 시간이나 극장에 앉아 영화를 볼 자신은 없었다. 나는 프랑스어에 대한 막연한 환상과 동경으로 프랑스인들이 구사하는 자연스러운 입말을 듣고자 영화를 봤다. 그때 내게 프랑스 언니가 있다는 사실, 내 친족이 멀리 쫓아 보낸 혈육이 지금 프랑스인으로 살고 있다는 사실에 대한 생각은 그다지 크지 않았다. 야엘이 한국에 오기 전까지 언니들이 살고 있는 나라가 정말 프랑스인지조차 확신할 수 없었다. 언니들이 떠나간 곳은 그저 미국처럼 아주 먼 곳, 버림받은 어린 아시아인들을 데려가서 키우는 강대국 같았다. 언니들이 살고 있는 나라가 영화 속에서 멋진 파리지앵들이 사는 곳으로 묘사되는 그곳이라는 실감이 좀처럼 들지 않았던 것이다.

나는 대학에서 프랑스어 교양 수업을 수강하고 불문과 전공 수업도 청강했다. 대학을 휴학한 시기에는 알리앙스 프랑세즈에서 수업을 듣기도 했다. 그 무렵 혼자 프랑스로 여행을 떠났던 친구는 돌아오자마자 당장 프랑스어를 공부해야겠다고 했다. 프랑스인들이 왜 그토록 자기 나라 말에 대해 자부심을 갖는지 이제야 알았다고, 프랑스어를 잘하면 할 수 있는 일이 꽤 많을 것 같다고도 했다. 아직 식민지 시절의 언어를 사용하는 아프리카 대륙의 수많은 나라들이 프랑스어 특기생을 공무원으로 채용한다고 그녀는 눈을 빛내며 말했다. 잠깐 나도 그런 꿈을 꾸긴 했었다. 유럽에서 살아가는 것, 유럽의 언어를 능숙하게 구사하는 것에 대한 대책 없는 환상에 빠져 있던 시절이었다.

대학을 졸업한 뒤로 나는 빠르게 프랑스어를 잊었고 프랑스 영화에 대한 관심도 점점 사그라들었다. 그러나 친구는 끈기 있게 프랑스어를 공부했다. 시네마테크를 찾아다니며 영화를 보는 일도 여전했고 아르바이트비를 모아 프랑스로 여행을 떠나기도 했다. 그러다가 아지를 만난 것이었다. 친구가 내게 프랑스 남자를 사귀게 되었다고 말했을 때 내 머릿속에는 자연스럽게 금발에 벽안인 백인의 얼굴이 떠올랐다. 친구는 내 마음을 읽은 듯 곧장 "백인은 아니야"라고 말하고는 마그레브인이라고 덧붙였다. 내가 알아듣지 못하자 친구는 알제리계라고 다시 설명했다. 알제리계 프랑스인이라고. 그러나 뒤이어 친구가 보내온 사진을 보고 나는 다시 어리둥절해졌다. 기차간에서 그녀와 얼굴을 맞대고 있는 남자는 내가 아는 어떤 '유럽인'의 모습에도 해당되지 않았기 때문이었다. 말총머리를 한 남자는 너무나도 익숙한 아시아인의 얼굴을 하고 있었다. 친구는 뒤늦게 그가 한국에서 태어나 알제리계 부모에게 입양된 프랑스인이라고 말해주었다. 친구는 내게 입양과 관련한 가족사가 있다는 걸 예전부터 알고 있었다.

아지를 처음 만난 날, 친구는 내게 '너희 언니들'에 관해 궁금한 게 있다면 아지에게 뭐든 물어보라고 했다. 아지가 원래 한국 여자가 자기 이상형이었다고 거리낌없이 말하는 것만큼이나 친구의 태도도 의아하게 여겨졌다. 아지는 싱글싱글 웃으며 자기에게 뭐든 물어보라고 거듭 말했다. 자신은 입양인이라는 사실에 대해 전혀 불편함이 없다고. 다만 이제는 성인인데 아직도 '입양아'라고 불리는 게 조금 어색하게 느껴질 뿐이라고 했다. 자신은 프랑스의 입양인 커뮤니티에 속해 있는데, 한국 출신의 몇몇 사람들은 스스로를 더이상 아동이 아니라는 의미에서 '입양인'이라고 부른다고 했다. 그 이야기를 듣는데 가슴이 뛰었다. 그 커뮤니티에 혹시 언니들도 있을까. 그러나 내가 아는 정보라곤 언니들의 연령대뿐이었다. 아지도 내게 캐묻지 않았다.

아지는 한국어를 따로 공부한 적은 없다고 했다. 그러나 어려서부터 한국 드라마를 많이 봤고 한국 노래도 즐겨 듣는다고 했다. 커뮤니티에 속한 한국 출신의 사람들이 가끔 한국어로 대화하는 모습을 볼 때 부럽기는 했으나 따로 공부할 기회는 좀체 없었다고 했다.

"그냥 게을러서 그렇지 뭐."

아지는 영어로 말했다.

"그래도 엄마를 만나면 인사는 한국어로 하고 싶은데."

다섯 살에 한국을 떠난 아지는 부모에 대한 기억이 머릿속에 선명하게 남아 있다고 했다. 서울의 풍경을 보더니 자신이 어릴 적에 살았던 빌라와 흡사한 건물이 많아 반갑다고 말했다. 그는 현관 우편함 앞에 자전거와 킥보드와 유아차가 뒤죽박죽 놓여 있던 작은 연립주택의 모습도 기억난다고 했다. 한국에 관한 기억은 유치원에 가기 위해 건물 앞에서 엄마에게 손을 흔들던 것을 마지막으로 블랙아웃이 온 것처럼 끊겼다고 했다. 그는 젊은 부모가 얼마나 가난했으면 자신을 해외로 보냈겠느냐며, 자기는 다 이해한다고 했다. 너무 가난했으니까. 아지가 그렇게 말했을 때 나는 까닭 모를 불안함을 느꼈다.

한국어로 된 작품을 많이 접해 제법 익숙하다고 하면서도 그는 한국과 일본을 잘 구분하지 못했다. 아지가 어릴 적에 봤다는 한국 드라마 중 몇 개는 알고 보니 일본 드라마였다. 그는 "동정할 바에는 차라리 돈을 줘"라는 대사가 나오는 일본 드라마 〈집 없는 아이〉도 내내 한국 드라마로 알고 있었다. 함께 순두부찌개를 먹으러 갔을 때는 두부를 가리키며 '토후'라고 했고 친구가 된장찌개를 끓여 내왔을 때는 반갑다는 듯 웃으며 '미소'라고 했다. 그럴 때마다 나는 웃고 떠드는 아지와 친구 사이에서 조금 소외된 기분이 들었다. 어느 날은 친구의 자취방에서 함께 트뤼포의 〈400번의 구타〉를 보다가 친구가 먼저 잠에 들자 아지가 내게 "우린 한잔 더 할까?"라고 물었는데, 문득 도망치고 싶다고 생각했다. 그러면서도 아지가 한국에 들어왔다고 하면 열 일 제치고 만나러 가는 내게 프랑스로 입양 간 언니들의 영향이 없었다고 말할 수는 없었다. 아지를 보며 나는 나도 모르게 언니들의 미래를 읽고 있었다.

아지가 마지막으로 한국에 들어왔을 때 나는 그가 생부모를 만나러 가는 길에 동행했다. 자긴 아무렇지 않다고, 가난했던 생부모를 이해한다고 말했던 아지는 그날 길바닥에서 엉엉 울었다. 그의 생부모가 살고 있는 곳은 한눈에도 호화로운 아파트였다. 그는 이를 바득바득 갈았다. 무엇보다 그들이 자신을 떠나보낸 후 아이 하나를 새로 낳아 여태껏 길렀다는 사실에 충격을 받았다. 나만 없어졌구나, 아지는 울음 끝에 중얼거렸다. 피치 못할 사정으로 자식을 버릴 수밖에 없었을 거라고, 생부모를 떠올릴 때마다 그런 식으로 스스로를 위안했던 아지는 다시는 한국에 오지 않겠다고 말했다.

그렇게 친구의 세상에서 아지는 감쪽같이 없어졌다. 그 무렵 프랑스 워킹 홀리데이를 준비하고 있던 친구는 큰 충격을 받았다. 하지만 그녀는 포기하지 않고 워킹 홀리데이를 떠났고, 파리에 가서 아지를 찾았지만 함께 어울리던 프랑스 친구들은 전부 그의 행방을 모른다고 둘러댔다. 친구는 파리의 카페와 레스토랑에서 아르바이트를 하며 계속 아지를 찾아다녔다. 몇 년간 아지를 찾던 친구는 아프리카 대륙 어느 나라의 한 공공기관에서 일자리를 얻고 나서야 그를 잊기로 다짐했다. 예전에 친구가 말했던 대로 프랑스어를 써먹을 수 있는 나라는 프랑스뿐만이 아니었다. 친구는 계속 프랑스어를 공부했지만 더는 프랑스에 가지 않았다.

나는 가끔 아지를 떠올렸다. 아지가 내게 "잘은 모르지만 가사가 아름다운 것 같다"고 했던 노래를 떠올렸다. 그 노래의 가사는 이랬다. '홀로 버려진 길 위에서, 견딜 수 없이 울고 싶은 이유를, 나도 몰래 사랑하는 까닭을, 그 누구도 내게 일러주지 않았네……'

한국어를 거의 모르고, 한국과 일본을 잘 구분하지 못하던 아지가 〈집 없는 아이〉 같은 드라마나 '홀로 버려진 길 위에서'라는 가사로 시작하는 노래를 좋아하는 까닭을 나는 가만히 짐작해볼 뿐이었다.

*

알리앙스 프랑세즈에 다니던 시절, 책상에서 프랑스어 교본을 발견한 아빠가 내게 왜 프랑스어를 공부하느냐고 물은 적이 있었다. 프랑스어 발음이 좋아서, 나도 발음해보고 싶어서,

문학을 공부하다보면 프랑스 문학이나 철학, 영화에 매혹되는 순간이 많아서, 내겐 제2외국어에 불과하지만 언젠가 프랑스어를 모국어로 쓰는 사람들과 대화해보고 싶어서. 당시 내겐 여러 이유가 있었으나 나는 설명하길 그만두었다. 아빠의 머릿속에서 프랑스는 오직 장선 자매를 떠나보낸 나라일 뿐이었다. 아빠가 그 순간을 떠올리며 아련해하는 게 나는 늘 불만이었다. 그 시절 어른들에겐 정말로 그 방법밖에 없었단 말인가. 그때의 어른들만큼 나이를 먹은 지금도 받아들이기 어려운 사실이었다.

야엘이 한국에 오기 얼마 전, 나는 여러 작가들과 함께 프랑스에 방문했었다. 한국문학 번역 지원 프로그램의 일환으로 간 것이었기에 서유럽 여러 나라를 돌아다니며 행사에 참여했는데, 프랑스에는 삼 일 동안 체류했다. 이십대 내내 꿈에 그리던 프랑스였으나 막상 방문하니 정신없이 바빴고 하필 매섭게 추운 겨울이어서 황량한 파리 풍경이 시시해 보이기만 했다. 파리의 센강은 한강과 비교할 수 없을 만큼 터무니없이 작았고 명품을 사지 않는 이상 샹젤리제에선 볼일이 없었으며 파리 시내 어디에서나 보이는 에펠탑도 그다지 신기하지 않았다. 샹젤리제의 루이뷔통 매장에서 가방을 샀다는 한 작가는 매장 쇼윈도가 돌에 맞아 깨져 있었다고 알려주었다. 노란 조끼 운동이 한창이던 때였다. 프랑스 뉴스에서는 '에마뉘엘 마크롱, 부자들의 대통령……'이라는 노랫말이 흘러나왔다. 작가 행사가 끝나고 늦은 밤에 나는 일행과 함께 에펠탑 근처에 가보았다. 야광 머리띠를 쓴 흑인들이 에펠탑 기념품을 팔고 있었다. 그들은 우리를 보고 한국어로 호객을 했다. 모른 척 지나가려 하는데 끈질기게 따라붙으며 "우리도 블랙핑크 좋아해요. 난 부산도 가봤어요" 외쳤다. 결국 그들에게 현금을 주고 결코 쓰지 않을 에펠탑 열쇠고리를 샀다.

시커먼 밤중에 존재감을 드러내기 위해 야광 머리띠를 쓴 흑인들. 후에 알아보니 관광지에서 호객행위를 하는 그들 대부분이 불법체류자라고 했다. 나는 아주 오랜만에 아지를 떠올렸다. 마그레브 출신의 알제리계인 아지. 사람들이 '진짜 백인'이라고 생각하는 금발 벽안의 백인은 생각처럼 흔하지 않다고 말하던 아지. 그러나 유럽 사회에서는 아직도 금발 벽안과 얼마나 비슷한지에 따라 백인을 분류한다고 했다. 같은 프랑스 국민이어도 파란 눈을 가진 백인이 갈색 눈을 가진 백인보다 훨씬 더 대접받는다고. 그러나 또한 흑발에 검은 피부를 가진 이국적인 미녀를 좋아하고, 누구나 아시안 걸을 좋아하지만 그중에서도 길게 찢어진 눈에 통통한 얼굴을 한 '그런' 아시안 걸을 좋아한다는 이야기. 무슬림인 자기 가족은 아직도 차별을 받으며, 얼굴에서부터 알제리계인 티가 나는 자기 형제들은 흔하게 불심검문을 받는다는 이야기. 무슬림이면서 마그레브인이면서 입양인이면서 누가 봐도 아시아인의 외모를 가진 아지는 말했다.

"톨레랑스라는 거, 다 거짓말이야."

아지는 자기 형들이나 다른 마그레브인보다 자신이 훨씬 많이 단속반에게 불려간다는 이야기를 했다. 누구도 자신이 프랑스 여권을 갖고 있다는 생각을 하지 못한다고, 당연히 불법 체류자이리라고 생각한다고. 그런 이야기들을 떠올리며 보는 한겨울의 파리 풍경은 그다지 아름답지 않았다. 하늘은 잿빛이었고 도시는 무채색이었다. 여러 유명인이 묻혀 있는 몽파르나스 공동묘지 앞에서도 별다른 감흥이 없었다. 사뮈엘 베케트와 세르주 갱스부르의 무덤 앞에서도 마찬가지였다. 이제 그들에게는 어릴 적 느꼈던 것만큼의 광휘가 없었다. 입맛에 맞는 음식도 거의 없어 나는 대부분의 식사를 한식당에서 해결했다. 한국행 비행기에서 흘러나오는 안내 방송을 들으며 나는 오래전 내가 가졌던 프랑스어에 대한 환상을 희미하게 떠올렸다.

프랑스에 다녀온 지 오래지 않아 거짓말처럼 야엘이 한국에 왔다.

그때 나는 결혼을 몇 달 앞두고 자취방을 정리한 뒤 부모와 살고 있었다. 낮잠을 자는데 아빠가 다급히 문을 두드리더니 사색이 된 얼굴로 장훈의 누이가 한국에 찾아왔다고, 나도 함께 그녀를 만나러 경찰서에 가야 한다고 했다. 그 말을 듣는 순간 생각했다. 언젠가 일어날 일이라고 예감했지만 이렇게 이를 줄은 몰랐다고. 사실 이른 것은 아니었다. 야엘은 한국을 떠난 지 거의 사십 년 만에 온 것이었으니까. 내게는 다만 그 세월이 간단하게 요약되어버렸을 뿐이었다. 1983년은 내가 태어나기도 전, 까마득하게 먼 옛날이었다. 사람들은 그때를 '5공' 시절이라고 불렀다. 프랑스는 미테랑 대통령이 재직하던 시절이었다. 너무 오랫동안 대통령으로 재임해서 그 이름이 대통령을 의미하는 일반명사와도 같았다는 미테랑. 바로 그 미테랑 시절에 프랑스에 갔던 언니가 부자들의 대통령이라는 마크롱 시절에 돌아온 것이었다.

1983년에 아이들을 공항에 데리고 나간 사람도 아빠였고, 돌아온 언니를 가족 대표로서 만난 사람도 아빠였다. 야엘에게 아빠는 작은아버지였다. 해외 입양을 보낸 자식들이 있다는 사실을 숨기고 재가해서 딸들을 얻고, 자영업과 부동산 투기로 재산을 축적하고, 로터리클럽에 가입하고 골프 동호회 회원들과 봉사활동을 다니는 큰아버지는, 과거에 우리나라 대통령은 재벌 회장이 해야 한다고 말했던 것처럼 '이제 돈 좀 벌어뒀으니 정치를 해봐야겠다'며 구의원 선거에 출마했던 큰아버지는 야엘을 만나러 오지 않았다. 마치 종기라도 시원하게 잘라낸 것처럼 그토록 잘 살아왔으면서 그는 결자해지조차

하려 들지 않았다. 씨를 뿌린 것은 큰아버지였으나 상처니 고통이니 하는 것은 전부 다른 사람들의 몫이었다. 그날 경찰서에서 야엘은 자기에겐 부모가 없다고 이야기했다. 경찰은 돌려 말했지만 나는 야엘의 음성으로 똑똑히 들었다. 부모는 없고 꼬마 소년—장훈 오빠를 말하는 것이었다—과 아주머니, 할머니와 함께 마당 있는 집에 살았다고 그녀는 말했다. 자신과 여동생을 지독하게 학대하고 결국엔 동네 교회 목사의 꼬임에 빠져 외국으로 입양 보내는 일을 주동한 할머니는 언급하면서도 야엘은 끝내 자신의 아버지에 대해선 아무 말도 하지 않았다.

나는 그날 경찰서의 흡연 구역에서 야엘과 따로 잠시 이야기를 나누었는데, 무슨 대화를 했는지는 부모에게 자세히 전하지 않았다. 다만 자매가 같은 나라에 입양된 줄 알고 있는 부모에게 그들 자매는 김포공항을 떠난 그날 헤어져서 서로 생사도 모르는 채 지냈다는 사실은 전해줬다. 아빠는 낮에 내 방문을 두드렸을 때처럼 얼굴이 파랗게 질렸다. 야엘은 동생에 관해서는 더는 언급하지 않았다. 당연히 같이 간 줄 알았지, 하는 아빠를 보자니 야엘과 나눈 대화가 떠올랐다. 야엘은 입양인 커뮤니티의 한국 친구들이 하나둘 생부모를 만나러 한국으로 떠나는 걸 봤지만 결국 자기도 오게 될 줄은 몰랐다고 했다.

"어차피 나에겐 부모가 없으니까."

어떻게든 '고향'을 찾으려는 친구들을 보며 야엘은 평소에는 열혈 공산당원이자 환경운동을 하는 사람들도 혈통에 집착한다는 게 이상하다고 생각하기도 했다. 생부모를 찾는다는 건 결국 자기 뿌리를 찾는다는 거 아닌가. 자신이 선택한 가정에서 행복하게 살고 있으면서 뿌리에 집착한다는 건 모순적이지 않나. 몇십 년 만에 대문을 두드리는 자식을 보며 눈물 흘리고 반가워하는 사람들은 또 어떤가. 아이가 긴 소풍에서 돌아왔다고 생각한단 말인가. 얘야, 그동안 잘 배웠니? 이제 어엿한 그 나라 시민권자가 되었구나, 라는 말로 아이를 반길까. 야엘은 나에게 참 이상하지 않으냐고 물었다.

"공짜 어학연수나 홈스테이 보낸 걸로 생각했나, 어른들은. 영어 잘 배우고 돌아와라, 그런 것이었나. 심지어 영어권 국가도 아니었는데!"

그 말을 하며 야엘은 웃었다. 눈꼬리가 길게 찢어졌다. 여전히 큰아버지를 닮아 외까풀에 몽고주름이 깊었지만 어릴 때와는 어딘가 달라 보였다. 아빠는 그녀더러 변한 게 하나도 없다고 했지만. 야엘은 통통했던 어린 시절과 달리 깡말랐다. 피부는 태닝한 것처럼 검었고 머리는 쇼트커트였다. 아빠는 그녀를 만나고 돌아오는 길에 "겉모습만 봐서는 결혼이나 했는지 걱정되더라" 따위의 말을 해서 나를 긁었다. 아빠도 엄마도 그녀에게 무슨 일을 하는지 물어보지 않았다. 다만 결혼을 했 냐고 물어봤는데 그녀가 동행한 남자가 남편이며 정형외과 전 문의라고 하자 내심 안도하는 듯했다. 남편과 마찬가지로 야 엘도 정형외과 전문의라고 했다.

그날 흡연 구역에서 야엘과 대화를 나누는데 이런 생각이 스쳤다. 야엘은 나의 존재를 모르고 살아왔겠지만 나는 오랫 동안 그녀를 떠올렸었다. 큰아버지의 딸 강장선. 부모는 필요 없고 죽기 전에 어린 시절 헤어진 남동생을 한 번이라도 보고 싶었다는 그녀. 야엘과 내가 앞으로 다시는 마주할 일이 없으 리라는 생각이 들자 그 당연한 사실이 순간 몹시 슬프게 느껴 졌다. 야엘은 담배를 말아 피웠다. 그리고 한 대를 더 말아 내 게 건넸다. 나는 그것을 받아서 피웠다. 한 모금 만에 목구멍 이 막히는 것처럼 매캐해졌다. 처음으로 알게 된 담뱃잎의 맛 을 잊지 못할 것 같았다. 야엘은 뜻밖에도 내게 '부모님을 사 랑하라'고 했다. 자기 자식도 이제 대학을 졸업한다며. 결혼한 지 십 년 정도 되었다고 했던 것 같은데 언뜻 계산이 서지 않 았다. 야엘은 웃으며 "전남편과의 자식"이라고 말했다.

헤어지기 직전에 야엘은 핸드폰으로 가족사진을 보여주었 다. 야엘의 부모는 그야말로 금발에 벽안으로, 눈이 파랗고 피 부가 희었다. 사진 속 딸의 외모를 보며 나는 야엘의 전남편 역시 금발 벽안에 백인이라는 걸 추측할 수 있었다. 지금 남편은 마그레브인이리라고 생각했다. 야엘은 자기 부모를 지극히 사랑한다고 말했다. 내게 "부모님은 기다려주지 않아"라고 말하며 부모와 더 많은 시간을 보내고 가능한 한 사진을 많이 찍으라고 했다. 야엘은 커다란 십자가 목걸이를 걸고 있었다.

*

야엘이라는 이름을 페이스북과 링크드인에 검색해보면 다양한 직업에 종사하는 여성들이 나왔다. 아지는 자기 이름이 전형적인 마그레브 남자 이름이라고 했다. 야엘은 백인 소녀들에게 많이 붙는 이름일까. 유럽은 진보적인 사회인 양하면서 아직도 백인 가정에서 쓰는 이름, 흑인 가정에서 쓰는 이름이 유별하다는 건 우스운 일이었다.

호텔에서 수아는 내게 자기가 프랑스 고모와 연락한 사정에 대해 알려주었다. 야엘이 한국에 다녀갔다는 사실이 큰어머니 귀에 들어가고, 이후 내가 그 내용을 소설로 써서 발표하자 큰아버지네는 발칵 뒤집혔다. 예리는 수아를 붙들고 나를 탓했다고 했다. 수아는 예리의 말만 듣고 한 번도 보지 못한 나를 함께 헐뜯었다고 했다. 예리가 뭐라고 욕했는지까지 듣고 싶진 않았는데, 수아는 언니가 샤워하는 동안 내게 주절주절 일러댔다.

"소설가라서 그런지 남의 불행을 먹고사는 것 같다고요."

상대가 이런 말을 들으면 기분이 나쁘다는 걸 모를 수도 있는 나이라고, 나는 애써 생각했다. 수아는 예리가 내게 열등감이 있는 것 같다고 말했다. 하도 나를 욕하길래 내가 정말 나쁜 사람인 줄 알았는데 인천에서 처음 만난 날 그게 아니라는 걸 알았다고 했다. 나는 수아의 이야기를 가만히 들었다. 수아는 예리가 불행 타령을 할 때마다 등장하는 프랑스 고모의 이름을 유심히 들었다가 페이스북에서 검색해보았고, 그렇게 찾아낸 그녀에게 메시지를 보냈다고 했다. 수아는 내게 대화창을 보여주었다.

저는 강장훈의 딸입니다, 로 시작하는 대화는 꽤 길게 이어졌다. 나는 수아를 보며 "영어 잘하네" 하고 물색없이 말했다. 수아는 박수를 치며 웃었다.

"엄마가 영어 유치원 보내줬잖아요."

나는 수아와 야엘이 주고받은 메시지를 물끄러미 내려다봤다. '한국에 왔을 때 우리 아빠를 만나지 못했다면서요?'란 아이의 질문. 웃는 이모티콘을 보내며 '그에게는 나에 관한 기억이 아예 없대'라고 답하는 야엘. 그녀는 웃는 이모티콘 중에서도 가장 환하게 웃는 이모티콘을 골라 보냈다. 그날 경찰서에서 가족 접견을 했을 때 야엘은 장훈 오빠가 나오지 않았다는 사실에 놀랐고 잠깐 눈시울을 붉히기도 했다. 그녀는 내가 상상했던 것보다 훨씬 단단한 사람으로 보였지만 동생에 대해 이야기할 때는 그렇지 않았다.

야엘이 마지막으로 기억하는 장훈 오빠는 장대비를 맞으며 울고 있는 모습이었다. 아직 보조 바퀴를 단 네발자전거를 타던 장훈 오빠는 초등학교에 입학하고 곧잘 자전거를 잃어버렸다. 어딘가에 세워놓았는데 기억나지 않는다며 장훈 오빠가 징징댈 때마다 야엘은 혼자 자전거를 찾으러 후암동 골목을 돌아다녔다. 그리고 꼬박꼬박 자전거를 찾아냈다. 그날도 자전거를 찾아서 집으로 끌고 돌아가는데 갑자기 소나기가 내렸다. 미끄러운 노면에 자전거 바퀴가 힘겹게 굴러갔다. 야엘은 끙끙대며 자전거를 끌고 가다가 내복 바람으로 대문 앞에 선 채 비를 맞으며 우는 장훈 오빠를 발견하고 소리를 쳤다. 집에서 기다리지 왜 거기 그러고 서 있느냐고 소리치는 야엘을 보며 장훈 오빠는 더 크게 울었다. 야엘은 아주 오랫동안 그 모습을 잊지 못했다. 동생의 이름마저 기억 속에서 희미해졌지만 그 모습만은 또렷하게 생각났다.

야엘의 후암동 시절에 대해서 내 부모는 이런 이야기를 들려주기도 했다. 장훈 오빠는 깊고 깊은 밤중, 자시에 태어났다. 야간 통행금지 시간이었다. 큰아버지는 막 태어난 아들을 보러 조산소에 달려가다가 경찰에 연행되어 즉결심판을 받고 벌금을 냈다고 오랫동안 떠들어대곤 했지만 왜 그때 아내 곁을 지키고 있지 않았는지에 대해서는 말하지 않았다. 장훈 오빠가 태어나고 나서 한동안 야엘은 안방 근처에는 얼씬도 하지 못했다. 드디어 사내아이가 태어났는데 계집아이가 어슬렁대면 부정 타서 안 된다고 할머니가 손을 휘이 내둘렀기 때문이었다. 야엘이 한글을 조금씩 익히던 무렵이었다. 야엘은 막냇동생의 이름을 또박또박 읽었다. 장훈. 야엘은 막내가 자기와 여동생과 같은 이름자를 쓴다는 걸 알았다. 나중에 프랑스에 건너간 후에도 야엘은 형제자매가 이름에 같은 글자를 공유하는 한국 풍습에 대해 생각했다. 할머니가 집을 비운 날, 야엘은 안방의 열린 문틈으로 엄마가 아기에게 모유를 먹이는 걸 훔쳐봤다. 엄마는 야엘에게 들어오라고 하지 않고 삼칠일만 기다리라고 했다. 야엘은 집에 놀러온 내 아빠에게 "삼칠일이 뭐예요?"라고 물었다. 아빠는 그렇게 묻던 어린 야엘의 얼굴이 기억난다고 했다. "누나가 둘이라 그런지 얘는 사내답지가 못해요"라고 말하던 모습도. 장훈 오빠는 초등학교에 들어갈 때까지 누나들을 언니라고 불렀다. 야엘은 종종 할머니 방에서 가져온 대나무 죽비를 손에 쥐고 누나 소리를 할 때까지 장훈 오빠를 닦아세웠지만 장훈 오빠는 엉엉 울면서도 끝내 말을 듣지 않았다.

야엘은 자전거 페달에 발을 얹을 때마다 장훈 오빠가 울던 모습을 떠올렸다. 페달을 밟으며 야엘은 멀리 달아나고자 했다. 장훈 오빠가 울며 자신을 기다리던 그 집 담벼락으로부터. 할머니의 매서운 말로부터. 할머니는 콩꼬투리 같은 자식들을 줄줄 달고 처녀장가를 어떻게 가느냐고 말했었다. 어린 야엘은 처녀장가란 말이 뭔지 몰랐지만 내 부모는 기억했다.

야엘이 마당 딸린 집은 아직 그대로 있느냐고 물었을 때 나는 할말을 잃었다. 할머니가 죽고 수진 언니와 작은고모도 떠나고 나서 큰아버지네는 그 집을 정리했다. 그뒤로는 아무도 그 집에 대해 말하지 않았다. 야엘은 그 집에 가보고 싶어하는 눈치였지만 내가 할 수 있는 거라곤 장훈 오빠의 메일 주소를 전해주는 것뿐이었다. 수아가 알고 있는 것처럼 둘은 메일을 몇 번 주고받았다고 했다.

수아는 깜찍하게도 야엘에게 앤트, 앤트 하면서 말을 이어갔다. 고마워, 안녕, 같은 짤막한 말은 프랑스어로 하기도 했다. 셀카를 보내며 '전 엄마를 닮았어요'라고 말하는 대목에서 나는 잠시 멈칫했다. 필터를 사용해 꾸며놓았지만 수아의 생김새는 언뜻 '일반적인' 한국 아이로 보이지 않을 수도 있었다. 야엘은 수아의 사진에 '예쁘네' 답장하며 하트 이모티콘을 보냈다. 문득 프랑스 고모와 연락했다고 비장하게 말하던 수아의 모습이 떠올라 기분이 이상했다. 요즘 아이들은 슬퍼서 울다가도 떡볶이와 마라탕만 먹으면 괜찮아진다지, 누군가의 말이 생각나기도 했다. 나는 수아에게 이젠 엄마랑 싸우지 않느냐고 물었다.

"저희 엄마는 싸운다고 말하면 싫어해요. 혼난다고 해야 돼요."

"우리 엄마랑 똑같은 말씀 하시네."

"저는 혼날 일 사실 없어요. 강수훈이 문제지."

"오빠 말이야?"

"엄마는 강수훈만 없으면 골치 아플 일이 없어요. 괜히 내 핑계 댄 거예요, 저번에는."

샤워를 끝낸 언니가 화장실에서 나오자 수아는 입을 다물었다. 나는 수아에게 핸드폰을 돌려주고는 내 핸드폰으로 야엘의 계정을 검색해두었다. 그리고 수아와 언니와 함께 예능 프로를 보며 떠들다가 침대에 누웠다. 약을 먹고도 한동안 잠들지 못하는 나와 다르게 두 사람은 금세 잠에 들어 낮게 코를 골았다.

잠이 오지 않아 야엘의 페이스북 계정에 들어가봤다. 프로필 사진은 딸과 함께 찍은 것이었다. 대학을 졸업한 딸을 뒀다고 하기엔 야엘은 무척 젊어 보였다. 기억 속 모습 그대로 까무잡잡하고 깡말랐다. 피드를 내려보니 한국 걸그룹의 뮤직비디오가 링크돼 있었다. 몇 년 전 번역 행사로 프랑스에 갔던 그때, 한국학을 강의하는 프랑스인 교수가 했던 말이 생각났다. 그는 이제 케이팝은 물론이거니와 다양한 한국 문화가 프랑스에서 유행하고 있다고 했다. 프랑스의 젊은이들은 한국 영화나 드라마뿐만 아니라 소설에도 많은 관심을 보인다고, 그러므로 더 많은 한국 소설과 시가 번역되어야 한다고 그는 힘주어 말했다. 십 년 전과는 비교할 수 없을 만큼 많은 아이들이 한국학을 전공한다고도 했다. 함께 있던 한국 작가가 웃으며 물었다.

"십 년 전에 한국은 프랑스에서 어떤 이미지였나요? 북한과도 같은 이미지?"

그는 멋쩍게 웃으며 고개를 끄덕였다.

"북한과 잘 구분하지 못했죠. 티브이에서도 한국 뉴스보다 북한 뉴스가 더 많이 나왔고요."

야엘과 다른 입양인들에게 한국은 그저 자신들을 버린 아시아 변방의 작은 나라일 수 있었다. 어린아이들을 수출하는 가난하고 야만스러운 나라. 나는 그 걸그룹의 뮤직비디오 섬네일을 한참 봤다. 프랑스의 이곳저곳에서 한국이 언급될 때 야엘은 어떤 기분일까 생각해보려고 했지만 아무것도 짐작할 수 없었다. 이제 야엘이 한국에 살았던 시기는 그 흔적조차 남아 있지 않았고 한국은 더이상 가난한 나라가 아니었다. 슬픈 기억뿐이라고는 해도 한국에 대해 더는 붙들고 늘어질 만한 장면들이 없을지도 모른다고, 후암동 집에 대해서 아무도 이야기해주지 않는 것처럼, 그저 그렇게 생각해볼 뿐이었다. 장거리 운전과 수영 탓인지 평소보다는 조금 이르게 잠이 왔다. 나는 아무런 꿈도 꾸지 않기를 바라며 눈을 감았다.

*

　다음날 우리는 함께 조식을 먹고 호텔 주차장에서 헤어졌다. 수아는 내 팔꿈치를 슬며시 잡으며 "고모, 연락드릴게요"라고 했다. 그제야 다시 생각났다. 내가 언니에게 연락했던 이유는 채용 취소 건 때문이었는데, 정작 그것에 관해서는 한마디도 하지 않았다는 사실이. 나는 두 사람에게 인사한 후 차에 올라탔다. 고작 하루 함께 있었을 뿐이었는데 언니와 수아와 너무 가까워진 것 같았다. 언니가 물속에서 가볍게 몸을 움직이던 모습과 수아가 내게 바짝 다가앉아 야엘과 나눈 대화를 보여주던 모습이 번갈아 떠올랐다. 수아가 야엘에게 보낸 사진을 생각하다 하마터면 출구를 놓칠 뻔해 급하게 핸들을 꺾었다. 나는 본가로 차를 몰았다.

　엄마는 늘 그랬듯 나를 반겼다. 연락을 미리 하지 않아 미안하다고 말하자 가족끼리 왜 그런 말을 하느냐며 나무랐다. 낮이든 저녁이든 엄마는 앞치마를 두르고 분주하게 소일을 했다. 직장생활을 할 땐 엄두도 내지 못했던 일들, 식물을 돌보고 뜨개질을 하고 자수를 놓고 오카리나를 배우는 일들이었다. 내가 가져다주는 책들을 읽기도 하지만 몇 장 만에 덮어버린다고 했다. 오랫동안 활자와 씨름했으므로 잠깐이나마 쉬고 싶은 게 아닐까, 생각했다. 수아 모녀와 호텔에서 하룻밤 묵고 오는 길이라고 하니 엄마는 잠깐 놀랐다가 곧 미소를 지었다.

"그래, 그렇게 언니 동생처럼 지내면 좋지."

엄마에겐 언제나 그것이 중요했다. 형제자매가 없는 내가 타인과 가깝게 지내는 일. 어릴 적엔 사촌인 예리 자매와 그렇게 지내기를 간절히 바랐다. 내심 근본 없는 집안이라고 깔보았으면서도 그래도 의지하고 지내는 사이가 되기를 바랐다. 나는 고개를 저었다.

"언니 동생은 무슨. 장훈 오빠 처자식이랑 뭘."

퉁명스럽게 말하자 엄마는 내 눈치를 살폈다.

"수아가 공부는 잘하나?"

"잘하겠지. 잘 못해도 되고. 수영을 잘하더라고요. 영어도 잘하고."

엄마는 눈을 빛냈다.

"그러니? 제 엄마를 닮았나보네?"

"엄마가 어떻게 알아요?"

엄마는 뜻밖에 이렇게 말했다.

"네 큰아빠가 그러던데. 바다에서 장훈이 목숨을 구해준 사람이라고."

바닷마을 언니에게 들은 이야기와는 조금 온도가 달랐다. 큰아버지가 그렇게 떠들고 다녔다니까 기분이 묘했다. 틀린 말은 아니었다. 엄마는 이어서 이야기를 했다. 큰아버지가 일가친지에 며느리를 소개하며 핏대를 세웠다고 했다. 못사는 나라에서 왔다고 무시하지 말라고, 그 나라에서는 하나 낳아 곱게 길러낸 외동딸이라고, 제법 엘리트 축에 속해 외국인을 접객하던 재원이라고, 누가 묻지도 않았는데 그런 말들을 늘어놓았다고 했다. 또한 큰아버지는 얘네들은 연애결혼한 애들인데 국제결혼이란 이유로 색안경 끼고 보는 놈들 때문에 신경질이 난다고 푸념했다고도 했다. 나도 과거 그들의 결혼식에서 그런 생각을 했던 적 있었다. 왜 장훈 오빠는 젊은 나이에 외국인 신부와 결혼하지, 그따위 생각.

"대충은 들었어요. 휴양지에서 일하다가 만났다고."

"그렇게 못사는 집도 아니야. 큰아빠네만큼은 아니더라도."

나는 고개를 끄덕였다.

"그런데 그 양반, 처음엔 어찌나 노발대발했는지. 아들놈이 평생 속썩인다고."

그 역시 짐작 가는 바였다. 만약 추하게 늙어간 베이비붐 세대의 전형에 대해 말하라면 큰아버지를 예로 들어 하루종일이라도 떠들 수 있을 것 같았다. 손을 대는 사업마다 성공해서 큰돈을 만졌던 큰아버지는 끝내 자기가 갖지 못한 것에 대한 집착을 버리지 못했다. 장훈 오빠가 고입 연합고사를 치를 때는 성적이 안 나온다며 하루가 멀다 하고 때려댔고 지방대에 진학할 땐 집안 망신이라며 화를 냈다. 자신은 정작 대학은커녕 일찍이 가장이 되어 초등학교도 졸업하지 못한 무학이면서도 자식들은 이름난 대학을 나와 전문직을 갖길 바랐다. 어릴 적부터 약사를 꿈꾼 예리는 공부를 제법 잘했으나 큰아버지가 호되게 반대하는 탓에 결국 지방 약대에 진학하지 못했다. 큰아버지는 지방대는 지방 애들이나 가는 거지 서울 사는 놈이 지방대 가면 그만한 흠이 없다고 딸을 몰아세웠다. 예리는 결국 점수에 맞춰서 한 번도 관심 가져본 적 없는 전공을 택해 '좋은 대학'에 진학했다. 지방대에 간다고 집안 망신이라니, 우습기 짝이 없는 발상이었다. 그러면서도 나는 내심 우월감을 느꼈다. 큰아버지가 시샘할 만한 대학을 졸업했고 젊은 나이에 교수로 임용되었다는 걸 뻐기고 싶은 마음이 없었다고는 할 수 없었다. 솔직히 말하면 큰아버지가 입에 달고 살았던 전문직을 갖지 못한 그 집 자식들보다 내가 더 잘났다고 자랑하고 싶었다. 그러면서도 나는 아빠가 자식 자랑을 하고 다니는 걸 부끄러워했다. 그런 생각들을 하자 다시금 마음이 어두컴컴해지는 것 같았다. 큰아버지는 내세울 것 없는 아들 대신 며느리를 자랑하고 싶었을 것이다. 나는 그가 자신이 버린 딸이 정형외과 전문의라는 걸 알고 있는지, 안다면 무슨 생각을 할지 궁금했다. 큰아버지 못지않게 입신양명 타령을 했던 할머니는 과연 어땠을까.

"할머니는 끝까지 아무 말씀 없으셨어? 언니들에 대해서."

"그야 속 시끄러울 때마다 입버릇처럼 장선이, 장희 타령하셨지. 어디서 죽었나, 귀신 붙었나, 해가면서."

"참, 아빠의 모친이지만 너무 징글징글하다."

"애들 보내자고 한 사람이 바로 당신이면서 어찌 그래 뻔뻔한가 싶었다. 그런데 있잖아, 할머니는 돌아가시기 직전에 잘못했다고 하셨어."

처음 듣는 이야기였다. 할머니가 장선이, 장희 타령하는 건 어린 나도 들었었다. 특히 할머니는 당시 후암동 집에 얹혀살았던 작은고모와 수진 언니를 구박할 때마다 그 이름들을 꺼냈다. 큰고모가 떠드는 소릴 듣기 전까지 나는 그 이름들이 누구를 말하는 건지 정확히 몰랐지만 말이다. 입양 보낸 두 손녀 이름을 함부로 입에 올렸던 노인네가 반성을 했다니 얼떨떨했다.

할머니 장례식장에서 야무지게 울던 수진 언니가 생각났다. 동네에서 가장 공부를 잘하는 아이였던 만큼, 더부살이하면서도 가장 출세한 만큼 처세도 잘해서 똑부러지게 울던 수진 언니. 어린 나는 누가 따귀를 때린대도 눈물 한 방울 나오지 않을 것 같았다. 오히려 신나서 노래라도 부르고 싶은 심정이었다. 약장수에게 돈을 해다 바치듯 심심하면 종교를 바꿔대던 할머니는 마지막에는 천주교 신자로 죽었다. 생전 대단한 인맥이라도 가졌던 양 장례식장은 성당 교우들을 비롯해 추모하러 온 사람들로 가득했다. 그날 나는 '선종'이라는 말을 배웠다. 개신교에서는 '소천'이나 '별세'라는 말을 쓴다지만 천주교에서는 '착하게 살고 복되게 생을 마친다'는 '선생복종善生福終'의 의미로 사람이 죽으면 선종했다고 표현했다. 장례식장에 찾아온 성당 교우들은 모두 할머니가 선종했다고 말했다. 죽기 직전까지 신자였기 때문에, 주일을 꼬박꼬박 챙기고 봉성체를 하고 고해성사를 했기 때문에 그녀는 선종했다. 그런데 아무 죄도 짓지 않고 정말 착하게 살았다고 해도 자살한 신자에게는 그 말을 붙일 수 없다고 했다. 오직 자살하지 않았기에 할머니는 큰 죄를 짓고도 착하게 살다 복되게 간 사람이 되었다. 신자가 되기 전에 한 짓이라서 용서받을 수 있었던 걸까. 엄마를 따라 미사에 갔을 때 나는 수많은 사람들이 가슴을 주먹으로 내리치며 "내 탓이오" 하고 말하는 모습을 봤다. 전부 다 내 죄이며, 내가 알지 못하는 죄도 용서해달라고 기도하는 걸 들었다. 할머니는 장선과 장희를 위해 기도했을까. 할머니가 개종하는 데 큰 역할을 했던 엄마는 알고 있을지 궁금했다.

"잘못했다고 주님 앞에서 말했던 거야? 아님 신부님 앞에서?"

"그런 것도 같고. 나한테도 말씀하셨어."

"뭐라고 하셨는데?"

"자기 잘못이라고 하지. 죄라고 그러지. 내 핏줄인데, 내 자
식새끼들인데, 내 손으로 버렸다고. 암만 그 어미가 미웠어도,
암만 새장가를 보내려고 했대도, 그렇게 보내면 안 되는 거였
다고."

"새장가 가는데 아들 딸린 건 괜찮고?"

"그러게 말이다. 그냥 냅다 버린 거지. 그때쯤에 뉴스를 보
신 것 같아. 해외 입양 간 여자애 하나가 양부한테 학대당하
고, 또 어떤 애는 자길 입양한 양놈 자식새끼한테 장기를 떼어
다 줬다는 얘기. 엄청 충격받으셨어, 그때."

"그런 생각을 왜 그전에는 한 번도 안 해봤대?"

"그야 뭐 우리보다 훨씬 더 잘사는 나라에서, 부잣집에서
크는 게 더 낫다고 생각하신 거지."

야엘이 담배 연기를 뱉으며 "공짜 어학연수나 홈스테이 보
낸 걸로 생각했나" 말하던 장면이 머릿속을 스쳤다.

"할머니가 애들 보내고 나서 돌아가실 때까지 저축한 통장
하나가 있었어. 언젠가 다시 만나면 준다고 열심히 모으셨단
다. 사실은 지난번에 장선이 왔을 때 아빠가 전해줬다."

야엘에게 돈을 줬다는 이야기는 처음 들었다. 할머니가 야

엘 자매를 위해 돈을 모았다는 이야기도 금시초문이었다. 흡연 구역에서 내가 부모 없이 야엘과 대화를 나눴던 것처럼 내가 모르는 이야기가 있는 듯했다. 그러고 보니 야엘을 만나러 가기 전에 아빠가 은행을 다녀왔다고 했던 것 같기도 했다. 엄마는 한숨을 쉬며 말했다.

"할머니가 주는 돈이라고 했더니 안 받더라. 절대 안 받겠다더라."

"그래, 그 돈을 어떻게 받아요. 받고 화해할 것도 아니잖아."

"아마 수진 엄마 없었으면 수진이도 그렇게 보냈을 거다."

엄마는 이어서 수진 언니 이야기를 꺼냈다.

"수진 엄마가 제 딸 지키려고 어찌나 애를 썼는지 모른다. 뱃속에 있을 때부터 없애라고 난리를 쳐댔으니까. 수진 엄마가 잠깐 집 나갔을 때 정말로 애를 갖다 버릴 뻔했거든."

엄마는 결혼을 준비하며 본 작은고모가 떠오른다며 말을 이었다. 이십대 초반의 어린 시누이는 만삭이었고 표정이 없었다고 했다. 아빠가 엄마를 소개하며 "네 언니다" 하는데 대답도 없었다고 했다. 엄마의 부모는 시집도 안 간 시누이가 애를 낳으면 그애는 네가 떠맡아야 할지도 모른다고, 앞날이 뻔히 보이니 차라리 파혼을 하라며 엄마를 다그쳤다고 했다. 정작 떠맡아야 했던 애들은 따로 있었지만 그때 엄마에게는 만삭의 시누이가 가장 충격적이었다고 했다. 야엘도 작은고모를 기억하고 있었다. 일층 부엌방을 쓰던 아주머니, 그게 야엘이 기억하는 작은고모였다. 야엘은 정확한 한국말로 '아주머니'라고 말했다. 분명 당시에는 고모라고 불렀겠지만 한국을 떠난 후 그저 '아주머니'가 됐을 것이다. 야엘이 아기였던 수진 언니를 기억하는지에 대해서는 알 수 없었다.

작은고모와 수진 언니는 오랫동안 부엌방을 썼다. 수진 언니는 일층 부엌방에서 이층 큰방으로 거처를 옮기기 위해 열심히 투쟁했다. 이층에 방이 두 개나 남는데도 할머니는 그들 모녀에게 어떤 방도 내주지 않았다. 일층 부엌방. 내게도 처참한 풍경으로 떠오르듯이 야엘에게도 그럴 것이다. 희미한 기억 속에서도 '아주머니'가 살던 그 방을 생각해낸 걸 보면. 수진 언니는 등받이도 없는 그 방의 작은 책상 앞에 앉아 공부를 했다. 냉장고 세 대와 나란히 있던 문. 옛날에 아빠는 그 방을 '식모 방'이라고 불렀다.

*

그야말로 그 방은 '식모 방'이었다고 아빠는 말했다. 장훈 오빠가 태어나기 직전에 큰아버지와 함께 후암동 집을 사러 갔을 때 아빠는 정말로 그 방에 일손이 머물고 있는 모습을 봤다. 일제강점기 때부터 삼대째 그 집에 살고 있는 사람들은 본

국으로 떠나지 못한 일본인들이었다. 가난한 이들이 입을 덜기 위해 어린 자녀를 남의 집에 입주 가사도우미로 보내던 시절이었다. 후암동 집을 내놓은 일본인들은 부자로 보이지도 않았는데 그 집엔 식모로 일하는 소녀와 가정교사인 젊은 남자가 딸려 있었다고 했다. 그 집에서 앉힌 독선생은 일층의 멀쩡한 방을 쓰고 있었는데 고작 중학생 정도로 보이는 소녀는 부엌방을 쓰고 있었다고 했다. 그 이야기를 듣는데 아찔했다. 주인네가 신경쓰지 않는 동안 낯선 남자와 가까이에서 살아야 했던 소녀가 괜찮았을지. 엄마는 애초에 그런 부엌방은 집을 설계할 때부터 피고용인의 거처로 만들어진 공간이라고 했다. 나는 그 방의 풍경을 떠올렸다. 문을 열면 훅 끼쳐오던 곰팡내가 제일 먼저 기억났다. 그 방에선 종일 냉장고 돌아가는 소리가 들렸다고 했다. 좌상만이 유일한 자기 자리였던 수진 언니는 큰아버지네 가족을 위한 식재료 저장 공간 옆에서 자랐다.

엄마는 결혼식을 올리기 전부터 후암동 집에 가서 집안일을 거들었다. 큰아버지의 첫번째 아내는 그때 이미 집을 나가고 없었다. 이모는 몇 번이나 엄마에게 결혼을 다시 생각해보라고 말했다. 벌써 그 집안에 부모가 제대로 없는 애들이 몇이냐고. 엄마 없는 애가 셋이고 아빠 없는 애가 태어나기 직전인데 왜 고생길로 걸어들어가느냐고. 하지만 엄마는 아빠가 한 말을 철석같이 믿었다. "나는 우리집에 빚진 거 없다. 내 명의로

된 집도 있고 차도 있는데 뭐가 걱정이냐. 우리끼리만 잘 살면 된다"는 말을. 하지만 그건 거짓말이었다. 형제 중 가장 많이 집에 빚진 사람이 바로 아빠였다. 엄마는 투피스 정장 위에 앞치마를 두른 채 김치를 담그고 부엌을 정리하고 장훈 삼 남매를 씻기고 먹이고 재웠다. 엄마가 오기 전에는 작은고모가 전부 도맡아서 하던 일이었다. 그때도 큰고모는 가끔씩 집에 와서 엄마의 옷차림을 위아래로 훑으며 "언니네는 공무원 집안이라면서요, 입성이 좋네?" 말하곤 했다. 작은고모와 엄마가 분주하게 상을 차릴 때도 꿈쩍하지 않았다. 마치 아빠와 큰아버지처럼.

말수가 적고 소극적인 성격의 작은고모는 큰고모와는 비교할 수 없이 착한 품성을 지닌 사람이었다. 어느 날 같이 부엌일을 하다가 작은고모가 엄마한테 말했다.

"우리집은 별로 좋은 집이 아니에요."

엄마는 그때만 해도 작은고모를 아가씨라고 불렀다.

"그게 무슨 말씀이세요, 아가씨."

"언니랑 어울리는 집이 아니에요."

"저는 그런 생각 안 해요. 어머님도 좋으시고 아주버님이랑 아가씨들도 좋으신데요."

작은고모는 그렇게 말하는 엄마를 물끄러미 보기만 했다. 그날은 장선과 장희가 소풍을 가는 날이었다. 만삭인 작은고

모는 배가 잔뜩 불렀고 발도 퉁퉁 부어 있었다. 엄마는 작은고
모더러 자기 혼자 할 테니 그만 들어가서 쉬라고 했다. 김밥을
마는 김에 식구들이 이틀간 먹을 양을 충분히 말아둘 요량이
었다. 당시 엄마는 결혼을 앞두고 다니던 회사를 퇴직한 상태
였다. 그때만 하더라도 아이를 낳자마자 곧장 재취업을 하게
될 줄 몰랐던 엄마는 노느니 뭐라도 하자는 심정으로 하루가
멀다 하고 후암동에 출근을 했다. 도마 위에 김밥이 차곡차곡
쌓였다. 작은고모는 일하지 말고 쉬라는 엄마의 말을 내내 못
들은 척하다가 한마디했다.

"언니, 여긴 내 부엌이에요. 내 살림이에요."

참기름이 묻은 식칼을 닦던 엄마는 멈칫했다. 엄마는 한 번
도 그렇게 생각해본 적이 없었다. 집안 살림을 책임지는 사람
은 작은고모였지만 작은고모가 부엌의 주인이라고 여기진 않
았다. 엄마는 뭐라고 말해야 할지 몰라 잠시 우물쭈물했다.

"어떤 상놈의 집안에서 손님에게 부엌일을 시켜요. 내가 하
는 게 맞아요."

작은고모는 끙끙대며 행주로 식탁을 훔쳤다. 엄마는 그렇게
말하는 작은고모에게 짐짓 놀랐다. 결혼식을 올리기 전이었지
만 이미 며느리 취급을 받고 있었으므로 부엌일을 하는 게 당
연하다고 생각했다. 예비 사돈을 마땅치 않아하던 엄마의 본
가에서도 엄마가 후암동 살림을 거드는 것에 대해서는 뭐라고

하지 않았다. 오히려 엄마가 회사를 계속 다니는 것보다도 당연하게 생각했다. 엄마는 작은고모가 비범한 사람이라고 생각했다. 수진 언니가 부엌방에서 공부하며 전교 일등을 한다는 얘길 듣고는 역시 비범한 엄마에게서 비범한 딸이 나온다고 생각하기도 했다.

작은고모가 아이를 낳을 때 그녀의 곁을 지킨 유일한 사람도 엄마였다. 수진 언니는 구름 한 점 없이 하늘이 파랗고 공기가 맑은 날 한낮에 태어났다. 작은고모는 진통이 시작된 지한 시간 만에 아이를 낳았다. 그렇게 제 엄마를 고생시키지 않고 나오는 애는 처음 봤다고 엄마는 술회했다. 게다가 미처 땟국물도 빠지지 않은 신생아가 어찌나 하얀지, 그렇게 하얗고 예쁜 애는 그전에도 그후에도 본 적이 없다고도 했다. 작은고모는 소리 한번 지르지 않고 입술을 깨물며 아이를 낳았다. 엄마는 작은고모가 무사히 아이를 낳은 게 기뻐서 눈물이 핑 돌았다. 병원에서 퇴원해 후암동 집으로 돌아갈 때는 아빠가 차를 몰았다. 엄마는 작은고모에게 산모는 손목을 조심해야 한다고 신신당부하고는 가는 내내 강보에 싸인 아기를 안고 있었다.

아이를 낳은 지 백일 정도 지났을 때 작은고모는 집을 나갔다. 엄마와 아빠는 후암동에 불려갔다. 할머니와 큰아버지와 큰고모가 화난 얼굴로 거실에 모여 있었다. 큰고모는 피식 웃으며 내뱉었다.

"뻔뻔한 년. 누구더러 키워달라고 내뺀 거야?"

큰아버지는 무릎에 재떨이를 올려두고 줄담배를 피웠다.

"돌아오겠지. 설마 지 자식을 버리겠냐."

엄마는 그 말을 하던 큰아버지의 얼굴을 잊지 못했다. 그는 자기 자식을 버린 사람이었다.

"계속 안 온다면야 어쩔 수 없지."

할머니의 말에는 어떤 경고가 담겨 있었다. 엄마는 그 말을 듣는 순간 팔뚝에 소름이 끼쳤다. 또다시 그 꼴을 볼 바에는 자기가 데려다 키워야겠다고 생각했다. 주저하지 않으리라, 망설이지 않으리라. 엄마는 당장 수진 언니를 안고 그 집에서 나오고 싶었다.

작은고모는 며칠 만에 터덜터덜 집에 돌아왔다. 할머니는 작은고모의 따귀를 올려붙였다.

"이년, 새끼를 두고 집을 나가? 장훈이 어미는 똥통에 빠져 죽었을 거다."

할머니는 큰아버지가 들으라는 듯 목청껏 소리를 질렀다. 정작 큰아버지는 뉴스에서 눈을 떼지 않고 "배고프다. 밥이나 내오라" 말할 뿐이었다.

나는 엄마가 전하는 그 이야기를 가만히 들었다. 후암동 집의 정경을 또렷하게 기억하고 있기에 엄마가 말하는 부엌이나 거실에서의 일이 눈앞에 화면처럼 펼쳐지는 듯했다. 그 집 거실에 있던 자카르 소파를 기억했다. 언제부터 있었는지 모를 둥근 레이스 쿠션도. 작은고모가 분주하게 밑반찬을 만들고 채소를 다듬던 부엌도. 엄마아, 하고 부르며 냉장고 옆 쪽방에서 슬금슬금 나오던 수진 언니도.

고등학생일 적에 나는 오래된 동화책과 인형을 한데 모아 버리려다가 꼬질꼬질한 바비 인형을 발견하고 엄마에게 물었다.

"엄마, 이건 작은고모가 사줬던 거지?"

엄마는 깜짝 놀라며 바비 인형을 받아들었다.

"어머나, 잊고 있었네. 이 귀한 걸."

그때 바비 인형은 아이들에게 선뜻 사주기 어려운 값비싼 장난감이었다. 유치원에 들어간 나는 엄마에게 나도 예리가 가진 바비 인형을 사달라고 졸랐다. 엄마는 한숨을 쉬며 큰집에 놀러가면 나쁜 것만 배운다고 투덜거렸다. 그러고는 바비 인형을 사줄 일은 없으니 꿈 깨라고 했다. 애들이 갖고 노는 인형인데 가슴은 볼록하고 허리는 잘록하고 다리는 길쭉한 것이 의도가 불순하다고 했다. 만약 문방구에서 천원에 파는 값싼 인형이었다면 저렇게 흉보진 않았을 텐데, 하며 나는 속으로 엄마를 욕했다.

그러던 어느 날 후암동 집 부엌 식탁에 앉아 있는데 작은고모가 내게 바비 인형을 내밀었다. 기적이 일어난 것 같은 기분, 눈앞에서 갑자기 폭죽이 터지고 리본이 날리는 걸 보는 것 같은 기분을 느꼈다. 살면서 그런 기분을 느껴본 적은 거의 없었다. 나는 어안이 벙벙해서 고맙다는 말도 못했다. 작은고모는 나를 보며 빙긋 웃었다. 인형은 검은 투피스 정장에 벨트를 매고 베일이 달린 커다란 검은 모자를 쓰고 있었다. 검정과 대비되는 새하얀 털의 강아지 인형도 딸려 있었다. 작은고모는 내 볼을 꼬집으며 말했다.

"자, 어때. 예리 거랑 똑같지?"

그 모습을 수진 언니도 지켜보고 있었다. 나보다 고작 두 살 많은 수진 언니는 자신의 엄마가 자기도 갖지 못한 바비 인형을 내게 주는 모습을 보고도 말없이 미소만 짓고 있었다. 그 사실을 뒤늦게 알게 된 엄마는 인형값을 쥐여주려 했지만 작은고모는 선물하는 사람의 성의를 무시하느냐며 한사코 받지 않았다. 식탁 맞은편에 앉아 내가 가진 바비 인형을 물끄러미 보던 수진 언니를 기억하면서도 나는 엄마에게 그 이야기를 하지 않았다. 엄마가 그걸 알았다면 수진 언니에게도 똑같은 인형을 선물했을 텐데. 엄마에게 그 이야기를 전했을 땐 이미 바비 인형 따위를 선물하기엔 너무 늦은 때였다. 엄마가 아이 학비로 쓰라며 틈틈이 돈을 건넬 때도 작은고모는 어지간해선 받지 않았다고 했다.

엄마는 작은고모 이야기를 할 때면 "아예 종류가 달라. 그 사람은"이라고 평했는데, 내게도 작은고모는 살갑지는 않았지만 고생하는 와중에도 품위를 잃지 않으려 애쓴 사람으로 기억됐다. 다만 딸에게는 너무 박했다는 생각이 들었다. 수진 언니가 예리에게 부당한 대우를 받거나 집안에서 지독하게 차별받을 때 작은고모는 나서주지 않았다. 오히려 엄마를 지키는 건 딸 쪽이었다. 부엌방에서 볕이 환하게 드는 이층 큰방으로 방을 옮겨준 것도 수진 언니였고 고등학교 삼 년 내내 알뜰하게 돈을 모아 작은고모를 모시고 독립한 것도 수진 언니였다. 지금 와 생각해보면 작은고모는 너무 오랫동안 깊은 무력감에 젖은 채 그 집안에 고여 있었는지도 몰랐다.

대학에 합격하고 나서 후암동을 떠난 수진 언니네는 이후 한 번도 모습을 보이지 않았다. 장훈 오빠의 결혼식에도 오지 않았다. 언니는 유명한 변호사가 되었으니 적지 않은 돈을 벌고 있을 터였다. 나는 작은고모가 이제는 풍족하게 사는지 궁금했다. 후암동 집 거실 바닥에 앉아 내게 공기놀이와 실뜨기를 가르쳐주던 사람. 백 단이고 이백 단이고 손가락이 아플 때까지 얼마든지 공기놀이를 할 수 있다던 사람. 할머니와 큰아버지, 아빠, 고모들, 장훈 오빠와 예리와 나는 유전인 듯 하나같이 손가락이 길었다. 담배를 피우던 야엘의 손가락도 마찬가지였다. 가늘고 긴 손가락을 엎었다 뒤집으며 공깃돌을 가지고 놀던 작은고모. 작은고모가 어떻게 지내는지 궁금하다고 하자 엄마는 생각지도 못한 말을 했다.

"고모는 잘 계셔. 내가 얼마 전에 만나러 갔다 왔잖니."

나는 눈을 동그랗게 뜨고 물었다.

"작은고모를 만났다고?"

"우린 몇 년 전부터 가끔 만나. 수진 엄마랑 내가 안 만날 이유는 없잖니."

엄마는 거실장에서 주섬주섬 손으로 뜬 수세미 뭉치를 꺼냈다.

"고모는 요즘 이거 만드는 게 유일한 취미래. 말 나온 김에 좀 가져가라."

*

수진 언니는 제법 나이든 지금도 엄마와 단둘이 살고 있었다. 언니가 변호사 사무실을 개업한 후 두 사람은 서초동 법원 인근의 고급 아파트로 이사를 했다. 그동안 한 번도 살아보지 못했던 아파트에 들어가던 날 언니는 눈물을 찔끔 흘렸다. 고시촌 칼국수를 먹으며 공부했다고 뻐기는 나이든 법조인들에 비해 언니가 한 고생이 결코 덜하지는 않았다. 그래도 언니는 그들처럼 자기도 자수성가했노라고, 학원 한번 다닌 적 없고 부엌방 살며 눈칫밥 먹고 자란 자신이 누구의 도움도 받지 않

고 이런 아파트로 왔노라고, 번듯한 외제차를 타고 다니고 있
노라고 떠들지는 말자고, 절대 그러지는 말자고 다짐했다. 언
니는 가장 친한 친구에게도 집안 사정을 말하지 않았다. 다행
히 등록금은 물론 생활비와 도서비까지 지원받는 장학생이었
기에 아쉬운 소리 안 하고 대학 시절을 보낼 수 있었다. 일찍
이 사회생활을 시작하자 수진 언니가 부잣집 딸이라는 소문이
돌았다. 원래 진짜 부자들은 검소하게 다니는 거라며 사람들
은 수군댔다. 로펌에 들어가자 자동차가 필요했다. 면허를 땄
지만 중고차도 선뜻 구매하기 겁나서 한동안 대중교통을 이용
했는데, 그런 자신에게 선배 변호사가 건넨 말을 언니는 잊어
버릴 수 없었다.

"강변, 뭐가 문제야. 아빠한테 사달라고 해."

언니가 입 밖에 내뱉어본 적도 없는 아빠라는 말을 그는 아
무렇지 않게 했다. 언니는 곧장 중고차 매매상사에 달려가서
차를 구입했다. 아빠한테 사달라고 한 것처럼. 언니는 고생하
며 자라 도와주는 이 하나 없이 소년 급제를 했다는 법조계의
성공 신화 이야기를 더는 듣고 싶지 않았다.

언니는 연애에도 관심이 없었다. 대학 때 선배와 사귀었다
가 학과 전체에 꽃뱀이라고 소문난 친구가 있었다. 친구는 며
칠 밥을 우습게 굶었고 너무 울어서 탈수증상이 왔다. 그따위
소문을 내고 다닌 선배는 머지않아 사법고시에 합격했고 판사

로 임용됐지만 친구는 법조인의 꿈을 포기했다. 엄마만 봐도 답이 나왔다. 남자와 엮여 인생을 구렁텅이로 떨어지게 할 순 없었다. 친구들이 남자 이야기를 할 땐 그저 한심해 하품이 났다. 언니 인생에 유일한 남자가 있다면, 신입생일 적부터 끈질기게 언니를 쫓아다닌 후배뿐이었다. 그가 진지하게 고백한 적이 어림잡아 다섯 번은 되었다. 떼쓰는 일 한번 없이 묵묵하게 기다리고 자신이 피곤해 보일 때면 죽이며 약을 챙겨다주는 모습에 언니는 잠시 흔들리기도 했다. 그러나 언니는 사람을 믿지 않았다. 언제나 엄마를 생각했다. 벚꽃이 잔뜩 핀 캠퍼스에서 친구들과 삼삼오오 돗자리를 깔고 앉아 맥주를 마시며 웃고 떠들 때도 눈앞에 엄마가 아른거렸다. 친구들이 정동진이나 해운대로 여행을 다녀오자고 할 때도 엄마가 떠올랐다. 여간해선 그러지 않았지만 너무 바빠 택시를 탈 때도 엄마가 생각났다. 어쩌다 좋은 음식을 먹고 비싼 물건을 선물받으면 엄마에게 죄책감이 들었다. 엄마는 자신이 언론에 오르내리는 유명한 변호사가 된 지금도 남의 집 일을 하러 다녔다. 언니는 한겨울에 옷깃을 여미며 분주히 발걸음을 옮기는 중년 여자들을 볼 때마다 마음이 아팠다. 자신은 운전하면 십 분도 안 걸리는 출근길조차 히터를 켜고 앉아 편안하게 가는데, 엄마는 삼십 분씩 지하철을 타고 일을 다녔다. 운좋게 자리가 나면 주섬주섬 뜨개질 뭉치를 꺼내서 수세미를 떴다. 언니는 오랜만에 만난 우리 엄마에게 이렇게 말했다.

"엄마가 일 안 하는 거 보는 게 제 소원이에요."

언니는 자기를 오랫동안 사랑했던 그 후배가 이십대를 전부 강수진이란 여자 때문에 망쳤노라고 술자리에서 떠들어댔다는 이야기를 듣고 안도의 한숨을 쉬었다. 그런 놈과 인연을 맺어봤자 끝이 좋을 리 없었을 거라고 생각했다. 엄마를 홀로 버려두고 가정을 이룬답시고 남 좋은 일만 시켰겠지, 죽 쒀서 개나 줬겠지, 언니는 생각했다. 여태껏 살아온 자기 인생을 돌아보자니 잘못된 선택이란 단 하나도 없었다. 오직 앞만 보고 달렸다. 그리고 엄마를 지켜냈다. 언니는 그런 자기의 인생이 마음에 들었다. 나이를 더 먹고 나니 엄마와 함께 어느 정도는 인생을 즐길 수 있었다. 엄마에게 명품 가방을 사주기도 했고 주말엔 시간을 쪼개 나들이를 갔다. 남들처럼 봄이면 꽃을 보고 가을이면 단풍을 봤다. 좋은 차에 엄마를 태워 드라이브를 하기도 했고 비싼 코스 요리를 먹으러 다니기도 했다. 이제 단하나 소원이 있다면 오직 엄마가 일을 그만두는 것뿐이었다.

작은고모와 수진 언니 이야기를 전하던 엄마는 이렇게 말했다.

"가만 보면 수진 엄마는 나랑 비슷한 데가 있더라고. 돈을 떠나서 일을 하러 다녀야 하는 사람이야. 젊을 때도 집안일하는 수준이 보통 집 이상이었잖니."

정년퇴직 후 힘들어서 어쩔 줄 몰라하던 엄마였다. 작은고
모가 아직도 고된 일을 하며 산다는 얘기를 들으니 안쓰러운
마음이 들었다. 생계 때문에 일을 하는 건 아니겠지만 그래도
가사도우미 일은 여간한 체력으로는 못할 일이었다. 나도 이
런데 수진 언니는 어떨까 싶었다.

"자기 딸 잘났다고 자랑 한마디를 안 해. 큰고모나 큰아빠
였다면 어땠겠니."

엄마와 나는 마주보며 고개를 절레절레 저었다.

"그래서 말인데,"

엄마는 물티슈를 뽑아서 괜히 거실 탁자를 쓱쓱 닦기 시작
했다. 내 눈치를 보며 말을 고르고 있다는 게 느껴졌다.

"엄마는 이제 식복사를 할까봐. 우리 신부님은 혼자 계시잖
니."

나는 고개를 갸우뚱했다. 처음 듣는 말이었다.

"그게 뭔데? 신부님 도와주는 거야?"

"우리 성당엔 수녀님도, 다른 신부님들도 안 계시잖아. 신
부님 혼자 밥해먹고 빨래하잖아."

엄마는 마치 자식 이야기를 하듯 신부님 이야기를 했다.

"여럿이 살면 좋을 텐데. 혼자서 어떻게 밥까지 해먹니. 늘
안됐다고 생각했는데 이번에 사람을 뽑는다길래 지원해보려
고."

나는 짜증을 내지 않으려고 노력하며 차분히 말했다.

"성직자가 혼자 밥도 못 해먹어? 아니, 수녀님 혼자 계시면 밥걱정할 거야? 뭔 말이야, 대체."

"수녀님은 혼자 밥해먹을 수 있지."

"참 내, 엄마들이 수녀님 걱정하는 걸 내가 본 적이 없다."

"너무 그러지 말고. 엄마도 일하고 싶어서 그래. 아르바이트라도 하러 나가고 싶은 마당에 성당에 봉사하며 돈도 벌 수 있으니까 얼마나 좋으니."

"그럼 그냥 봉사를 하세요. 어차피 지금도 봉사하잖아. 성가대도 하고 레지오도 하고, 연도 다니고 성당 청소하고. 충분히 바쁜데 무슨 신부님 밥까지 해줘."

"글쎄다. 엄마는 남은 인생을 식복사로 살면 참 의미 있을 것 같은데."

"작은고모 얘기 못 들었어? 밥해주러 다니는 거 엄청 힘든 일이야."

"알지. 그래도 나이든 여자가 해야 하거든. 젊은 여자는 할 수 없는 일이라."

"뭔 소리야?"

"신부님 밥해주는 사람이 젊은 여자면 되겠니."

엄마랑 더 이야기하다간 버럭 화를 내고 말 것 같았다. 나는 소리 내서 무릎을 탁탁 털고 일어섰다.

"마음대로 하세요. 나는 이만 갈게."

엄마는 부랴부랴 작은고모가 만들었다는 수세미 뭉치를 내게 안겼다.

*

바닷마을 언니와 수아를 처음 만난 날로부터 좀더 시간이 흐른 지금, 그때를 돌아보면 참으로 기묘한 여름방학이었다는 생각이 든다. 개강을 며칠 앞두고 수아네와 다녀온 짧은 인천 여행, 엄마에게 들은 수진 언니네 소식, 몰랐던 이야기들을 접하는 동안 나는 현실에서의 시름을 그만 잠시 잊고 있었다. 그러느라 강의계획서를 잘못 올렸다는 사실도 미처 깨닫지 못했다. 뒤이어 시작된 학기가 마지막 학기가 될 줄이라고는 상상도 하지 못했다. 언제나 그 시기를 지나는 동안은 결코 끝을 예감할 수 없다. 끝나고 나서야 그게 마지막이었음을 깨닫는다. 나는 아직 그 사실을 덤덤하게 받아들일 수 있을 만큼 오래 살지도 않았고 과연 살 만큼 살아본다고 해서 그런 사실에 익숙해질지도 알 수 없다. 엄마처럼 무사히 정년퇴직하리라고 자신한 적도 없었지만 이렇게 빨리 끝나게 될 줄도 몰랐다. 나도 그런데 뭇사람들은 오죽했을까. 임용되고 학과 홈페이지에 메일 주소를 공개하자마자 여러 직종의 영업사원들이 메일을 보내왔다. 좋은 가격에 모신다는 자동차 딜러의 메일부터 주간지나 신문을 구독해달라는 메일까지 별별 종류의 메일들이 수두룩하게 왔다. 그들은 모두 제목에 '교수님'을 넣었다. 홈페이지에 공개한 메일 주소는 거의 그런 용도로밖에는 쓰이지 않았다. 학교를 그만두자마자 어떻게 알았는지 언제나 '교수님, 안녕하십니까'란 제목으로 메일을 보내던 외제차 딜러가 곧장 호칭을 변경해서 '고객님, 안녕하십니까'라고 메일을 보내왔다. 그리고 얼마 지나지 않아 아예 메일을 보내지 않았다. 애초에 내가 뭐가 됐든 그가 파는 값비싼 외국차를 구입할 능력은 없었음에도 나는 사소한 일 하나하나에 매번 조금씩 마음을 다쳤다.

총장과 나이든 교수들이 무례하게 굴고 서정수란 인간과 끊임없이 갈등을 겪으면서도 끝내 버텨보려고 했던 나는 백기를 들고 말았다. 정말 오랜만에 술집에서 술을 마시던 날, 나는 마주앉은 친구에게 말했다.

"내가 졌다."

"애초에 싸움 같지도 않은 거야."

"글쎄올시다. 그들은 자기네가 이겼다고 생각할 거야."

"그런 같잖은 승리감 따위 얼마든지 만끽하라고 해. 그까짓게 승리감이라면."

"도망친 건 나니까 내가 진 게 맞아."

친구는 호탕하게 웃으며 하이볼을 벌컥벌컥 들이켰다.

"'도망치는 건 부끄럽지만 도움이 된다', 몰라?"

친구도 직장에서 수많은 고충을 겪었다. 대학을 졸업하자마자 일을 시작해서 곧 임원급 승진을 앞두고 있었으나 친구는 자기가 이룬 건 아무것도 없다고 말했다. 남들이 보기엔 자기 분야에서 충분히 성공한 사람이었지만 친구는 언제나 "힘내. 나 같은 사람도 살잖니" 하며 자조하듯 말했다. 터무니없는 겸양을 부리는데도 밉지 않았다. 그런 성정 덕분에 여태껏 적 하나 만들지 않고 사회생활을 버텨왔는지도 몰랐다. 사람들에게 미움받지 않는 친구가 부러웠다. 나는 친구에게 어릴 적 내 모습을 기억하느냐고 물었다.

"고등학교 때 나 기억하지? 아무도 날 미워하지 않았잖아."

"그럼, 누가 널 미워해. 다들 너랑 친해지고 싶어했지."

"지금은 왜 이 모양이 된 걸까. 날 미워하는 게 유행인 것 같아."

"다들 자기 인생 사느라고 바쁠 거야. 네 사촌동생 예리 봐라. 유튜브에서 그 욕을 먹고도 또 셀럽 하고 살잖아. 그런 멘탈도 필요해."

"걘 나랑 달라. 많이 사랑받은 만큼 많이 욕먹어도 된다고 생각하는, 태생이 셀럽이야."

"그럼 너도 셀럽 멘탈 좀 가져."

"고맙다. 셀럽은 아니지만."

마지막 학기를 마치고 맞은 겨울은 내게 오랜만에 방학이 아닌 그저 겨울이었다. 겨울방학이 아닌 겨울은 황량했다. 정부에서는 감염병과 더불어 사는 우리의 원래 일상으로 돌아가겠다는 '일상 회복 선언'을 했다. 한창 사태가 심각할 땐 종식 선언이 영영 없을지도 모른다고 생각했었는데 막상 그런 날이 오자 생각보다 무덤덤했다. 언젠가부터 운전할 때면 도로에 오토바이가 너무 많다고 느꼈다. 무질서하게 끼어드는 오토바이를 볼 때마다 화가 벌컥 치밀었지만 라이더는 배달이 생업인 사람들이고 누군가는 밥을 기다리고 있다는 생각을 하며 마음을 달랬다. 몇 년간 팬데믹이란 이름으로 불렸던 제한된 일상이 남긴 것 중 하나였다. 나도 자주 배달을 시켰다. 학교를 그만두니 갑자기 식욕이 생겼다. 식사를 배달시키고 커피를 배달시키고 디저트까지 배달시켜 먹었다. 어렸을 때와는 다르게 먹는 대로 체중이 늘어났지만 신경쓰지 않았다. 월급생활자라는 위치에서 쫓겨났기에 조금씩 소비를 줄였으나 먹는 데에는 돈을 아끼지 않았다.

팬데믹이 사실상 종식되었는데도 외출할 기회가 예전보다 더 없어진 나는 온종일 집에만 틀어박혀 있었다. 날씨가 유독 춥다거나 조금 따뜻해졌다는 사람들의 말이 그저 풍문으로만 들렸다. 행어에 걸린 겨울 코트와 점퍼를 보면 쓸쓸해졌다. 지옥 같았던 교수 회의를 하러 나가던 날들을 잠깐 그리워하다가 화들짝 놀라 내 뺨을 쳤다. 이제 내게 남은 가장 중요한 과제 중 하나는 학교를 잊는 것이었다. 서정수나 학과장 따위는 아예 잊어버려야 했다.

부모는 내가 직업 하나를 잃었다는 사실에 크게 상심한 듯했으나 내색하지 않으려고 노력했다. 엄마는 내게 이제부턴 크리에이터 본연의 임무에 충실하라고 말했다. 사직할 때 어떤 학생이 보내온 메일이 떠올랐다. '선생님, 이제는 강의하지 말고 작품을 쓰세요. 선생님 작품만큼은 존경합니다.' 굳이 하지 않아도 되는 말을 나불거리는 주둥이가 역겹기는 했지만 고맙다고 답장했다. 엄마가 그 학생처럼 비아냥대는 것은 당연히 아니었다. 엄마는 세상에 행복한 직장은 없다지만 내가 학교에 취직한 후로 나를 보면 언제나 불안했고 그곳이 과연 오래 다닐 만한 곳인지 의심스러웠다고 했다. 마치 여우의 신 포도처럼 미련을 떨쳐내기 위해 하는 말 같기도 했지만, 엄마가 누구보다 나를 걱정한다는 사실을 모르지 않았다. 아빠도 이제부턴 마음을 편히 가지라고 말했다. 그러나 아빠는 오랫동안 큰아버지네나 자기 친구들에게 내가 직장을 그만뒀다는 사실을 말하지 않았다.

여름방학에 만났던 수아를 겨울방학, 아니 겨울이 되어 다시 만났다.

수아는 내게 물어볼 것이 있다고 문자를 보냈다. 교수님이어서 여쭙는 거라고 했다. 들어보니 자기소개서를 썼는데, 부적절한 내용이 없는지 살펴봐달라는 것이었다. 아직 대학 입학 원서를 내려면 일 년이나 남았으니 자기소개서 걱정은 접어두란 말과 함께 무슨 전형을 택하느냐에 따라서 달라질 수 있다는 답을 보냈다. 보내놓고선 너무 대충 대답했나 싶어 신경이 쓰였다. 수아는 웃는 이모티콘과 함께 감사하다는 말을 보내왔다. 마치 그건 진짜 용건이 아니었다는 듯 뒤이어 이렇게 말했다.

'고모, 프랑스 고모가 한국에 오신다는데요.'

수아의 연락은 언제나 작은 소포 꾸러미에 담긴 폭탄 같다는 생각이 들었다. 잠깐 방심한 채 리본을 끄르면 순식간에 눈앞에 화염이 가득해졌다. 나는 핸드폰을 한참 쳐다봤다. 야엘이나 수아에 대한 유감은 없었다. 오히려 야엘과 수아, 그리고 바닷마을 언니 모두 내겐 애틋한 사람들에 가깝다고 할 수 있었다. 그러나 늘 마음 한편이 불편한 것도 사실이었다. 그들은 모두 큰아버지와 장훈 오빠, 예리와 연관된 사람들이었다. 채용 건이 아니었다면 내가 바닷마을 언니와 수아를 만날 일은 없었을 것이다.

'기대하지도 않았는데, 프랑스 고모가 먼저 만나자고 했어요. 엄마에겐 비밀이에요. 솔직히 친고모가 만나자고 하는데

조카가 돼서 어떻게 거절해요.'

'고모, 그런데 제가 영어가 서툴러서요. 작문은 그럭저럭 하겠는데 스피킹은 도저히 안 돼요. 고모가 함께 만나주시면 안될까요. 부탁드려요. 제발요.'

내가 생각에 빠진 사이 수아는 연달아 문자를 보내왔다. 장훈 오빠는 나오지 않았다고 하자 눈시울을 붉히던 야엘이 생각났다. 그토록 그리워한 동생이 자기에 관한 기억을 갖고 있지 않다고 덤덤하게 말하던 것도 떠올랐다. 수아가 다른 누구도 아닌 나에게 부탁하는 것도 이해가 됐다. 야엘이 한국에 온다고 하니 보고 싶기도 했다.

예전 가족 접견에서의 만남은 너무 짧았다. 그나마 그녀도 나도 담배를 피웠기에 흡연 구역에서 짧은 대화가 가능했을 뿐 사실 묻고 싶은 건 훨씬 더 많았다. 그녀가 어떻게 살아왔는지 전부 다 들을 수는 없겠지만 조금이라도 알고 싶었다. 부모의 말대로 의사랑 결혼했으니 잘 살겠지, 따위로 간편하게 요약할 순 없었다. 그녀가 보여준 가족사진에서 딸의 어깨에 손을 얹고 웃고 있던 파란 눈의 부모가 떠올랐다. 나는 수아에게 답장했다.

'그래, 함께 만나자.'

수아와 나는 일주일 뒤 서울숲 인근에서 야엘과 만나기로 했다.

"여긴 봄이면 벚꽃과 튤립이 가득 피고 사람들이 자전거를 타고 다니는 아주 예쁜 공원이에요."

야엘이 먹어보고 싶다던 한우 정식을 시키고서 나는 말했다. 서울숲 입구에 있는 한정식집이었다. '서울 포레스트'라고 해서 기대했을 텐데 추워서 공원을 거닐 수는 없었다. 창문 밖으로 황량한 나무들이 보였다. 나는 야엘과 말을 나누는 중간중간 수아에게 적당히 통역을 해줬다. 수아는 야엘에게 먼저 말을 걸지는 못했지만 우리가 영어로 나누는 대화를 대체로 알아들었고 짧은 말로 받아치기도 했다. 야엘은 한국에서 가장 해보고 싶었던 일이 한국 음식을 먹는 것이었다고 했다. 파리에도 한식당이 많이 생겼지만 한국에서 직접 먹어보고 싶었다고. 그래서 먹방 유튜버를 구독하고 있기도 하다는 야엘은 어릴 적 한국에서 십 년 정도 사는 동안 외식은 한 번도 한 적이 없었다고 했다.

몇 년 전에 왔을 때는 가족 접견이 목적이었던 만큼 서울을 제대로 즐기지 못했다고 했다. 명동 호텔에서 창밖을 보며 즐겁게 관광하는 외국인들을 구경만 했다고 덧붙였다. 호텔에서 담배를 피우지 못해 힘들었다고도 했다. 길거리에서도 피우지 못하더라고, 야엘은 어처구니없다는 듯 웃으며 말했다.

"그런데 왜 명동에 사람들이 그렇게 많은 거야? 볼 건 없던데."

"글쎄요, 나도 늘 궁금했는데, 아마 경복궁, 광화문, 남산, 종로, 이런 데가 다 가까워서가 아닐까요."

"음, 잘 모르지만 별로 끌리는 이름들은 아니네. 거기에서 뭘 하고 놀아?"

"어떤 관광객들은 한복을 빌려 입고 사진을 찍어요. 그 근처에서 한복을 입고 돌아다니는 사람들은 거의 다 외국인들이더라고."

이야기를 듣던 수아가 고개를 절레절레 저으며 "한복 싫어"라고 말했다.

"한복, 리본을 길게 묶어 늘어뜨리고 치마가 풍성한 그 옷 말이야? 나도 많이 입었네, 어릴 땐."

야엘의 말을 듣고 수아가 내게 귓속말했다.

"리본이라니 이상해요."

나는 수아에게 다른 사람을 앞에 두고 귓속말하면 안 된다고 가볍게 꾸중했다. 수아는 시무룩해져 입을 다물었다.

식당에 딸린 흡연 부스에서 담배를 피울 때 야엘이 내게 물었다.

"장훈이 딸이라는 저 아이, 혹시 입양한 건가?"

"아뇨. 아이 엄마가 다른 나라에서 왔어요. 지금은 그녀도 국적을 취득해 한국인이고요."

야엘은 미간을 찌푸렸다.

"국가 간 결혼을 했다는 거지?"

"뭐, 그렇죠. 외국 여행하다가 만났대요."

야엘은 연기를 훅 뱉으며 프랑스어로 짧게 뭐라고 내뱉었다. 아마 내가 알아듣지 못하리라고 생각했던 것 같았다. 놀랍게도 전부 다 잊어버렸다고 생각했던 프랑스어 단어 하나가 귀에 날아와 박혔다. imprévu. 뜻밖에, 란 뜻이었다. 알리앙스 프랑세즈의 원어민 강사가 즐겨 쓰던 말들 가운데 몇 개는 여전히 기억에 남아 있었다. 이를테면 알겠어, 란 뜻을 가진 'd'accord' 같은 말. 강사는 프랑스어로 말할 때면 자주 '뜻밖에'란 단어를 썼다. 대체로는 긍정적이지 않은 상황에서였다. 앞뒤에 뭐라고 말했는지는 알아들을 수 없었지만 야엘은 장훈 오빠가 국제결혼을 했다는 사실을 두고 뜻밖이라고 표현한 것이었다. 그다지 좋지 않은 뜻으로. 나는 적잖이 당황했다. 그날 만남 이후 나는 종종 야엘이 왜 그렇게 말했을까 생각해봤는데, 내 이야기를 들은 남편은 이렇게 추측했다.

"아마 큰아버지랑 할머니를 떠올리면서 한 말이겠지."

한번은 이렇게 말하기도 했다.

"수아가 생긴 걸로 놀림받지 않을까 싶어서 그런 건 아닐까?"

남편과 나는 꽤 오랫동안 그것에 관해 이야기했다.

그날 야엘은 후식으로 나온 들깨죽을 숟가락으로 휘휘 저으며 한동안 생각에 잠겼다가 말했다.

"왠지 어릴 때 먹은 음식 같기도 하네."

나는 후암동 집에서 들깨죽 같은 걸 먹었던가 돌이켜보았다. 작은고모가 부엌에서 만들었던 수많은 음식들. 엄마가 말해준 작은고모에 대한 이야기 중에는 이러한 것도 있었다. 초등학교에 입학한 장선은 어느 날 떡볶이가 먹고 싶다며 갑자기 눈물을 뚝뚝 흘렸다. 아주 어려서부터 눈치보고 자란 아이가, 뭘 요구하면서 떼쓴 적이 한 번도 없던 아이가 닭똥 같은 눈물을 흘리며 떡볶이를 먹어보고 싶다고 했다. 짝꿍이 집에서 샌드위치와 떡볶이를 먹었다고 자랑했다면서. 장선은 외식은커녕 집에서도 자신이 좋아하는 음식을 먹어본 적이 없었다. 막 고등학교를 졸업해서 후암동 집에 얹혀살기 시작했던 작은고모는 장선을 달랬다. 하필이면 방앗간이 상중이라 떡을 구할 수가 없다고. 동네엔 분식집이 없었고 작은고모에겐 아이와 함께 멀리 외식하러 나갈 만한 여유가 없었다. 돌봐야 하는 아이가 장선 말고도 둘이나 더 있었다. 작은고모는 식은밥을 맨손으로 단단히 뭉쳐 양념한 후 내주었고, 장선은 눈물자국이 어룽진 얼굴로 그걸 맛있게 먹었다. 작은고모는 그깟 떡볶이떡 하나를 못 구해서 그 야단이었다고 엄마에게 말했다고

220

했다.

한정식집에서 나와 우리는 찬바람이 부는 성수동 거리를 걸었다. 세련된 카페와 식당이 늘어선 길을 걷다가 좌판에 늘어진 수제 반지 하나를 수아에게 사줬다. 수아는 반지 낀 손가락을 이리저리 보며 좋아했다. 인스타그램에서 본 빈티지 가게에 가려고 지도를 검색하며 수아와 야엘을 안내했다. 앞서서 걷다가 뒤를 보니 두 사람이 나란히 걷고 있었다. 나는 몇 발짝 뒤로 물러나 그들의 모습을 사진으로 찍었다.

우리는 카페를 겸하는 빈티지 가게에서 오래되고 구하기 어려운 귀한 물건들을 잔뜩 구경했다. 야엘은 원목으로 만든 보석함이나 장미꽃이 그려진 자명종 시계를 들었다 놓았다 하며 살펴봤다. 그러고는 빙긋 웃으며 내게 "사실 내 어머니가 사는 집엔 이런 거 많아"라고 말했다. 그러고 보니 가게에 있는 물건은 죄다 이른바 유럽풍이었다.

의자에 앉아서 우린 커피를 마셨다. 수아가 라테를 먹겠다기에 나는 어린아이가 왜 커피를 마시냐고 물었다. 수아는 낄낄대며 요즘 커피 안 마시는 아이가 어디 있냐고 말했다. 초등학교 때도 엄마 카드로 스타벅스에서 이것저것 사 먹었다고 했다. 야엘도 수아를 따라서 라테를 주문했다. 그러고는 한 모금 맛보더니 "한국 커피 맛이 이렇구나"라고 했다.

나는 야엘에게 어디서 묵고 있느냐고 물었다. 야엘은 용산에 있는 에어비앤비 숙소에서 지낸다고 했다. 가정집에서는 담배를 피울 수 있을 줄 알았는데 그럴 수 없어서 조금 실망했다고, 그래도 현관문 앞이 바로 길가여서 불편하진 않다고 했다. 그게 무슨 말인가 했더니 연립주택의 반지하란 뜻이었다.

"그 유명한 한국 영화에서 본 적 있지. 변기도 화장실 높은 곳에 있는 그런 집."

수아는 손뼉을 짝짝 쳤다.

"대박. 〈기생충〉 집 같은 건가봐요."

야엘은 '기생충'이란 말을 알아듣고 고개를 끄덕였다.

야엘은 내게 후암동도 많이 변했느냐고 물었다. 서울에서 변하지 않은 동네는 드물었다. 특히 야엘이 살던 용산구 일대나 성수동 같은 곳은 많이 바뀌었다. 야엘은 초등학생일 적 인근 대학에 견학을 갔었다고 말했다. 언덕이 높았던 게 기억난다고 했다.

"그런데 그 대학, 지금은 없어진 모양이야."

언덕이 높았다는 것만으로는 청파동에 있는 대학과 한남동에 있었던 대학 중 어딜 말하는 건지 분간이 안 됐는데 없어졌다고 하니 어디인지 알 수 있었다. 나는 그 대학은 없어진 게 아니라 다른 동네로 이전한 거라고 말했다. 야엘은 대학 하나가 옮겨간 걸 보면 시간이 꽤나 흐르긴 한 것 같다고 얘기했다. 야엘이 옛날에 가봤던 장소를 아직도 기억한다는 게 내게는 꽤 놀라운 일이었다. 야엘은 어릴 적 그 대학 캠퍼스의 잔디밭에 앉아 대학 건물을 크레파스로 그렸다고 했다. 많은 일들을 잊어버렸지만 무릎 위에 스케치북을 올려놓고 그림을 그리던 기억은 꽤 또렷하게 남아 있다고 했다. 아마도, 야엘은 힘주어 말했다.

"아마도 대학생들의 모습이 인상적이었던 것 같아."

캠퍼스를 거닐던 대학생들. 어린 야엘의 눈에는 그들이야말로 진정한 자유와 행복을 누리는 사람들같이 보였다고 했다. 누구에게도 혼나지 않고 매맞지 않고 눈치보지 않아도 되는 사람들. 나에게도 그런 날이 올까? 야엘은 그렇게 생각했다고 했다. 특히 나란히 걷던 남학생과 여학생을 야엘은 선명히 기억했다. 사귀는 사이 같지는 않았는데 둘은 웃고 떠들며 수다를 떨었다. 야엘은 그런 젊은이들의 모습을 처음 봤다. 이야기를 듣던 나는 당시가 1980년대 초반이었다는 걸 떠올리며 야엘이 말하는 '자유'라는 단어에 생경함을 느꼈다. 하지만 삶의 풍경이라는 게 시대적 배경으로만 요약될 순 없었다. 야엘이 무슨 감정을 느꼈을지 충분히 이해했다.

"남자랑 나란히 걷는다는 게 내겐 참 어려운 일이었어. 성인이 되고 난 후에도."

야엘이 그 말을 할 때 나는 흘낏 수아를 봤다. 수아는 머들러로 커피를 휘휘 저으며 핸드폰을 보느라 우리 대화에 크게 관심이 없는 듯했다. 나는 야엘에게 물었다.

"프랑스에서 말인가요?"

"미국에서. 난 대학을 미국에서 나왔거든. 막연히 대학생이 되면 어릴 적에 한국에서 봤던 그 여학생처럼 멋지게 살 수 있을 거라고 생각했나봐. 대학 들어가자마자 남자 만나니까 지옥이더라고."

야엘은 자긴 자랑스러운 딸이 되고 싶었다고 말했다. 그 말을 들으니 수진 언니가 생각났다. 공부를 잘하는 아이들이 흔히 선택하는 진로가 의사와 변호사라는 게 썩 좋은 일은 아니라고 생각했지만 수진 언니처럼 야엘도 분투했을 것이다. 미국에서 공부하고 싶다는 야엘에게 부모는 두말하지 않고 유학을 보내주었다고 했다. 미국은 겨울에도 따뜻한 것 같다고, 햇볕이 훨씬 더 많이 내리쬐는 것 같다고, 기숙사에 짐을 풀며 야엘은 행복하다고 느꼈다. 부모가 잘해주었지만 야엘이 원하는 삶은 어른들로부터 독립된 삶이었다. 대강의실 계단에 앉아 자신도 이제 어른이 되었다는 생각에 야엘은 벅찼다. 달콤한 자유가 금방 끝장나리란 생각도 못한 채. 야엘은 거기까지 말하고 흘끗 시계를 봤다. 시간이 벌써 꽤 지나 있었다. 우리는 수아를 먼저 집에 보내고 조금 더 대화를 나누기로 했다. 단둘이 남았을 때 야엘은 이런저런 이야기를 들려주었다.

입학하고 얼마 안 돼 야엘은 교수에게 불려갔다. 야엘은 입학 원서에도, 등록 서류에도 자신의 'ethnicity'를 '백인'이라고 적어 냈다. 교수는 야엘을 훑어보며 왜 너의 ethnicity가 백인이냐고 물었다. 부모가 백인이고 백인 가정에서 자랐으므로 야엘의 ethnicity는 당연히 백인이었다. 'race'가 아니라 'ethnicity'인데 뭐가 문젠지 모르겠다고 대답하던 야엘은 문득 이런 설명을 해야 한다는 데 수치심을 느꼈다. 교수는 아시아인이라고 쓰면 도움되는 일이 더 많을 거라고 말했다. 야엘은 기숙사로 돌아가는 길에 울지 않으려고 다짐했다. 그런 다짐은 하면 할수록 손쉽게 허물어져버렸다. 울지 말자고 생각하면 눈물은 더 흘러나왔다.

야엘은 수업시간에 토론을 하다가 동기들 사이에서 유별나다고 낙인찍히기도 했다. 대리모를 다룬 티브이 영화 〈베이비 M〉에 관해 토론하는 시간이었다. 영화는 한 불임 부부가 대리모 계약을 맺은 여자에게 남편의 정자를 주입하는 방식으로 인공수정을 하는데, 그렇게 태어난 아이를 두고 부부와 대리모가 친권 다툼을 하는 내용이었다. 결과적으로 아이의 친권은 생물학적 '부모'인 남자와 대리모가 갖고, 양육권은 경제권이 있는 남자와 그의 아내가 가져갔다. 대다수 학생들은 대리모를 통한 출산 자체에 분노했다. 인공수정이라고는 하지만 수정란이 아닌 정자를 주입한 것은 두말할 필요 없는 인신매매라고 주장했다. 설령 수정란을 주입한대도 인신매매인 건 마찬가지라고 화를 내는 학생도 있었다. 애초에 인공수정이란 행위가 말이 되느냐고 소리치는 학생도 있었다. 그때 학생들은 훗날 인공수정이 얼마나 흔해질지 미처 예상하지 못했다. 야엘은 다른 학생들이 분노하며 얘기하는 걸 가만히 듣다가 말했다.

"왜 사람들은 자기 친자를 갖고 싶어서 안달이 났을까?"

야엘은 그 영화에서 친권과 양육권과 면접교섭권이 분리되는 것에 주목했다. 단지 남편의 유전자가 개입된 아이를 낳기 위해서, 한 여성이 임신과 출산이라는 노동을 거치는 과정을 완전히 무시한 사람들의 결정을 생각했다. 모성애나 인권을 들먹이던 재판관들조차 돈으로 맺은 계약관계를 간과하지 못했다는 사실에 대해서도 생각했다. 결국 돈이 많은 부부에게 아이를 키울 자격이 주어졌다는 것도. 야엘의 말이 끝나자 어떤 남학생이 말했다.

"그야 친자란 중요하지. 아이를 낳을 수 없는 처지의 성소수자들에겐 대리모도 필요해."

야엘은 버럭 소리를 질렀다.

"그러니까 왜 친자가 중요하냐고?"

야엘은 책상을 탕탕 쳤다.

"지금 내가 묻잖아. 왜 친자가 중요해? 그러지 말고 남자들이 임신할 수 있는 방법을 개발하려고 노력해, 당장 지금부터."

학생들이 술렁거렸다. 다른 학생들이 소리칠 땐 가만히 토론을 지켜보던 교수가 단호하게 손을 뻗으며 야엘을 저지했다. 수업이 끝나자 한 남학생이 다가와 말했다.

"남자가 임신을 한다니, 굉장히 이상한 사상을 갖고 있군. 혹시 칭크나 구크만의 종교가 따로 있나?"

야엘은 귀를 의심했다. 프랑스에선 한 번도 들어보지 못한 말이었다. 칭크나 구크. 중국인이나 한국인을 비하하는 말이었다. 수업을 듣는 학생들 중 소위 '백인처럼 생긴' 백인은 이십 퍼센트 정도밖에 되지 않았다. 나머지는 그가 지껄인 대로 칭크나 구크 아니면 흑인이나 아랍인들이었다. 대학의 재단이 백인 남성들이 꽉 잡고 있는 복음주의 루터교에 속해 있다고는 해도 학생들은 백인이 아닌 사람이 훨씬 더 많았다. 야엘은 소수의 백인 중심 사회가 이상하다고 느꼈다. 비록 자신도 백인 가정의 아이이며 평화로운 가부장이었던 아버지와 아름다웠던 어머니는 자기들이 데려온 아이가 '백인 아이'가 되길 바랐지만. 야엘은 중산층 백인 가정의 자녀였던 프랑스에서의 자신과 미국에 홀로 남겨진 자신은 다를 수밖에 없다는 걸 깨달았다. 프랑스에서 자신은 보호받아야 할 존재였고 사람들은 아시아 출신이라는 사실만으로도 자신을 신동이라고 불렀다. 머리가 좋고 근성 있는 동양 여자애. 그러나 미국에선 아니었다. 누군가는 야엘이 입시에서 아시아인 특혜를 받았다고 생각할지도 몰랐다. 야엘은 점점 주눅이 들었다. 다시는 토론에서 목소리를 크게 내지 말자고 다짐했다. 자기 때문에 사람들이 구크, 아시안 걸, 한국 여자애들은 전부 다 이상한 사상을 가졌다고, 혹은 드세고 포악하다고 생각해서 좋을 게 없다고 여겼다. 이건 자신만을 위한 일이 아니라고, 자신과 비슷하게 생긴 다른 여자애들을 위한 일이기도 하다고 야엘은 스스로를 달랬다. 아시안 걸은 연꽃 같다거나 세상에서 가장 예쁜 여자라고 생각하는 사람들도 불편하긴 마찬가지였지만 미움받는 건 더욱 싫었다. 자신이 누구나 함부로 미워해도 되는 존재가 되길 원하는 사람은 어디에도 없다.

야엘이 대학에 입학한 그해엔 아직 LA 폭동의 후유증이 미국 전역에 남아 있었다. 나중에 야엘이 흑인 친구에게 들어보니 자기에게도 한국인 하면 교활하고 폭력적인 사람이라는 이미지가 강했다고 말했다. 어린 흑인 여자애를 함부로 대하고 욕하고 총으로 쏴 죽인 한국 아줌마. 지붕 위에 군대식으로 도열해서 샷건을 쏜 한국 아저씨들. 징병제 국가 출신임을 자랑하면서 자기들은 마음만 먹으면 몇 시간 만에라도 군대를 조직할 수 있다고 떠드는 군인 출신의 그 아저씨들. 친구가 뉴스에서 보거나 부모에게 들은 코리아타운과 한국인의 이미지는 오직 그런 것이었다. 게다가 어린아이를 훈육한답시고 때리고 굶기고 집밖으로 내쫓는 야만인들. 친구는 이웃 중에도 아이를 때려서 경찰에 잡혀간 한국인이 있었다고 했다. 다른 건 몰라도 그 대목에서 야엘은 정말로 할말이 없었다. 프랑스에 가기 전에 야엘도 후암동에서 그렇게 두들겨맞았기 때문이었다. 한번은 밥을 천천히 먹었더니 할머니가 왜 그렇게 굼뜨냐고 소리를 질렀다. 입맛이 없고 속이 안 좋다고 말하자 할머니는 코웃음을 치며 어디서 그따위 말을 배웠냐고 했다. 삼시 세끼 밥을 먹여주니 주제넘는 소리를 한다고, 밥값도 못하는 것들이 배가 불렀다고 할머니는 평소보다 더 크게 화냈다. 야엘은 내복 바람으로 쫓겨났다. 할머니는 가끔 그렇게 야엘의 옷을 벗겨서 쫓아내곤 했다. 야엘은 팬티만 입은 채 쫓겨나 대문 앞에서 한동안 웅크리고 앉아 있던 적도 있었다. 술에 잔뜩 취한 아저씨가 골목을 지나며 야엘을 흘끗 봤다. 그는 "도와줄까?"라고 말했다. 순수한 호의였는지 다른 의도가 있었는지 알 수 없는 노릇이었다. 그날도 내복 바람으로 쫓겨나서 대문 앞에 웅크리고 앉아 있는데 작은고모—야엘은 아주머니라고 불렀다—가 달려나와 야엘을 끌어안고 울었다. 그 대목을 듣다가 나는 야엘에게 일러주었다. 그분은 우리 아빠의 여동생이고 할머니의 딸이므로 야엘에게도 가족이라고. 그 이야기를 하면서도 나는 큰아버지를 언급할 수 없었다. 야엘은 고개를 끄덕이며 자기도 알고 있다고 했다. 친척이라는 걸 알고 있다고. 하지만 그 사실을 알게 된 지는 얼마 되지 않았다고, 오랫동안 그녀를 집안의 피고용인으로 기억하고 있었다고 했다.

'한국인들은 정말로 그렇게 애들을 학대해?'란 질문에 야엘은 차마 그렇다고 대답할 수는 없었다. 모든 부모가 다 똑같진 않을 테니까. 하지만 자신의 생부와 할머니는 바로 그런 사람이었다. 소파에 웅크리고 앉아 있으면 멍하니 있는 꼬락서니가 보기 싫다며 쥐어박았고 과자를 먹다가 부스러기를 흘리면 따귀를 때리기도 했다. 프랑스에 처음 갔을 때 야엘은 새로운 부모를 의심했다. 그들은 야엘을 환대해주었고 살뜰히 돌봐주었지만 그럼에도 야엘은 불안감을 쉽게 떨칠 수 없었다. 태어날 때 부모를 고를 수 없었듯 입양될 때도 마찬가지였다. 다음날이 될지 다음주가 될지 다음달이 될지, 그들이 갑자기 돌변해서 자신을 구박할 때가 언제일지 야엘은 알 수 없었다. 그러나 프랑스 부모는 결코 야엘을 함부로 대하지 않았다. 그 집에서 십 년 가까이 살고 미국으로 떠날 때까지 구박을 당한 적은 한 번도 없었다. 야엘은 점점 매맞는 아이로 살던 때의 기억을 잊어갔다. 오히려 야엘은 이웃집에서 매를 맞고 우는 아이를 봤다. 아이를 때리며 키우는 건 한국인만의 특성이 아니라는 걸 그때 알았지만 흑인 친구에게 그런 말을 하고 싶진 않았다. 내가 왜 한국인 편을 들고 한국을 변호해야 하나, 야엘은 생각했다. 야엘의 프랑스 부모는 야엘의 어릴 적 사진이 한 장도 없는 걸 아쉬워했다. 야엘은 열 살에 입양되었으니 십 년간의 성장 과정을 담은 기록이 있어야 했다. 프랑스 부모는 나중에 한국 입양기관측에 문의했지만 할머니와 큰아버지는 기관의 연락을 받지 않았다. 야엘은 프랑스 엄마에게 옛날 사진 같은 건 필요 없다고 말했다. 자기는 더이상 한국을 추억하고 싶지 않다고도 했다. 그러나 엄마는 야엘에게 한국인이었다는 사실을 잊지 말라고 했다. 그러면서 이제부터 네가 학교에서 배우게 될 역사는 우리 유럽의 역사나 미주의 역사일 테지만 스스로 한국 역사를 공부해야 한다고 했다. 네가 태어난 나라는 불과 몇십 년 전만 해도 지독한 피식민지 시절을 겪었다고, 그후 전쟁이 일어났고 분단이 되었다는 사실만큼은 잊지 말라고 했다. 야엘은 한 귀로 듣고 흘렸다. 그만큼 힘이 없는 나라니까 애들을 해외로 보내버리지, 속으로 빈정거렸다. 부모의 성화에 딱 한 번 한국 외교관들이 주최하는 '김치 캠프'에 간 적이 있었다. 자기처럼 한국에서 입양 온 아이들이 모여 있었다. 그때 한국 고유의 문화에 대해서도 배웠는데 궁궐이나 제사나 흥미로운 것은 하나도 없었다. 김치 캠프에서 한국 문화를 배우느니 주기도문을 달달 외울 때까지 노려보는 무서운 수녀님과 함께 가는 피정이 훨씬 더 즐거울 것 같았다. 예수님의 고난을 느끼기 위해 추운 겨울날 언 땅 위에 몸을 누이는 편이 더 나았다.

야엘은 미국에서도 한국에서 입양 온 사람들을 만났다. 한국을 잊어버리고 싶었고 역사나 문화 따위 알고 싶지도 않았지만 자꾸만 한국에서 온 사람들과 만나게 됐다. 생후 육 개월 때 입양되어 아예 한국에 대한 기억이 없는 친구도 있었다. 야엘은 그 친구가 부러웠다. 야엘은 입양인들을 만나면 습관적으로 눈을 부릅뜨고 목뒤를 관찰했다. 여동생의 목뒤에 점이 있어서였다. 그러나 야엘은 그 점을 다시는 볼 수 없었고 그래서 부모를 잊어버리듯 동생도 잊어버리려고 노력했다. 잊지 않으면 살아갈 수 없었다.

놀랍게도 미국에서 만난 입양인들 중에는 국적이 없는 사람도 있었다. 성조기에 충성을 맹세하며 자랑스러운 미국 시민이 되지 못한 친구였다. 야엘도 부모가 직접 한국에 와서 데려간 건 아니었지만 훗날 부모의 도움으로 귀화 절차를 밟고 프랑스 국적을 얻었다. 그 친구는 자기가 무국적자라는 걸 모르고 살다가 여권 발급을 거절당했을 때 비로소 알게 됐다고 했다. 야엘은 친구들의 이야기를 들으면 들을수록 자신의 부모는 정말 좋은 사람들이라는 걸 알았다. 비록 보수적인 가톨릭 집안이기는 하지만 그만한 부모를 만난 건 큰 행운이었다. 대학에 가서 많은 입양인들이 고생하며 컸다는 걸 알게 됐고, 그저 살아남은 것만으로도 축복받아야 할 사람들이 세상에는 많다는 걸 깨달았다. 공부를 잘하고 성공하고 출세하는 사람들만 주목받지만, 누군가에게는 지금까지 무사히 살아남은 것만으로도 대단한 일일 수 있다고 야엘은 말했다.

우리는 야엘이 머무는 에어비앤비로 자리를 옮겨 맥주를 마셨다. 많은 이야기를 나누다보니 수아에게 고맙다는 생각이 들었다. 수아가 아니었다면 야엘을 만나지도 못했을 테고 이런 이야기들을 듣지도 못했을 것이었다. 나는 야엘에게 물었다.

"수아를 만나보니까 어떤가요?"

"아주 예뻐."

"사진보다 더?"

"사진을 왜 그렇게 찍는지 모르겠다. 요즘 애들은. 실물이 훨씬 예쁜데."

"동의합니다."

"한국이 많이 달라진 것 같아. 서울뿐만이 아니고. 글쎄, 나는 계속 1983년 모습만 생각했네."

"변화가 빠르기도 하죠."

"클라라."

야엘은 나를 클라라라고 불렀다. 내 이름을 발음하는 게 어려울 것 같아서 세례명으로 불러달라고 했다. 어릴 때 세례를 받았지만 성당에 열심히 나가지 않아서 딱히 불려본 적 없는 이름이었다. 한국 성당에서는 '글라라'라고 부르는 이름이었다. 야엘은 '클레어'나 '끌레르'처럼 들리게 발음하기도 했다.

"수아가 그 아이 딸이라고 해서 닮은 구석이 있나 찾아보려고 했는데 없네."

"얘길 들어보니 그래도 아기 땐 꽤나 닮았었다고 하던데요."

"엄마 닮아야 예쁘지 뭐."

"아들은 아빠랑 똑같이 생겼다더라고요."

"그래, 아들도 있다고 했지. 수아와 연년생이라고. 엄마가 고생했겠구나."

"두 아이가 채 일 년 터울도 안 난다고 하더라고요. 엄마만 고생이지 뭐."

"나랑 여동생, 남동생도 셋이 연년생이잖아."

그들 삼 남매가 연년생이라는 건 예전에 들은 적 있었다.

"할아버지가 엄마에게 뭐라고 하더라. 애를 왜 줄줄이 낳느냐고."

"야엘은 할아버지를 봤어요?"

"아, 클라라는 모르겠구나. 아주 옛날에 돌아가셨으니까."

"저희 엄마도 못 봤대요."

"그렇지. 삼촌이 결혼하기 전에 돌아가셨어. 그 노인은 한복을 입고 다녔어."

야엘과 나는 마주보며 낄낄댔다.

"남자들이 입는 그 긴 옷을 뭐라고 하지?"

"두루마기."

나는 핸드폰으로 두루마기 사진을 찾아서 야엘에게 보여주었다.

"그래, 이런 옷이야. 유치원에서 어버이날이라고 빨간 종이로 카네이션을 만들었는데 할아버지가 이런 옷에 달고 다녔어. 손녀가 만들었다고 온 동네에 자랑하면서."

야엘의 목소리가 떨렸다.

"이게 무슨 마음인지 모르겠다. 좋지도 나쁘지도 기쁘지도 슬프지도 않은 이상한 기분이 들 때가 있어. 그날 할아버지가 두루마기에 빨간 종이꽃을 달고 내 이름을 크게 부르면서 골목 저 끝에서 걸어오는 거야. 나는 왠지 부끄러워서 할아버지를 모른 척했어."

순식간에 야엘의 눈시울이 붉어졌고 나는 말없이 맥주를 마셨다.

"엄마가 너희 한국은 피식민지였다고 이야기할 때마다 할아버지 생각이 났다. 전쟁중에 일본에 끌려가서 임금도 받지 못하고 강제노동을 했다고 하더구나. 내가 아주 어릴 적부터 할머니가 어찌나 그 이야기를 많이 했는지 한국어를 다 잊어버린 지금도 그 내용이 기억이 난다. 그건 정말 오래되지 않은 일이지. 살아 있는 할아버지를 통해 내가 직접 본 역사야. 하지만 자꾸만 우린 제법 뼈대가 있는 집안이었다고 말하는 건 별로였어. 한국은 조상을 섬기는 나라잖아. 그렇다고 해도 오백 년 전 우리 조상 중 왕후가 있었다고 이야기할 필요가 있을까. 대체 누가 그런 걸 기억하니."

이제 외국인이 된 야엘로부터 이런 이야기를 듣자니 기분이 이상했다. 머릿속에 한 번도 보지 못한 풍경이 마치 사진처럼 또렷이 떠오르는 듯했다. 장선아! 큰 소리로 부르며 걸어오는 할아버지의 모습. 두루마기를 입고 서툴게 접은 카네이션을 가슴에 달고 있는 노인.

"내 첫번째 남편은 조상을 섬기는 문화를 두고 미개한 오컬트라고 비웃더구나."

"확실히 서양인들 눈엔 이상해 보일 것 같아요."

"'한국 사람들도 귀신을 무서워하지 않아? 그런데 왜 귀신 부르는 주술을 해?' 이러는데 난들 할말이 있었겠니. 조상이고 뭐고 그냥 부기맨을 부르는 행위라고 생각하는 사람에게. 난 그냥 남북전쟁 귀신쯤으로 생각해달라고 했어."

"아, 미국 사람이었어요?"

"응. 대학교 선배."

야엘은 담배를 피우러 나가자고 했다. 신발을 신으며 야엘은 "이것 참 귀찮네"라고 중얼거렸다. 야엘이 담배를 말아 피우는 걸 몇 년 만에 다시 보니 반가웠다. 그때처럼 야엘은 내게 한 대를 건넸다. 목구멍에 탁탁 걸릴 만큼 독하다는 걸 알았지만 순순히 받아 피웠다.

"아깐 내가 애 앞에서 쓸데없는 소릴 했어. 남자랑 걷기 어려웠다고."

"수아도 그 정도는 이해해요. 제대로 듣는 것 같지도 않았고."

"백인 남자랑 같이 걸으면 사람들이 쑥덕댄다는 얘긴 좀 나쁘잖아."

그 이야기를 들을 때 이미 짐작하긴 했지만 이렇게 확실히 들으니 마음이 무거웠다. 우리는 나란히 서서 담배를 몇 대씩 피웠다. 문득 바닷마을 언니가 생각났다. 수아와 함께 야엘을 만난 것에 대해 언니가 어떻게 반응할지 알 수 없었다. 그녀는 수아의 엄마이기도 하지만, 장훈 오빠의 아내이기도 했다.

술 담배를 쉼없이 하는데도 야엘의 몸에서는 좋은 냄새가 났다. 마치 향을 피운 듯 따뜻하고 묵직한 냄새였다.

4부

에어비앤비를 나와 인근 공영주차장으로 걸어가며 나는 깜깜한 밤하늘을 잠시 올려다봤다. 운전을 하고 나서부턴 걷는 일 자체가 드물어졌고 팬데믹 시기를 지나 실직 후엔 더욱 그랬다. 그날 밤 나는 오랜만에 아주 천천히 걸었다. 후암동에 살던 어릴 적 그림자를 물끄러미 내려다보며 그랬던 것처럼. 끝나지 않을 것만 같았던 한낮의 하굣길에서 나는 발을 질질 끌며 걸음을 늦추곤 했다. 내가 특별히 불우한 어린 시절을 보낸 건 아니었다. 그 사실을 인정하기까지도 오래 걸렸다. 후암동 집에 얹혀살았던 날들은 오랫동안 나를 자기 연민으로부터 자유롭지 못하게 했다. 멀리서 그 집 담벼락이 보일 때, 대문 앞에 다다를 때, 마당을 지나 계단을 오를 때 가슴이 몹시 뛰던 기억. 막말하는 어른들과 나를 대놓고 무시하는 예리를 견뎌야 했던 시간들. 나는 간혹 내가 쓴 문장을 읽고 가슴이 먹먹해질 때 느꼈던 당혹감과 비슷한 감정을 느꼈다. 돌이켜보면 내 인생은 너무나 평범했다. 그러길 내가 간절히 바랐던 것만큼. 엄마가 전해준 수진 언니의 말처럼 나도 내 불행을 무기로 유세하지 않길 내내 원해왔다.

야엘과 수진 언니와 나는 비록 산산조각이 나긴 했지만 여전히 한 가족의 역사를 공유하고 있었다. 한편으론 오백 년 전 우리 조상 중 왕후가 있었다는 풍문처럼 언젠가는 흔적없이 잊힐 이야기들이었다.

헤어지기 전 야엘은 내게 묵주 팔찌와 서류철 하나를 건넸다. 묵주는 오래전 파리의 노트르담대성당에서 구입한 성물이라고 했다. 몇 년 전 프랑스에 갔을 때 나는 운좋게 노트르담대성당에 갔다 올 수 있었다. 한국에 도착하고 얼마 지나지 않아 화재 소식을 듣고 너무나 놀랐다. 시시하다고만 생각했던 파리 여행이었는데 간발의 차로 그곳에 들러볼 수 있었던 거였다. 노트르담대성당 말고도 여러 성당을 찾아갔기에 정작 그곳에선 엄마에게 선물할 성물 하나 사지 못했다. 하찮고 비천하다고 손가락질받고 죄인 취급받는 자를 성당 안에 숨기는 이야기. 야엘은 빅토르 위고 소설의 한 장면과도 같은 그런 이야기가 한국 명동에서도 있었다는 사실을 영영 알 수 없을지도 몰랐다. 야엘은 나무 묵주를 건네며 내게 말했다.

"단 한 번도 생각해보지 못했어. 그곳이 파괴될 줄이라고는. 클라라가 이걸 간직해준다면 좋겠다. 한국에 와서 만나는 첫번째 가톨릭 신자에게 주려고 가져온 거야."

나는 묵주를 건네받으며 야엘에게 차마 내가 가톨릭 신자가 아니라고 말할 수 없었다. 엄마의 품에 안긴 채 유아세례를 받았을 뿐 성당에 열심히 다닌 적도 없고 다만 불가지론자일 뿐이라고. 그날 야엘이 나를 클라라라고 부른 횟수는 내가 평생 글라라라고 불린 횟수보다 많았다. 나는 엄마에게 그 이야기를 전해주리라고 마음먹었다. 머릿속에 바닷마을 언니도 스쳐지나갔다. 언니가 태어나 자란 나라는 아시아에서는 드물게 가톨릭 신자가 대다수를 차지하는 나라였다. 그러나 한국으로 떠나온 지 오래된 지금도 언니가 여전히 신자일지는 확신할 수 없었다. 무엇보다 언니가 야엘이란 사람을 어떻게 받아들일지도 알 수 없었다. 나는 잠깐 스친 생각을 곧 털어버렸다. 몇 시간 전 수아는 집에 잘 도착했다고 내게 문자를 보냈다.

'고모가 데려다줬으면 좋았을 텐데.'

'걱정 마세요. 인천 지하철도 엄청 괜찮답니다.'

야엘은 페이스북 메시지로 연락을 받은 모양이었다. 헤어지기 전 야엘은 이번에 한국에 온 가장 중요한 용건에 관해 내게 말해주었다. 장훈 오빠를 언급하지 않을 수 없는 이야기였다.

야엘은 그간 장훈 오빠와 몇 번 주고받았던 메일에 대해 말하며, 수아에 관해서도 내게 몇 가지 질문을 했다. 아이 엄마의 고향은 어디인지, 아이 엄마는 한국에서 어떻게 지냈는지, 국가 간 결혼을 한 부부의 자녀로서 아이의 고충은 없었는지.

그 정도 질문에 대해선 짧게 대답해줄 수 있었다. 야엘이 내 대답을 듣고 말했다.

"장훈은 결혼했다는 이야기를 내게 하지 않았어."

"사실 저도 잘 몰라요. 결혼식에서나 한 번 봤었고, 부인과 아이를 만나본 지는 얼마 되지 않았어요."

바닷마을 언니와 수아를 처음 만난 여름을 생각하자 문득 체한 듯 명치 부근이 갑갑해졌다. 당시만 해도 나는 교수였고 언니는 임용을 앞두고 있는 상황이었다. 우리가 만난 건 그 일 때문이었는데, 얼마 안 돼 언니는 알 수 없는 이유로 채용이 취소되었고 나는 지난 학기를 끝으로 결국 직장을 그만두고 말았다. 그런 생각을 하다가 야엘이 내게 직업에 대해서는 한 번도 묻지 않았다는 것을 깨달았다. 그녀는 내가 소설가인 것도, 한때 학생을 가르쳤다는 것도 몰랐다. 사실 나 역시 몇 년 전 부모가 경찰서에서 묻는 바람에 그녀가 정형외과 전문의라는 사실을 얼결에 알게 된 것뿐이었다. 그녀와 나 사이에 그런 정보들은 필요가 없었다. 서로 무슨 일을 하는지 몰라도 대화를 나누는 데 아무 지장이 없었다. 그런 생각을 하기가 무섭게 야엘이 말했다.

"글을 쓴다고 하더라, 사촌 여동생이. 그게 클라라였구나."

"장훈 오빠가 그러던가요?"

"비록 친하진 않지만 자랑스러운 작가라고 말하던걸. 책을 여러 권 낸 사람이라고."

둘이 그 이야기를 언제 나눴는지 알 수 없었다. 자기 집안 이야기를 들춰냈다고 큰아버지가 노발대발한 후인지, 아니면 그전인지. 장훈 오빠와 개인적으로 만난 적은 한 번도 없었다. 그가 나를 '자랑스러운 작가'라고 말했다는 사실이 몹시 당황스러웠다.

"혹시 클라라의 작품을 볼 수 있을까?"

"유감스럽게도 제 작품은 아직 한글로밖엔 없어요."

나는 웃으며 가볍게 말했다. 단행본으로 출간되지 않았을 뿐 번역된 작품이 아예 없는 건 아닌데도 대충 둘러댔다. 야엘은 한글이 낯설게 느껴지는 건 아니지만 어떤 원리로 조합해서 읽고 쓰는지에 대해서는 전부 잊어버렸다고 했다. 재외동포를 포함하더라도 한글을 사용하는 인구가 너무 적다고 생각될 때가 많았다. 야엘이 작품을 볼 수 있냐고 묻자 새삼 내가 표현할 수 있는 언어의 세계라는 것이 한결 비좁게 여겨졌다.

"장훈에게 친여동생이 둘 있고, 사촌 여동생이 셋 있다고 들었어."

친여동생은 예리와 예은을, 사촌 여동생은 수진 언니와 나, 그리고 큰고모의 딸을 말하는 것이었다. 그중 장훈 오빠와 마음 터놓고 친하게 지낸 사람은 아무도 없었다.

"대체로 성이 강일 테고. 이름에도 장이라는 글자가 들어가니?"

"아뇨. 아무도 그 글자를 사용하지 않아요."

나는 숨을 가볍게 고르며 대답했다.

"이상하구나. 그 집안은 그런 식으로 아이들 이름을 지었던 것 같은데. 한국 문화 아닌가?"

"가문 대대로 위아래 관계를 나타내기 위해 특정 글자를 사용하는 집들이 있긴 한데, 이 집안은 그런 걸 의식하진 않은 것 같아요."

항렬이라는 단어를 어떻게 설명하면 좋을지 몰라서 한동안 뜸을 들이다 말했다. 야엘은 고개를 몇 번 갸웃했다.

"동생들과 같은 글자를 이름에 넣어 쓰는 일이 낭만적인 건 줄 알았는데 아닌가보구나."

"가문의 서열을 나타내는 글자는 딸들에겐 잘 쓰지 않아요. 그렇지만 언니가 말하는 그런 경우도 물론 많아요. 새어머니가 낳은 두 딸들도 같은 글자를 쓰긴 해요."

"장훈이 낳은 아이들은?"

"그러고 보니 두 아이도 같은 글자를 쓰네요."

야엘은 내게 이름자에 대해 이것저것 물었지만 나는 야엘에게 물어보지 못했다. 내가 오래전에 알았던 한 친구는 자신의 이름이 전형적인 마그레브 남자 이름이라고 하던데, 당신의 이름은 백인 가정에서만 쓰는 이름이냐고. 그렇다면 서양인들은 왜 아직도 흑인과 백인의 이름을 구분해 다르게 짓는 거냐고. 단순한 궁금증일 뿐이지만 굳이 서양인인 야엘에게 그런 건 묻지 않는 게 좋으리라는 생각이 들었다.

차에 올라탄 나는 야엘에게 받은 묵주와 서류철을 조수석에 내려놓았다. 서류철 안에는 기자가 번역했다는 야엘의 글이 들어 있었다. 야엘은 내게 서류철을 건네며 한번 읽어봐줄 수 있겠느냐고 물었다. 자기가 에세이 형식으로 쓴 글을 기자가 번역했는데 뉘앙스에 미묘한 문제는 없는지, 혹시 곡필한 부분은 없는지 봐달라는 이야기였다. 연재 후 출간되기 전까지 글을 다듬을 시간이 있다며 천천히 읽어달라고 했다. 자긴 어차피 곧 프랑스로 돌아가야 하고, 연재는 며칠 후에 시작될 예정이니 만약 문제가 되는 부분이 있다면 나중에라도 메일로 알려주면 된다고 했다. 원고를 건네받고 나서야 야엘이 장훈에게서 전해들은 정보를 내게 넌지시 말한 까닭을 짐작해볼 수 있었다. 어쩌면 수아에게 나를 데리고 나와달라고 부탁한 사람이 야엘일 수 있다는 생각도 머릿속을 스쳤지만 그 생각은 금세 접었다. 나는 운전을 하며 야엘이 마지막으로 남긴 말을 곰곰이 생각했다. 어쩌라고? 그래서 뭐? 뭐가 어떻다고? 한국어로 번역하면 전부 조금 시비조인 느낌이었다. 그러나 "so what?"이라고 야엘이 말했을 때, 그녀의 얼굴에는 다소 의아하다는 기색밖에는 없었다.

*

야엘의 에세이는 열 차례에 걸쳐 일간지에 연재될 예정이라고 했다. 야엘이 그 기자를 알게 된 지는 꽤 오래되었는데, 그가 몇 년 전 파리에서 야엘에게 책을 출간하자는 제안을 했다. 야엘에게는 오랫동안 영어로 써온 일기가 있었다. 자기가 제대로 알지 못했던 한국 가족의 내력에 대해 상상해서 써내려가는 이야기라고 말했더니 기자는 "그렇다면 소설과 다름없겠네?"라며 반색했다. 야엘은 오랜 시간 그 일기를 쓰는 데 열중해왔지만 그게 소설이 될 수 있다고는 한 번도 생각해본 적 없었다. 야엘은 기자가 한 말이 신선하게 느껴졌다. 기자는 내친김에 제목을 한번 지어보자고 했다. 야엘은 자신이 써온 이야기를 떠올리며 생각나는 대로 말해보았다. "조선 왕후의 후손, 유럽인이 되다?" 기자의 얼굴에 흥미로운 기색이 번졌다.
기자는 한국에 돌아가 데스크와 상의한 다음 연락을 주겠다고 했다. 야엘은 깊은 밤마다 틈틈이 끼적여온 자기 글이 책으로 묶여 나올 수도 있다는 사실이 신기했다. 한편 기자들이야 어느 나라를 막론하고 건수를 찾아다니는 사람들이니 그의 말을 순전히 믿어서는 안 된다고 생각하기도 했다. 그래도 자꾸만 기대하는 마음이 들었다. 원고 매수를 계산해보니 천 매가 넘었다. 이만하면 충분히 책 한 권이 될 만한 분량이었다. 야엘은 프랑스도 아닌 한국에서 책을 내는 일이 장훈을 비롯해 그곳에 살고 있는 가족들에게 어떤 의미로 다가갈지 짐작하지 못하는 듯했다.

'일기'라지만 '소설' 같은 야엘의 이야기는 연재 후 출간하기로 결정되었고 번역은 기자가 맡기로 했다. 야엘은 한창 원고 정리를 하던 중 페이스북을 통해 자신을 장훈의 딸이라고 소개하는 수아의 연락을 받았다. 장훈과 메일을 주고받은 지도 한참 되었을 때였다. 마지막 메일을 보낸 사람도 야엘이었다. 야엘은 단 한 번도 장훈에게 만나자고 하지 못했다. 메일을 주고받는 것만으로도 장훈이 불편했을지도 모른다고, 아니 불편했으리라고 야엘은 생각했다. 당신에 관한 기억이 없다는, 도무지 생각나지 않는다는 말에 당황하기도 했지만 곧 그럴 수도 있겠다고 여겼다. 초등학교에 입학하고 나서까지 붙어살던 두 누나가 별안간 사라졌는데 그들에 관한 기억이 전혀 없다는 장훈. 그를 생각하며 야엘은 자신이 잊으려고 노력했던 동생들의 이름이 어느 날 머릿속에서 아예 지워져버린 것을 깨닫고 엉엉 울었던 날을 떠올렸다. 장훈도 자신처럼 스스로를 지키기 위해 그랬을지도 모른다고 생각했다. 야엘의 일기에는 장훈이 자주 등장했다. 헤어진 지 사십 년이 다 되어가도록 조금도 늙지 않는 꼬마 소년 장훈. 야엘은 결국 가족을 찾기 위해 남편과 함께 한국을 찾았지만 삼촌 가족만이 자신을 만나러 나왔을 뿐이었다. 그렇지만 실망하지 않고 난생처음 만난 사촌동생이 알려준 장훈의 메일 주소로 연락을 했다. 장훈과 몇 통의 메일을 주고받으면서 야엘은 어쩌면 자신의 인생이 다른 국면으로 접어들었는지도 모른다고 생각했다. 그러나 장훈은 어느 날부터 답장을 하지 않았다. 야엘은 수아의 연락을 받고서야 장훈이 결혼을 해서 아이를 낳고 살고 있다는 자신의 근황을 일러주지 않았다는 사실을 새삼 깨달았다. 장훈과는 메일에서조차 과거 이야기만 나눈 셈이었다.

나는 곧 연재를 시작할 예정이라는 야엘의 이야기를 들으며 불길함을 느꼈다. 내가 소설임을 밝히며 일간지보다 더 작은 지면에 글을 발표했을 때조차 큰아버지네 집안은 발칵 뒤집혔다. 야엘이 지닌 당사자성과 일기-소설이라는 형식을 생각하면 야엘이 글을 연재하는 건 훨씬 더 심각한 문제일 수 있었다. 나는 야엘에게 조심스럽게 물었다. 마치 남의 이야기를 하는 것처럼.

"이 글을 세상에 발표하기 전에 양해를 구해야 될까요?"

"내 이야기인데 누구에게 양해를 구하지?"

"물론 야엘의 이야기지만, 여기 등장하는 가족 모두의 이야기이기도 하잖아요."

"클라라네 가족의 이야기가 신경 쓰이는 건가?"

"저희는 상관없어요."

"그렇다면 새어머니의 자식들?"

수아를 붙들고 나를 욕했던 예리가 대번 떠올랐다. 그러나 예리보다 더 걱정되는 사람은 바로 야엘의 생부인 큰아버지였다. 하지만 나는 언제나 그랬듯 큰아버지에 대해선 언급조차 할 수 없었다. 누구보다 '명예'를 운운하며 한바탕 난리를 피울 사람은 당신 아버지야. 그렇게 말할 수는 없었다.

"당연히 이건 불편한 이야기겠지. 그러나 진실인걸. 사실이기도 하고."

"괜찮나요?"

"뭐가 문제야?"

그 말은 매번 내 머릿속에서 조금씩 다른 뉘앙스로 번역되었다. 그 말을 뱉을 때 야엘이 짓던 표정을 나는 기억하려 애썼다.

"정말로 뭐가 문제야? 내가 모르는 한국 문화, 한국 정서가 있는 건가? 가족의 내력을 상상해 쓴 글이기 때문에 허구적 요소가 있다는 말을 편집자 주에 밝힐 예정이야. 장훈, 장희란 이름도 그대로 쓰지 않으려고 해. 그들 가족이 새로 만나 꾸린 가족들에 관해서 나는 아는 바가 없어. '수아 양'에 관해서도 마찬가지야. 내 일기는 수아에게서 연락이 오기 전에 이미 끝났어. 장훈에게 딸이 있는지도 몰랐던 시점에 끝났다는 이야기지. 당연히 수아가 등장할 일도 없고 그 아이의 엄마라는 사람도 전혀 등장하지 않아."

집에 돌아온 나는 서류철을 열어 야엘의 원고를 꺼냈다. 영어로 쓰인 원고와 번역된 글이 모두 들어 있었다. 영어로 쓰인 원고는 훗날 미국에서 출간될 수도 있다고 야엘은 전했다. 나는 천천히 글을 읽기 시작했다. 영어 원고와 한글 원고를 번갈아 읽느라 앞부분만 읽는 데도 시간이 꽤 오래 걸렸다. 내게 야엘의 글은 활자라기보다는 이미지로 보였지만, 그건 어떤 사진이나 영상보다 길고 묵직했다. 나는 행간마다 멈춰 서서 숨을 고르듯 천천히 읽어나갔다.

조선 왕후의 후손, 유럽인이 되다(가제)

마치 여느 유튜브 영상처럼 가볍게 흥미를 끄는 제목이었다.

안녕, 나는 1974년 서울에서 태어났습니다. 원래 우리 가족은 인천에 살았었어요. 아니, 그전엔 전라남도에 살았다고 하더라고요. 이야기는 내가 태어나기 훨씬 전인 1940년대로 거슬러올라갑니다. 강씨 청년과 박씨 청년, 이 두 남녀는 당시 조선에선 드물게도 연애결혼을 했다는데요. 처음 만났을 때 이들은 각각 이십대 초반, 십대 후반이었고 얼마 안 돼 약혼을 했습니다. 그러나 일본과 열강 간에 전쟁이 일어나면서 둘은 헤어지게 됩니다. 둘 중 하나가 전쟁통에 강제노역에 동원되었고 남은 사람(다행히 여인이었어요)은 이십대 중반까지 집안의 눈칫밥을 먹으며 살아갑니다. 집안에서는 이 여인을 버린 사람 취급합니다. 그녀도 약혼자가 무사히 돌아오리란 생각을 하지 못하고 이대로 집안의 살림을 떠맡으며 늙어 죽을지도 모른다고 여겼어요. 결혼하지 않은 여성이 당대에 어떤 대접을 받았는지 알 것 같아요. 어쨌거나 박씨 여인은 이미 온 동네에 약혼 사실이 소문났기 때문에 다른 선택을 할 수도 없었습니다. 박씨가 강씨를 정말 사랑했던가? 애타게 기다렸던가? 그건 아무도 알 수 없지요. 강씨 청년은 전쟁이 끝나고도 몇 년 후에야 돌아왔습니다. 귀환한 것입니다! 그리고 둘은 벚꽃이 만발한 봄, 인천 만국공원에서 결혼식을 올렸고 첫아이를 낳았습니다.

그리고 그때부터 나의 이야기는 시작됩니다.

야엘은 어디까지나 상상해서 쓴 것이라고 강조했으나 첫 단락부터 내가 알고 있는 가족의 역사와 놀랍도록 같았다. 내가 더욱 놀란 까닭은 어린 시절 한국을 떠났고 이후 나를 포함한 친척 누구와도 교류하지 않은 그녀가 옛날에 일어난 사실들을 자세히 기억하고 있어서였다. 조부모가 결혼과 동시에 전라남도에서 인천으로 이주했었다는 사실은 나도 들은 바 있었고, 그들이 지금은 자유공원으로 불리는 만국공원에서 결혼했다는 것도 알고 있었다. 다만 야엘이 본래 원고에 적어놓은 말은 '공원─맥아더 기념 동상?'이었고 이를 기자가 1940년대식 명칭으로 바꿔놓은 것이었다. 조부모의 자식과 그들의 자식이라면 누구나 어릴 적부터 지겹도록 들었을 강제징용 이야기도 그대로였다. 약혼한 여자가 결혼하지 않은 채 집안에 얹혀살며 살림을 떠맡은 상황에 대해서도 꽤나 구체적으로 적혀 있었다. 내가 과거를 배경으로 한 작품을 발표할 때마다 '1980년대생인 작가가 상상해서 쓰는 1980년대는 핍진하지 않다'는 식의 리뷰를 써내던 사람들이 떠올랐다.

나는 앞부분만 읽고 원고를 덮어둔 뒤로 한동안 잊고 지냈다. 야엘은 프랑스로 떠나던 날 내게 메일을 보냈다. 한 줄짜리 짧은 메일이었다.

'친애하는 클라라, 나는 오늘 떠나. 언젠가 파리에서도 만난다면 좋겠다.'

몇 년 전 경찰서에서 그녀와 재회할 날을 꿈꾸지 않았던 것처럼 이번에도 나는 그녀와 다시 만날 날을 기다리지 않기로 했다. 그러나 옛날에 나를 사로잡았던 애석한 감정 따위는 생겨나지 않았다. 그때와 비할 수 없게 야엘의 삶은 내게 바짝 다가와 있었다. 무엇보다 야엘은 내게 글을 남기고 갔고, 그것은 곧 매체를 통해 다른 사람들에게도 전해질 예정이었다.

어쨌거나 내가 줄곧 간과했던 것은 야엘과 나를 다시 만나게 한 존재가 수아라는 점이었다. 바닷마을 언니는 내게 전화를 걸어 원망 섞인 말들을 쏟아냈다. 통화중에 언니가 나를 '고모'라고 부르고 있다는 것을 문득 깨달았다. '아가씨'란 말도 어색했는데 어느새 그녀는 나를 고모라고 부르고 있었다. 나를 질타하는 그녀의 말을 들으면서도 나는 그 호칭에 기묘한 친근감을 느꼈다. 수아가 나를 부르는 대로 언니가 나를 부르니 비로소 진짜 고모가 된 것 같기도 했다. 친구의 자식에게 '이모'라고 불릴 수는 있지만 형제가 없는 내가 '고모'라는 호칭을 들을 일은 좀처럼 없었다. 언니는 내가 자기 말을 제대로 안 듣고 있다고 생각했는지 버럭 화를 냈다.

"도대체 고모는 왜 늘 아이들에게 휘둘리는 것 같죠?"

*

처음에 나는 언니가 의도적으로 '아이'가 아니라 '아이들'이라 말했다고 생각했다. 나는 언니의 말을 듣고 너무나도 놀랐다. 내가 직장을 그만둔 자세한 사정은 남편 말고는 아무도 몰랐다. 어디 가서 떠들 만한 일도 아니었고, 그런 일은 처음부터 없었다고 생각해버리는 게 낫다고 여겼기 때문이었다. 어떤 교수는 자신들도 젊었을 때 다 겪었던 일이라고, 여교수가 임용되는 꼴은 못 보겠다며 단과대 건물 앞에서 스크럼을 짜고 농성하는 모습을 반년간 보면서 출근했었노라고 말했다. 대학원장을 비롯한 요직을 두루 거치고 정년퇴직을 앞두고 있는 지금도 계단을 오를 때면 그때 그 학생들이 단단하게 엮여 있던 횡대가 눈앞에 아른거린다고. 가끔은 그 이미지에 사로잡혀 그만 정신을 잃을 만큼 아찔하다고 했다. 당신들도 모두 겪어봤으면서 왜 한 번도 진심으로 내 손을 잡아주지 않았는지 묻고 싶던 적도 많았으나 그런 질문마저 자연스레 멈추게 되었다. 그래도 선생님들이 잘못한 건 아니었으니까요, 여교수라서 거부당했다는 당당한 술회를 남길 수 있는 당신들과는 다르게 나는 명백하게 잘못한걸요. 누구에게도 말하지 못한 내 진심이었다.

바닷마을 언니가 그 사실을 알 리 없었다. 고작 일이 년 사이에 서정수와 내가 졸렬한 학내 정치질에 휘말렸고, 그 와중에 자기 연민에나 빠져 있던 내가 강의를 태만하게 해서 학생들에게 보이콧을 당했다는 사실을. 언니는 '아이들'이라는 복수형 단어를 별다른 생각 없이 내뱉은 것일 수도 있었다. 아니면 그저 내가 잘못 들은 것일 수도 있었다. 그러나 그 말을 들은 순간 나는 얼어붙어버렸다. 내게 왜 이렇게까지 악랄한 언행을 하는지 모르겠다고 생각했다.

"언니, 말씀이 심하시네요. 수아가 먼저 연락해서 부탁한 일이에요."

"고모."

언니는 그러고는 잠시 아무 말도 하지 않다가 꾸짖듯 말했다.

"고모, 아이 탓을 하는 건 어른답지가 않네요. 고모가 바쁜 분이란 건 저도 잘 알아요. 그래서 그렇게 무감한 걸까요? 애초에 고모는 우리 시부모님을 싫어하잖아요. 제 남편도요. 한 번도 보지 않았던 조카들에게 애정을 가지긴 더 어려웠겠지요."

나는 머릿속으로 '이게 지금 무슨 헛소리지?' 생각했으나 다행히 입 밖에 내뱉진 않았다.

"수아가 처음 연락해왔을 때 저도 적잖이 당황했어요. 그냥 철없는 아이니까 봐준 거예요. 사실,"

나는 입술을 한번 꼭 깨물고 기어이 말했다.

"사실 철없는 아이들 중에서도 지나치게 철없다는 거 언니도 아시잖아요."

언니는 그 말을 듣자마자 전화를 뚝 끊어버렸다. 나는 물끄러미 핸드폰을 내려다봤다. 얼마나 시간이 흘렀는지도 모를 만큼 한참이나 핸드폰을 내려다봤다. 정신을 차리고 보니 나는 삼십 분 동안이나 그렇게 핸드폰의 검은 화면을 바라보고 있었다. 정확하게는 검은 화면에 비친 내 얼굴을. 그 말은 하지 말았어야 했는데. 자책도 했지만 언니가 원망스러웠다. 몇 년간 나를 지독하게 괴롭혔던 생각이 다시 치밀어올랐다. 모두 나를 미워한다는 생각. 유치하기 짝이 없어서 내가 허송세월 살아왔다고만 여겨졌다. 남편도 친구도 완곡하게 일러주었었다. 그저 갈등일 뿐이라고. 그저 부정적인 상황을 마주한 것뿐이라고. 누군가 너를 그토록 강렬하게 증오하는 일 따윈 없다고. 하지만 바닷마을 언니마저 나를 비난하니 피해의식이라는 걸 알면서도 다시금 부정적인 생각에 빠지고 말았다.

언니는 '프랑스 고모' 일은 자기 가족의 가장 큰 고통이라고 내게 말했다.

몇 년 전 야엘이 찾아온 후, 가족들은 아주 큰 상처를 받았다고. 나는 그 말을 들으면서 생각했다. 그들의 작은아버지인 내 아빠와 사촌인 나는 그들에게 있어 어떨 땐 가족이고 어떨 땐 아니었다. 가족이 함께 감당해야 하는 뭔가가 있다고 말할 때는 가족에 포함되었고 가족만이 아는 상처가 있다고 할 때는 배제되었다. 큰아버지가 야엘 자매를 버렸던 1983년엔 신혼인 내 부모가 그 뒤처리를 해야 했고 사십 년 가까이 흐른 후에 야엘을 맞이한 것 또한 그들이 아닌 우리였다. 그럼에도 그들은 늘 '우리만이 아는 고통이자 상처'라고 표현했다. 나는 언니에게 말했다. 당신의 시부인 그 양반이 전부 책임져야 하는 일이라고. 해외 입양을 보낸 아이들이 있다는 사실을 숨기고 재가한 것도 그 양반이 결자해지해야 하는 일일 뿐, 야엘의 방문으로 누군가 상처를 받았다고 해서 야엘을 비난해선 안 된다고. 그리고 수아. 나는 잠시 말을 멈췄다.

"수아의 행동도 어쩔 수 없어요."

나는 그렇게 말했다.

사실 수아는 내게 그다지 중요한 아이가 아니라고, 그렇게는 말하지 못했다. 아이 엄마에게 그렇게 말해서는 안 되는 것이니까. 나는 핸드폰의 검은 화면을 바라보는 동안 이런 생각도 했다. 아니, 사실 나는 수아를 보면서 복잡한 기분이 들었어요. 단 한 번도 친하게 지내지 않았던 장훈 오빠의 딸이지만 나를 고모라고 부르는 아이, 운동을 좋아하는 건강한 아이, 아무 말이나 지껄이지만 귀여운 아이, 그런데 그런 아이에게 어떻게 하는 게 맞는지 도무지 모르겠어요. 어른답지 못했던 건 사실이지만 나도 수아에게 꼰대 같다는 말을 듣기는 싫었어요. 어떤 게 어른다운 행동인지 모르겠어요, 언니. 내게 아이들을 대할 자격이 없는 건 맞아요. 그래서 학교에서도 쫓겨났는걸요.

그러고 보니 언니는 내가 한 번도 보지 못한 자기 아들 수훈까지 포함해 '조카들'이라고 말했다. '아이들'이라고 말한 건 그저 언니의 말버릇일 뿐이었다. 전화를 끊고 나서 뒤늦게야 나는 큰아버지네 가족이 야엘의 글을 봤는지 궁금해졌다. 며칠 후 만난 엄마가 내 의문에 답해주었다.

*

언니가 내게 그랬던 것처럼 나는 엄마에게 대뜸 수영 가방을 내밀었다. 수영장에서 엄마는 수모를 착용하는 데 번번이 실패하며 발을 동동 굴렀다. 엄마는 오래전 잠시 휴직했을 때 수영을 배운 적이 있었다. 두 달간 매일같이 수영 강습에 나갔지만 자유형도 익히지 못하고 그만두었다. 엄마와 나는 둘 다 수영에는 어지간히 소질이 없었다. 수아 모녀가 바다 생물마냥 물속에서 자유로웠던 모습을 생각하면 이런 것도 내력인가 싶었다. 나는 수모에 물을 가득 받아 엄마의 머리에 씌워주었다. 엄마는 물을 맞으며 눈을 질끈 감았다가 다시 뜨고는 샤워장을 휘휘 둘러봤다. 그러면서 내게 '나처럼 늙은 사람도 많다'고 속삭였다.

아닌 게 아니라 평일 한낮의 수영장에는 엄마처럼 나이든 사람들밖에 없었다. 엄마는 자꾸 허리춤만 긁으면서 선뜻 물에 들어가지 못하고 망설였다. 이렇게 추운 날에 수영이라니, 엄마는 푸념했다. 추운 날엔 수영장이 한결 더 포근하다고 나는 엄마를 달랬다.

너 아니었음 수영 같은 건 안 해, 생색내며 엄마는 입수했다. 엄마는 단지 나와 함께할 수 있다면 그게 뭐든 좋다고 했다. 학교에서 치이고 원고 마감을 하느라 바쁜 동안에는 근처에 살면서도 잠깐 얼굴을 볼 여유가 나지 않았다. 시간이 너무 빨리 흘러간다는 걸 실감하면서 나는 가능한 한 엄마를 많이 만나려고 노력했다. 과거에 야엘이 내게 말한 대로 언젠가 후회하고 싶지 않았다. 엄마는 나를 더 자주 만날 수 있어서 기뻐했고 내가 하고자 하는 건 뭐든 같이해주려고 했지만 한편으론 한창때인 자식이 갑자기 시간이 많이 생긴 것에 불안해 보이기도 했다. 그런 복잡한 마음을 나도 모르는 게 아니어서 씁쓸했다.

킥판을 잡고 엎드린 엄마의 엉덩이가 두둥실 떠올랐다. 그 모습이 어린아이 같아서 피식 웃음이 나왔다. 초보 레인에서 엄마는 어설픈 폼으로 열심히 헤엄쳤다. 내 수영 실력도 별반 다르지 않았다. 나도 엄마의 발끝을 쫓으며 천천히 헤엄쳤다. 숨을 참는 순간 바닷마을 언니가 했던 말이 생각났다. 자긴 물이 너무 편하고, 물속에 있으면 마치 우유에 잠긴 듯 포근하다고 했던.

"아, 우유를 싫어하는 사람도 있을 테니까 이런 말은 좀 그런가."

어떤 사람은 물속에 있으면 딴생각할 겨를이 없어서 현실의 시름을 잠깐이나마 잊는다는데 나는 그렇지 않았다. 부자연스러운 동작과 불편한 호흡을 유지하면서도 머릿속은 내내 상념으로 가득했다. 나는 엄마와 거의 동시에 헤엄을 멈추고 몸을 일으키며 숨을 골랐다. 그러고는 벽에 붙어 헉헉대며 엄마에게 말했다.

"별말 없어? 인천에서."

"몰라. 무슨 말?"

"장선이 언니 신문에 글쓰는 거."

"장선이가 무슨 글을 써?"

"얘기했잖아요, 지난번에."

엄마는 이마를 문지르며 눈을 크게 떴다.

"맞네. 그거 정말로 한다고?"

"이미 신문에 나왔어. 얼굴도 이름도 다 나왔는데."

멀리서 헤엄쳐오던 사람이 힐끗 눈치를 줬다. 수영장에서 벽에 붙어서서 수다를 떠는 사람들을 '따개비'라고 부른다는 걸 떠올리고 나는 엄마에게 나중에 얘기하자고 했다. 우린 다시 천천히 헤엄쳤다.

반대편 벽에 도착한 엄마와 나는 숨을 고른 뒤 다시금 버둥대며 헤엄을 쳤다. 엄마는 킥판을 잡고 발차기를 했고 나는 어설프게 번갈아가며 자유형과 배영을 했다. 어느덧 수영을 시작한 지 사십오 분이 넘어가고 있었다. 나는 엄마에게 이만 나가자고 했다. 엄마는 샤워장에서 숨을 고르며 말했다.

"아, 정말 신기하다. 너무너무 따뜻하네, 네 말대로."

"그렇다니까."

"이렇게 개운한데 넌 왜 열심히 안 하니."

"이제부터라도 운동해야죠."

"장선이네 일 같은 건 걱정 마라."

나는 엄마를 물끄러미 쳐다봤다.

"네가 뭘 하든 다 소설 공부라고 생각해서 엄마는 상관 안 하지만 그깟 일로 상처는 안 받았으면 좋겠다."

우린 말없이 샤워를 했다. 엄마는 옛날에도 비슷한 말을 한 적이 있었다. 설령 네가 거지발싸개를 연구한다고 해도 소설 때문이라면 이해한다. 엄마가 그렇게 말하면 나는 대답할 말을 찾지 못했다. 그저 내가 가끔 나와 상관없는 일들에 휘말리는 이유가 그런 것 때문은 아닌가 생각에 잠길 뿐이었다.

엄마는 그깟 일이라고 말하긴 했지만, 내가 건네준 야엘의 묵주를 한참이나 빤히 바라보며 매만졌다. 이제 그 빅토르 위고가 소설에 쓴 파리의 노트르담은 불타 없어졌다고, 파리 시민들이 슬퍼하며 엉엉 울었다는 이야기를 전해주자 엄마는 지그시 눈을 감았다. 장선이는 정말로 프랑스 사람이구나, 엄마는 말했다.

집에 돌아온 나는 연재 첫날 확인하고 나서 한동안 들어갈 엄두를 내지 못했던 신문사 홈페이지에 오랜만에 접속해보았다. 야엘의 얼굴과 함께 그녀의 프랑스 부모가 물려준 성과 이름이 나란히 떠 있었다. 그리고 안녕, 가벼운 인사로 시작해서 술술 털어놓듯 시작되는 옛날이야기. 이제 잔혹 동화 같은 야엘의 어린 시절에 대한 이야기가 이어질 것이었다. 나는 전쟁이 끝난 후 할아버지와 할머니가 드디어 재회해 결혼한 다음 자식을 낳았다는 대목에서 좀처럼 앞으로 나아가지 못했다. 그들은 1940년대 후반에 기적같이 다시 만나 꿈꾸던 결혼을 했고 아이를 낳았다. 그때 그들은 행복했을까. 자기들이 낳은 첫아이가 성인이 되어 삼 남매를 낳고 그중 두 딸을 입양 보내리란 사실을 모르고 행복했을 것이다. 당연히 해방된 조선땅에 곧 전쟁이 닥치리란 것도 몰랐을 것이고 몇 년 지나지 않아서 할아버지가 술과 노름에 빠져 사흘돌이 가출을 하고 행려병을 앓게 될 줄도 몰랐을 것이다. 나는 오래전 후암동 집에 얹혀살 때 술에 취한 큰아버지가 지껄이는 말을 들은 적이 있었다.

"난 어머니가 아버지를 죽였다고 생각해. 아버지는 어머니가 죽였다."

네 할아버지는 징용 후유증에 시달리다 돌아가셨다. 이게 내가 어릴 적부터 귀에 딱지가 앉도록 들은 사연이었다. 엄마도 나도 할아버지를 본 적 없었다. 아이들은 간혹 어떤 말들을 귀담아듣고 오래도록 기억한다는 사실 따위엔 관심도 없었을 큰아버지는 의미심장하게 말했지만 나 말고는 누구도 그의 말에 신경쓰지 않았다.

그래서 행복했느냐고, 강씨 청년이 일본에서 돌아왔을 때. 나는 지금은 세상에 없는 젊은이를 붙들고 물어보고 싶었다. 야엘이 상상과 기억을 조합해 만든 이야기 속 할머니에게 한번 물어나보고 싶었다. 동네 사람들이 약혼 사실을 다 알고 있어서 다른 남자와 결혼할 수도 없고 집안에선 짐짝 취급을 받았을 때, 그 인생이 그토록 비통했느냐고. 그래서 당신 딸이 남편 없이 아이를 낳았을 때 그렇게나 혹독하게 구박했던 거냐고. 자신은 끈질기게 살아남아 가부장이 되었는데 너는 왜 그러지 못했느냐고 말하고 싶었던 걸까.

갑자기 손발에 땀이 송골송골 맺혔다. 까닭 없이 손발에 땀이 나면 몹시 두려워졌다. 학교에서 겪은 지독한 스트레스 때문에 생긴 신체화 증상이었다. 한창 스트레스가 극심했을 때는 손이 너무 축축해서 핸드폰도 쥐지 못할 정도였다. 권교수는 내게 신체화란 말 그대로 정신적 문제가 육체적 증상으로 드러났다가 다시 육체적 증상이 정신적 문제로 전이되는 거라면서 악순환이라고 했다. 그 말처럼 나는 평화로운 일상을 유지하다가도 갑작스레 손발에 땀이 나면 부정적인 감정에 사로잡히곤 했다. 나아지려고 애쓰는 중이었는데 다시 원점으로 돌아갔다는 생각이 들면서 좌절했다. 다 잊어버렸다고 생각했던, 미로 같았던 복도나 서정수의 얼굴, 공격적인 언사와 출근 마지막날 어떤 교수도 내 전화를 받지 않았던 기억 같은 게 해일처럼 밀려왔다. 나는 그런 상황에서 서핑 보드를 타고 물살에 올라탈 수 있는 사람이 아니었다. 그저 밀려오는 대로 물을 뒤집어쓴 채 그 미로 안으로 들어갈 수밖에 없었다.

문제는 가끔 충동이 치받친다는 것이었다. 인터넷에 다 털어놔버릴까. 서정수가 진짜로 학생과 어떤 관계였는지. 그만 둘 사람은 따로 있는데 왜 내가 그만둬야 했는지 말해버릴까. 그러다가, 내 삶을 좀먹는 그 일을 그만두기로 결정한 사람은 바로 나였으므로 과거 나의 결정을 존중하지 않는 행동은 하지 말자고 생각했고, 그러면서도 그게 정말로 나의 결정이 맞는지 되물었다. 서정수에게 직접 따져볼 생각은 한 번도 하지 않았다. 오히려 비겁하게도 나는 그 학생을 떠올렸다. 서정수의 피해자였던 너는 왜 그가 아니라 나를 공격했었냐고, 그애에게 묻고 싶은 충동이 일었다.

충동에 휩싸인 채 나는 예리의 인스타그램에 접속했다. 마치 인생에 단 한 번도 우여곡절이 없었다는 듯 베이지색 리넨 치마를 입고 아이를 바라보며 미소 짓는 예리의 사진을 보자마자 손가락이 멋대로 움직였다. 나는 예리에게 인스타그램 메시지를 보냈다.

'잘 지내고 있구나. 너의 대단한 남편이 소설을 스터디하는 취미가 있으신 덕에 나는 그 작품을 버렸단다. 이런 건 모르지? 문제삼을 때만 진지하고 결과가 어떻게 되는지에 대해선 관심 없는 사람들, 네가 가장 잘 알 텐데. 유튜브에서 건수 잡으면 몰려오는 그런 악플러들, 소문난 잔치에 득실거리는 거지같은 족속들 말이야.'

생각할 겨를도 없이 전송 버튼을 눌렀다. 그러고는 부엌 바닥에 핸드폰을 집어던졌다. 작품을 버렸단다, 내가 써놓고도 웃겼다. 목구멍에 기름칠한 채 느끼하게 말하는 예술가들을 경멸했으면서 누구보다 비장하게 떠들었다는 생각 때문이었다. 사실 그 소설을 작품집에 싣지 않았다고 해서 대단히 억울한 것도 아니었다. 그러나 마치 나는 지금까지 겪은 모든 고충이 다 예리 남편의 스터디에서 비롯된 것 같았고, 남들과는 다르게 마이너한 콘텐츠인 현대문학을 읽는다고 거들먹거리고 다니는 사람들도 비웃고 싶었고, 그럼에도 그들이 한줌 남은 독자이자 동료이기도 하기에 눈치를 보는 내 처지가 서럽기도 했다. 학교를 그만둘 때 내게 비아냥거렸던 학생도 그 말을 했다. '저희는 다시 독자로 돌아가겠습니다. 독자로서는 선생님의 행보를 응원합니다.'

예리에게 메시지를 보냈다는 사실이 참을 수 없이 부끄러워져 나는 이를 악물고 청소를 시작했다. 락스로 화장실을 닦고

에탄올로 부엌을 청소했다. 에탄올을 분무기로 어찌나 뿌려댔
는지 술에 취한 것처럼 어질어질했다. 그 상태로 행주를 삶았
더니 수증기가 얼굴에 닿자마자 곧 쓰러질 것 같았다. 나는 털
썩 주저앉아서 싱크대 하부장에 등을 기댔다. 집어던져둔 핸
드폰이 눈에 띄었다. 핸드폰을 집어들어 다시 인스타그램에
접속했다. 예리의 메시지가 도착해 있었다.

뜻밖이었다.

*

예리를 언제 마지막으로 만났었던가, 언뜻 떠오르지 않았
다. 예리와 나는 순전히 친척 관계로 엮여 있을 뿐 단 한 번도
친구였던 적은 없었다. 나는 그저 사촌들과 친구처럼 지내는
사람들이 신기할 뿐이었다. 내겐 아예 있을 수 없는 일이라고
생각했기에. 그러나 예리를 만나러 가는 길에 머릿속으로 자
꾸만 예리와 친구처럼 지냈던 나날들이 떠올랐다. 멀게는 유
치원생 시절에 가요 프로그램을 틀어놓고 같이 아무렇게나
춤추던 장면부터, 중학생일 적에 나란히 그네에 앉아 고민거
리를 나누던 장면, 내가 수능시험을 보던 날 새벽같이 우리집
에 찾아와서 큰어머니가 챙겨준 과일들을 내밀던 장면까지.
2단짜리 도시락에 차곡차곡 담겨 있던 방울토마토와 한입거

리로 썰어둔 바나나, 파인애플과 참외, 사과의 반듯한 배열이 선명히 떠올랐다. 예리는 시험장에도 따라왔었다. 지금은 잃어버렸지만, 흰색 점퍼를 입고 뿔테안경을 쓴 나와 젊은 엄마가 시험장 앞에서 기념사진을 찍었었다. 예리가 찍어준 사진이었다.

예리가 내가 다니던 학교의 약학과에 편입하고 싶다고 메시지를 보냈던 것도 생각났다. 예리가 얼마나 약대에 가고 싶어 했는지 잘 알면서도, 그 메시지를 보자마자 '네 주제에 약전을 간다고?' 생각했던 내 모습도. 나는 예리에게 내가 다니는 학교라고 해서 약대 사정까지 알 순 없다고 답장했었다. '너도 종합대학을 다니고 있어서 알겠지만 자기 전공 아니면 아무 상관도 없잖니.' 내게 도와달라고 말했던 것도 아니었는데 한껏 이죽댔던 내 말에 예리가 상처받았을 수도 있었다.

그러니까 우리가 마지막으로 만난 날은 장훈 오빠의 결혼식 날이었다. 예리나 나나 대학생이었던 그때. 훗날 바닷마을 언니와 만나고 다투게 되리라고는 상상도 못했던 날. 그날 이후로 얼마나 많은 시간이 흘렀는지 가늠해봤다. 예리와 내가 남남처럼 모른 척하고 지낸 시간이 얼마나 되는지 증명해주는 존재가 바로 수아였다.

예리는 내게 이렇게 답장했다.

'언니, 안녕. 잘 지냈어?

갑작스러운 연락에 조금 당황했지만 우리는 피붙이니까 뭐든 이야기할 수 있다고 생각해. 사실 몇 년 전엔 굉장히 화가 났었어. 그렇다고 여태 연락 안 하고 살던 언니한테 따질 수도 없고. 내 남편이 고해바친 일이라서 창피하긴 하다. 어쨌거나 언니, 이제는 언니한테 별로 유감없어. 우리 삼 남매는 언니가 작가라는 걸 늘 자랑스럽게 생각해. 이게 다 아빠가 저지른 잘못인데 어쩌겠어. 나도 언니 말대로 유튜브 일 터지고 나서 많이 깨닫게 됐어. 이러지 말고 우리 만나서 이야기할까? 마침 수진 언니가 며칠 후에 우리집에 잠깐 들르기로 했는데 오랜만에 우리 셋이 만나면 어떨까.'

예리의 태도도 뜻밖이었지만 수진 언니와 만나기로 했다는 말에 나는 너무 놀랐다. 엄마가 그간 작은고모와 종종 만났었다는 이야기와는 비교도 되지 않을 만큼 놀라운 이야기였다. 내가 얼마나 이 '가족' 사이에서 고립되어 있었는지 비로소 깨달았다. 예리가 여전히 들먹이는 '피붙이'라는 말, 누구도 시키지 않았는데 수능시험장까지 따라와서 도시락이며 엿을 전해주었던 건 나란 사람을 정말로 좋아했기 때문이 아니라 피붙이라서 그랬다는 걸 나는 이미 알고 있었다. 장훈 오빠의 결혼식 즈음에 관계가 나빠진 어른들 때문에 예리와 나 또한 남남처럼 살게 됐다는 것도. 다른 사람들을 통해 전해들은 말들로 인해 어쩌다보니 반목하는 관계가 되어버렸는데, 정작 그녀와 내가 직접 만나 이야기를 나눈 적은 없었다.

수진 언니는 나보다 훨씬 오랫동안 예리와 붙어살았으니 사실상 예리에게 친언니와 다름없는 피붙이였다. 그러나 아빠가 식모 방이라고 불렀던 그곳에서 모진 구박을 견디며 살던 수진 언니를 하녀 취급하듯 대하던 예리였다. 나는 바닷마을 언니를 만나러 갈 때나 수아와 야엘을 만나러 갈 때보다 훨씬 두려운 마음으로 차를 몰고 예리네 집에 찾아갔다. 수진 언니를 만난다는 생각에 조금 들뜨기도 했다.

예리네 집에 도착하자 현관 앞에서 예리와 수진 언니가 나를 맞았다. 이십여 년 만에 만나는 수진 언니는 과거와는 인상이 크게 달라져 있었지만 낯설지는 않았다. 인터넷에서 종종 언니의 인터뷰를 찾아봤기 때문이었다. 어릴 때 언니를 백곰 같다고 생각했던 것도 떠올랐다. 얼굴이 넓적한데다 희고 눈은 콩처럼 작고 검어서였다. 언니는 여전히 얼굴이 하얬다. 어릴 적에 내가 이렇게 하얀 사람을 다시 만날 수 없으리라고 생각했던 것처럼. 가족 중 누구도 이런 피부색을 가진 사람은 없었다.

인스타그램에서 보던 대로 예리네 집 거실 벽면은 책으로 가득 채워져 있었다. 나는 책을 인테리어에 활용하는 사람들을 보면 항상 미묘한 감정이 들었다. 언제나 책을 놓을 공간이 부족해서 고역이었던 내게 그들은 다소 이해할 수 없는 존재들이었다. 하지만 그런 상념에 빠져 있을 새가 없었다. 나는 웃으며 넉살 좋게 말을 건넸다.

"연예인 집 온 것 같다."

인스타그램에서 보던 그대로라는 뜻이라는 걸 예리와 수진 언니 모두 단번에 알아듣고 웃었다. 아이들은 어디 갔느냐고 물으니 인천에 보냈다고 했다. 인천이라면 예리의 본가를 말하는 것이었다. 큰아버지네 부부가 사는 곳. 나도 모르게 수진 언니의 눈치를 슬쩍 살폈지만 아무런 표정 변화가 없었다.

어쩔 수 없이 아직도 유튜브에 남아 있는 영상이 생각났다. 지금과는 사뭇 다른 텅 빈 예리네 집 거실에 방역복을 입은 남자들이 들이닥치는 장면. 당황하는 예리의 얼굴. 떨어진 케이크에 날파리가 꼬이듯 우글거리던 더러운 댓글들. 당시의 집과 지금 이 집이 같은 곳이라는 확신은 없었지만 예리는 마치 그 영상에서 걸어나온 듯 그대로였다.

남의 살림집을 구경하는 건 오랜만이었다. 집들이가 아니니 곳곳을 둘러본다거나 하지는 않았지만 이야기를 나누는 중에도 거실이나 부엌을 한 번씩 돌아보게 됐다. 예리에게 미니멀 살림이란 무엇이었을까. 지금도 예리는 깔끔하고 야무지게 살림을 하는 듯했다.

우리 셋은 한참 동안이나 드라마, 운동, 음식 같은 시답잖은 주제로 이야기를 나눴다. 정작 중요한 이야기는 꺼내지 못하고 대화가 겉돌고 있다는 느낌이 들었다. 수진 언니가 정곡을 찌르듯 입을 열었다.

"너무 사연 많은 사이일수록 할말이 없다더니 우리가 그러고 있네."

그러고선 미소를 지었다. 온화한 미소였지만 얼굴에 강단이 서려 있었다.

"주현이, 숙모한테 이야기 들었어. 고생 많았겠네."

"그랬나요? 그래도 괜찮아질 날도 오겠죠."

"이런 말 하는 거 싫어하는데, 나 고시원에 있을 때, 매일매일 그런 생각을 했어. 별들 날 오겠지. 그런데 살다보니까 딱히 별이랄 것도 없어. 시간이 너무 빨리 가서 옛날에 했던 생각들이 다 무색해질 지경이야."

"그건 언니가 너무 잘나서 그래."

예리가 끼어들었다.

"성공한 사람들이 갖는 여유, 그런 게 언니에겐 있어요. 언니들 둘 다 사회적으로 부족함 없는 사람들이잖아. 치열한 경쟁 뚫어본 적도 있고, 먹고사는 데 걱정 없고."

"그건 너도 그렇지 않니?"

어릴 적엔 수진 언니가 더 나이가 많은데도 안하무인인 예리에게 당하기만 했었다. 그때와 달리 둘이 은근히 서로 받아치는 모습이 흥미롭게 느껴졌다.

"그런데 둘은 언제부터 만난 거야?"

나는 예리와 수진 언니를 번갈아 바라보았다.

"계속 연락하고 지냈던 거예요?"

예리가 한숨을 쉬며 대답했다.

"내 남편 때문이야. 작은고모 말고 다른 어른들은 몰라. 내 남편이 옛날에 잠깐 모셨던 상사였어, 수진 언니가. 내 사촌언니가 강수진이라고 하니까 남편이 아연실색하더라고."

수진 언니가 깔깔 웃으며 말을 받았다.

"예리 남편이 나한테 마음의 빚을 좀 졌다. 아마 그래서 더 유난이었을 거야. 주현이 네 소설에 나오는 장면 갖고 뭐라고 야단이었다고 했지? 예리가 나를 괴롭히는 장면."

"언니도 봤어요?"

나는 무거운 마음으로 물었다. 예리 남편이 일한다는 대형 로펌이 수진 언니가 다닌 곳이라는 걸 알았을 때 두 사람이 엮이지 않길 바랐고 내 소설 따위는 언니가 영영 몰랐으면 했다. 하지만 내 바람은 완전히 빗나갔고 나야말로 이런 모든 상황에 아연실색하고 말았다.

"그래, 주현아. 나도 네 소설 봤어."

"미안해요, 언니."

"뭐가 미안하다는 거야?"

"그냥 옛날애기 다 헤집어서요. 예리한테도 유감이다."

예리에게는 빈말로라도 미안하다는 말은 나오지 않았다. 수진 언니는 웃음기 띤 얼굴로 말했다.

"아니, 나는 보자마자 완전 디테일하다는 생각밖엔 안 했는데. 옛날 일을 어떻게 그렇게 자세하게 기억해? 그 소설 보니까 나도 잊고 있었던 일들이 막 떠오르는 거야. 주현이 너 직관적 기억력을 가진 거 아니니? 후암동 집을 사진처럼 묘사했던데."

"언니, 내가 그렇게 나빴어요?"

예리의 질문은 수진 언니와 나 둘 다에게 향하고 있었다.

"좀 어려서 그랬다고 생각해줄 순 없는 수준이었나?"

"그래, 어려서 그랬다기에는 좀 심했다."

수진 언니의 말에 예리는 입을 살포시 다물었다. 언니는 예리의 어깨를 토닥였다.

"그래도 어려서 그런 건 맞아."

"남편도 그러더라고요. 넌 어릴 때부터 이상한 애였다고. 언니 소설에 나오잖아. 내가 괴물이었다고. 남편은 그걸 무슨 증거처럼 말해, 싸울 때마다."

예리는 덧붙였다.

"아, 그렇다고 주현 언니를 탓하는 건 아니야. 그냥 남편이 그렇단 얘기야."

수진 언니는 토닥이던 손길을 멈추고 예리의 어깨를 지그시

누르며 말했다.

"괜찮아. 네가 이길 만한 자료도 많아."

뜻밖의 대화 흐름에 나는 당황해서 두 사람을 갈마보며 얼떨떨한 채로 듣고만 있었다. 그 상황에서 예리가 이혼을 준비한다는 걸 낌새채지 못할 사람은 아무도 없을 것이다. 듣자 하니 수진 언니는 예리 남편에 대해서도 잘 알고 있는 모양이었다. 무엇보다 예리 남편이 예리를 몰아붙일 때 쓰는 수단 중 하나가 나의 '버려진' 소설이라는 점이 내게는 가장 놀라웠다.

"어휴, 내가 이럴 줄 알았으면 어릴 적에 수진 언니 모셨어야 했는데."

예리는 걱실걱실 웃으며 내뱉었다. 나는 예리가 내온 케이크를 베어 물며 조심스레 말했다.

"네 남편이 어쩌고 하면서 내가 메시지 보낼 상황은 아니었구나. 아무것도 모르고 내가 함부로 말했네."

"그런 걸 언니가 어떻게 알아. 괜찮아. 어휴, 예전에도 남편 말만 듣고 언니 흉보고 다닌 내가 진짜 미친년이지."

불과 반년 전 수아에게서 전해들은 말이 떠올랐다. 고등학생 아이를 붙들고 내 욕을 했다는 이야기에 예리가 옛날의 큰고모와 똑같다고 생각했던 것도. 갑자기 머릿속 불빛이 달칵 꺼졌다. 머릿속이 어두컴컴해진다는 비유가 단순히 비유로 느껴지지 않을 만큼 너무나 생생한 기분이었다. 남편 말만 듣고 그랬다고 예리는 말했지만, 큰고모까지 생각나버린 이상 나는 무엇도 이해해주고 싶지 않았다. 그래, 내가 네 남편 운운할 때 너는 억울했겠구나. 이혼 이야기를 하면서 다 봉합하고 싶었겠구나. 그런다고 네가 했던 일이 없어지지는 않아. 나는 이왕 만났으니 대놓고 묻기로 했다.

"예리야, 우리 솔직해지자. 수아한텐 왜 쓸데없는 말을 하고 그랬니?"

수진 언니가 한숨을 푹 쉬었다. 예리는 눈살을 조금 찌푸렸다.

"수아가 뭐랬는데?"

"수아가 뭐란 게 문제가 아니잖아. 성년도 안 된 애한테 이런저런 이야기 할 필요는 없잖아."

그 말은 내 가슴에 내내 맺혀 있던 말이었다. 예리가 아니라 큰고모한테 하고 싶은 말이었다. 대단한 비밀을 알려줘볼까? 속삭이던, 마귀할멈 같던 큰고모. 그녀를 생각하면 나는 곧장 어린아이로 돌아간 듯 가슴에 서러움이 가득 들어찼다. 예리는 그런 나를 비웃듯 말했다.

"언니가 수아를 얼마나 안다고 그래. 언니는 수아 몰라."

"솔직히 그게 아이한테 할 말이라고 생각하니?"

"어휴, 걔가 뭐가 애야. 언니, 걔는 애가 아니야. 언니가 가르친 대학생들이랑 똑같다고 생각해."

"대학생이라고 해도 걔들도 애들이야."

"그럼 걔네를 애들이라고 뭐든 다 봐줄 수 있어? 아니잖아. 지들 불리할 때만 자기네가 보호받아야 하는 어린아이인 척하면서 사람 뒤통수치잖아."

수진 언니가 야야, 그만해라, 하면서 예리를 말렸다.

"언니보다는 내가 수아를 더 잘 알아. 걔가 얼마나 영악한 앤지. 언니랑 같이 그 프랑스 언니 만났다는 이야기 나도 들었어. 그거 가지고 어찌나 유세하던지. 걘 확실히 제 아빠 안 닮은 것 같아. 대가리가 잘 돌아가는 게 분명히 외탁했어."

"예리야, 막말하지 마라. 너 그렇게 사람 무시하는 버르장머리는 좀 고쳐라. 나이 먹고도 모르겠니? 그게 다 업보로 돌아온다는 거."

나는 벌떡 일어섰다. 이미 분위기는 끝장나버렸다. 다시 만난 예리와 웃고 떠들며 티타임을 가질 수 있을 거라고 생각했던 내가 우스웠다. 코트와 가방을 주섬주섬 챙겨드는데 수진 언니가 다가와 "같이 나가자"고 속삭였다. 예리는 우리 등뒤에다 대고 기어이 한마디를 더 했다.

"언니, 그거 알아? 결혼은 정신병을 유발해. 부부 상담? 아내한테만 참으라고 하면서 남편 장점 오십 가지 써보라며 사람 바보 만드는 치료야. 지금 언니 남편이 좋은 사람으로 보인다고 해서 결혼생활에 너무 환상 갖지 마."

나는 쏘아대는 예리의 기세에 질려 절로 고개를 젓고 말았다. 수진 언니가 계속 내 등을 두드리며 "이만 나가자, 나가자" 타일렀다. 언니는 예리에게 연락할게, 라고 한 뒤 나를 이끌고 그 집에서 나왔다.

*

바쁘지 않으냐는 말에 수진 언니는 고개를 저었다. 우리는 예리네 아파트 주차장에 차를 그대로 세워둔 채 동네를 둘러봤다. 아파트 상가 일층에 커피숍이 있었다. 그러나 언니와 나는 서로를 바라보며 약속이라도 한 듯 고개를 저었다. 아파트 상가 커피숍은 흔히 동네 사랑방의 역할을 겸하는 경우가 많아서 이런저런 이야기를 나누기엔 적절하지 않다고 판단했던 것이다.

우리는 상가 근처를 어슬렁거리다가 어느덧 인근 천변에 다다랐다. 매섭게 추운 것은 아니었지만 그래도 한겨울이었다. 그런데도 주말 한낮의 천변은 나들이를 나온 가족과 조깅하는 사람들로 다채로웠다. 한겨울에도 이렇다면 벚꽃과 목련이 피는 봄날엔 어떨까. 어린아이를 안거나 업거나 걸리는 젊은 부부들이 많았다. 예리도 한때는 그런 풍경 속에 존재했을 것이다. 언니와 나는 중간중간 옷깃을 여미며 걸었다. 때로는 한낮의 볕이 정수리에 뜨겁게 와닿기도 했다. 코끝은 시리고 정수리는 뜨거운 날씨. 오랜만이었다, 이렇게 바깥을 천천히 걷는 일은. 곁을 스쳐가는 낯선 사람들의 기척이 이상하게 느껴졌다. 마치 드라마에 등장하는 엑스트라 배우들 같았다. 그런 내 마음을 읽기라도 한 듯 언니가 말했다.

"나도 평소엔 좀처럼 걷질 않아. 사무실 갈 때나 출장 갈 때나 다 운전해서 다니니까. 지하철 안 탄 지도 한 십 년 넘은 것 같다. 걸어야 사는 실감이 좀 나지. 거리에서 뭘 팔고 있는지, 옥외광고에는 뭐가 나오는지, 화단에는 뭐가 심어져 있는지, 그런 건 다 걸어야 보이는 거거든."

"조금이라도 걸으려고 일부러 차를 두고 출근하기도 했었는데 이젠 통 그럴 일도 없네요, 저는."

"이제 강의는 다시 안 할 거야?"

"하고 싶어도 못할 것 같아요."

"왜?"

"제가 자신이 없어요. 사실 전 학생들을 가르치기에는 너무 불성실하고 발표 공포증도 있거든요. 그걸 극복해보려고 딱히 노력하지도 않았어요. 능력에 맞지 않은 일을 하려다보니 망칠 수밖에요."

"강의를 하는 사람인데 발표 공포증이 있었구나."

"대학 때도 발표할 때 덜덜 떨다가 울어버리기도 했어요.

그런데 살다보니까 그런 제가 사람들 앞에 서서 이야기할 일이 자꾸 생기더라고요. 먹고살려다보니 어쩔 수 없었죠."

"그래, 맞아. 내가 아는 사람 중엔 물을 무서워하는 수영 선수도 있어."

우리는 서로의 어깨를 살짝 부딪치며 웃었다.

"네 사정을 내가 다 아는 건 아니지만, 앞으로 뭘 하든 너무 슬퍼하거나 고통받지는 않았으면 좋겠다. 세상에 쉬운 일은 없지만."

언니를 슬쩍 돌아보았다. 나는 예전에 재판을 방청하러 가서 본 변호사들의 모습을 떠올렸다. 어떤 영화나 드라마에서도 본 적 없는 진짜 변호사들의 모습이 거기 있었다. 그들은 재판장에게 소리를 지르며 정의를 외치지 않았다. 방청객들에게 자신들의 모습을 적극적으로 드러내 보이지도 않았다. 그들은 그저 법률 전문가로서의 역할을 성실하게 수행할 뿐이었다. 물론 거기 있던 변호사들은 대체로 정의를 실현하고자 노력하는 사람들이었으나 그 모습이 연극적이지는 않았다는 뜻이다. 산 같은 서류 뭉치를 이고 진 채 소박한 정장 차림에 피곤한 낯빛으로 바삐 오가던 그들. 수진 언니도 내가 본 그 변호사들과 흡사한 모습이었다. 엄마에게서 전해듣기로 언니는 이제 작은고모와 함께 좋은 집에 살면서 좋은 차를 타고 다닌다지만, 실핏줄이 터진 눈과 부르튼 입술, 귓바퀴에 걸린 새치와 정수리 부분에 머리카락이 얼마 안 남은 모습은 그저 몹시 피곤한 직장인의 모습일 뿐이었다. 어릴 적 언니가 바비 인형을 받고 기뻐하는 나를 식탁 맞은편에서 빤히 바라보던 모습, 수능시험 전날 엿을 주려고 찾아간 나를 냉정하게 돌려보내놓고는 전화해서 미안하다고 말하던 목소리 같은 걸 나는 떠올렸다. 그때도 지금도 나는 언니보다 훌쩍 키가 컸다.

천천히 걷던 우리는 예리네 아파트에서 조금 떨어진 골목에 있는 카페를 발견했다. 문 앞에 그다지 예쁘지 않은 손글씨로 '겨울 특선 도너츠'라고 쓰여 있었다. 도너츠, 문득 새삼스럽게 느껴지는 단어였다. 우린 따뜻한 커피 한 잔씩을 주문하고 고민하다 도넛을 추가로 시켰다. 두툼하면서 둥글고 설탕이 가득 뿌려진 진갈색 도넛, 투박하게 생긴 모양새가 정말이지 옛날 도너츠 그 자체였다. 언니와 나는 동시에 어떤 장면을 떠올리고선 탄식을 했다. 후암동 집에서 할머니가 가스버너로 도너츠를 튀기던 장면이었다. 어린 수진 언니와 나, 예리와 예은 자매는 모여 앉아 그런 할머니의 모습을 구경했다. 집안 살림은 대체로 작은고모가 도맡아 했고 따로 간식거리를 만들어주는 집도 아니었지만 그날따라 할머니는 손수 도너츠를 반죽해서 튀겼다. 설탕을 아낌없이 뿌려가며 도너츠를 만드는 모습을 보며 우리들은 몹시 들떴다. 신문지에 올려둔 쟁반 위에 차곡차곡 쌓이는 도너츠 근처에서 평소에는 보이지도 않던 바퀴벌레가 들끓었지만 경악해서 도망가는 아이는 하나도 없었다. 할머니는 바퀴벌레를 하나씩 손바닥으로 때려잡은 뒤 그 손으로 다시 도녀츠를 튀겼다. 이제 수진 언니나 나나 그 맛을 기억하지는 못했지만, 카페의 '겨울 특선 도녀츠'를 맛보니 옛날 도녀츠 맛이 생각나는 것만 같았다.

"맛있다."

언니는 도넛을 단숨에 먹어치웠다.

"야엘의 글을 봤어."

"예리도 봤대요?"

"잘 모르겠네. 걘 지금 남편 문제 때문에 정신이 없어서 말이야."

"저랑 왜 만나자고 한 걸까요, 대체."

"별다른 이유는 없을 거야. 나랑 만났을 때도 그랬는데, 자긴 늘 사촌 관계가 일그러져 있는 게 인생의 오점 중 하나라고 생각했대. 언젠가는 다시 화목하게 지내야 한다고 생각했다더라."

"싸우고 화해하고 다시 식구처럼 모여 밥 먹고, 저는 그런 거 잘 못해요. 중요하다고 생각하지도 않고요."

"그렇지 뭐. 친구든 가족이든 언제나 현재가 중요할 뿐인데."

수진 언니의 그 말은 조금 알쏭달쏭하게 느껴졌다. 과거의 상처가 중요하지 않다는 뜻으로 한 말은 아닐 텐데 그렇게 들리기도 해서였다. 하지만 그렇다고 얄팍하게 느껴지는 말은 아니었다. 오래 알고 지낸 관계가 중요한 게 아니라 지금 서로에게 필요한 관계가 중요하다는 의미에서 나도 예전부터 친구들과 자주 해온 말이기 때문이었다.

"야엘의 글, 마음 아프더라. 댓글들은 기가 막히고."

수진 언니가 야엘 이야기를 꺼냈다.

"가벼워 보이려는 뉘앙스지만 엄청난 슬픔이잖아. 어릴 때 생각도 많이 나고. 삼촌들 생각도 나고, 이모 생각도 나고. 물론 숙모들 생각도 나고. 나는 야엘과 단 한 번도 만난 적이 없는데."

"언니가 태어난 해에 떠났으니 야엘은 갓 태어난 언니 얼굴을 봤을 수도 있어요."

"그랬을지도. 나 태어났을 때 어땠는지 작은숙모가 자세히 이야기해주시더라. 그러고 보면 주현이 너는 정말 작은숙모를 많이 닮았나봐. 기억력이 좋은 것도 똑같아."

"저는 수아 보면서 장훈 오빠보다는 새언니 닮았다는 생각 많이 했죠."

"누구나 부모 자식 간에 닮았다는 이야기를 정말 많이 한다. 우리도 그랬지만. 그러니 다 알 만한 나이에 새로운 부모를 만난다는 건 또 얼마나 감당하기 어려운 일이었겠어. 야엘이 그 글에서, 자기가 여전히 가톨릭을 존중하는 까닭은 혈육 관계로 이루어진 가정이 아닌 성가정을 거룩하다고 하기 때문이라고 그러더라고."

여전히 1940년대에 멈춰 있는 나는 아직 보지 못한 대목이었다.

"예수도 결혼하지 않은 여성에게서 태어났다고."

나는 가만히 언니의 표정을 살필 수밖에 없었다.

"어떤 사람들은 그런 이야기에 위안을 얻기도 하는 세상이야. 그렇지?"

"저와 이야기 나눌 땐 보수적인 가톨릭 가정에서 자라서 신자가 될 수밖에 없었다고 하던데, 그런 면에서도 의지하는 구석이 있었나봐요."

"그럼. 성경도 이야기라고 생각하면 누군가에게 위안을 줄 수 있는 텍스트야."

"언니도 종교가 있어요?"

"나는 없지."

우리는 마주보며 웃었다.

"예리를 이해하자고 말하고 싶진 않아. 나도 가끔은 걔가 어릴 적에 했던 짓이 불쑥 떠오를 때가 있어. 작은삼촌이 예리를 꾸짖으며 했던 말, 나도 기억해. 언니가 병신인 줄 아냐고. 뭐든 새로 사면 번번이 나한테 와서 자랑하고, 그 모습이 귀엽

고 유치해서 가만히 보고 있으면 자길 질투하느냐고 지껄이
고. 아빠 없는 주제에 잘난 척하지 말라거나, 하여간 말하자면
끝도 없지. 그랬던 걸 나도 다 기억해. 그렇다고 나이 먹고 달
라졌니, 안 달라졌지. 이기적이고 막말하지. 그런데 걔 인생도
고통스러운 거야. 원하던 전공 못하고 일자리 제대로 잡아본
적도 없고, 유튜브 하다 그렇게 됐고 남편은 폭력적이고. 심지
어 어린 자식들이랑도 사이가 벌어졌는걸."

"애들이 아직 너무 어린데 왜 벌어져요?"

"미니멀 살림 한답시고 애들 물건 수시로 갖다 버리다가 그
렇게 됐대."

"애들 물건까지 갖다 버렸군요. 어쩐지 영상으로 봐도 집이
지나치게 텅 비어 보이더라고요."

"후회하고 있대. 그땐 자기가 그걸 원하는 줄 알았다고 그
러데."

"남편이나 애들이나 예리한텐 불편하겠네요."

"그러게 말이다. 때 되면 결혼하고 애 낳아야 하는 줄 알았
는데 아닌 것 같다고 하더라. 자기가 생각해도 자기는 사람을
키워낼 깜냥이 안 된대."

"언니가 예리 변호를 맡는 건가요?"

"아니, 나는 가사 사건은 안 해서 친한 변호사 소개해줬지."

"그래도 큰 힘이 되겠네요. 저희같이 법을 모르는 일반인들

은 변호사랑 다리 건너 안다는 것만으로도 든든하거든요."

"그러니 변호사 인맥 많은 남편은 또 얼마나 두려울까, 예리 입장에선."

"그렇네요."

겨울이라서 해가 금방 떨어지네. 언니의 말에 나도 벗어둔 겉옷을 걸치며 나갈 채비를 했다. 밖으로 나온 우리는 다시 천변을 걸어 예리네 아파트 주차장에 갔다. 천변의 끝에서 우리가 마지막으로 나눈 대화는 어릴 적 셋이 함께 실내 롤러스케이트장에 갔던 기억에 관한 것이었다. 내가 얹혀살았던 때나 그러지 않았을 때나 예리가 늘 수진 언니를 따돌렸다고만 생각했는데, 드물게 다 함께 놀러 나간 적도 있었다. 나는 그런 기억은 전부 잊어버리고 있었다. 수진 언니는 내게 말한 '직관적 기억력'을 가진 사람처럼 그날의 풍경을 자세하게 묘사했다. 아직은 내가 수진 언니보다 키가 작았던 시절. 언니는 최신 인기 가요가 시끄럽게 흘러나오던 롤러스케이트장에서 헬멧을 쓰고 야무지게 앞장서 나가는 예리와 다르게 신발끈도 못 묶어 진땀을 흘리며 고생하던 내 모습이 기억난다고 했다. 그땐 내가 널 잡아줬었는데, 언니는 말하며 빙긋 웃었다. 그때 우리 셋은 스케이트장을 몇 바퀴나 뱅뱅 돌았다. 예리는 막대 아이스크림까지 빨며 여유롭게 롤러스케이트를 즐겼다. 그런 예리처럼 즐겁게 놀 수 없어서 나는 또 얼마나 속이 상했던지.

수진 언니는 내 등을 토닥이며 천천히 가면 돼, 라고 말해주었었다. 문득 나는 언니에게 지금 행복하게 살고 있는지 묻고 싶어졌지만 그러지 못했다. 엄마가 전해준 이야기만으로는 언니가 어릴 적의 고생을 보상받을 만큼 잘 지내고 있는지 확신할 수 없었다. 결혼하지 않고 엄마와 평생 함께 사는 건 서로에게 다행한 일일 수도 있지만, 좋은 걸 먹고 보고 누릴 때마다 작은고모를 생각하며 죄책감을 느낀다는 건 결코 듣기 편한 이야기가 아니었다. 그것이 내 엄마의 감상이 덧입혀진 이야기인지, 아니면 언니가 정말로 그렇게 말했는지도 모를 일이었다. 도리어 언니가 내게 지나가듯 물었다.

"남편이랑은 행복하지?"

나는 머쓱하게 웃고 말았다. 사람들은 다른 사람의 안부를 물을 때만 '행복' 같은 관념적인 단어를 꺼낸다. 자기 삶은 그렇게 요약하지 못하면서.

"남편이랑은, 뭐 별일만 없으면 다행이죠."

나는 그렇게 말하며 웃었다.

언니가 차에 시동을 켜고 이내 주차장을 빠져나가는 모습을 나는 차 안에서 지켜봤다. 뒤이어 나도 주차장을 빠져나왔다. 어느새 밖은 깜깜해져 있었다.

*

    나는 얼마나 그런 생각을 많이 했었나. 넌 이제 따돌림당하는 걸스카우트가 아니야. 그때의 담임교사보다도 훨씬 더 나이를 먹었어. 가까운 친구에게도 말하지 못했지만 나는 초등학생일 적 집단 따돌림을 당한 적이 있었다. 후암동 집에서 지내는 동안 나는 걸스카우트에 들었었다. 그 집에서 나오면서 그만두었으니 용산 학교를 다니던 아주 짧은 시간 동안 걸스카우트를 한 것이었다. 엄마는 내 의사를 물어보지도 않고 예리에게 기죽지 말라며 큰돈을 들여 걸스카우트 입단 신청을 했다. 빵모자, 머리핀, 갈색 치마에 흰 블라우스 유니폼, 핸드백, 체육복 등 살 게 너무 많았다. 집이 없어 시댁 방 한 칸에 얹혀살면서도 자식 기죽지 않게 하려고 애썼던 엄마의 마음을 나는 자주 생각했다. 용산 학교를 다니는 동안 상심에 빠져 그 어떤 것에도 정을 붙이지 못했던 나를, 이 학교는 우리 학교가 아니라고 생각하며 운동장 구석에 놓인 철봉에조차 눈길을 주지 않으려 했던 나를 달래려던 엄마의 마음을. 그러나 나는 걸스카우트 조직에서 '보장'이라고 불리는 6학년생한테 찍혀서 괴롭힘을 당했다. 오랫동안 내가 뭘 잘못했는지 생각했지만 도무지 알 수 없었다. 뒤뜰 야영을 하던 날, 가족들을 초대해 운동장에서 공연을 한다는 걸 당일에야 알았다. 그간 누구도 나에게 연습 일정은커녕 공연을 한다는 사실조차 일러주지 않았기 때문에 나는 얼떨떨했다. 그날 엄마와 예은이 왔었다. 운동장에 돗자리를 깔고 앉은 수많은 가족들의 모습, 김밥을 끊임없이 집어먹던 예은의 모습이 사진으로 남았다. 보장은 내게 다가와 뭐하고 있느냐고 타박을 했다. 다 같이 흰색 티셔츠를 입고 당시 유행하던 댄스음악에 맞춰 춤을 출 예정이라는 걸 나는 전혀 모르고 있었다.

"흰 티도 안 가져왔어?"

보장이 꾸짖는 걸 본 엄마는 부리나케 후암동 집에 달려가서 흰색 티셔츠를 가져다주었다. 그 옷으로 갈아입고 무리에 꼈지만 동작을 하나도 몰랐던 나는 춤추는 아이들 사이에서 우두커니 서 있을 수밖에 없었다. 엄마는 그때 알아챘을 것이다. 후암동 집에도 학교에도 적응하지 못한 내가 걸스카우트에도 적응하지 못했다는 걸. 나는 그 보장 여자애가 어떻게 자랐을까 생각해보곤 했다. 그 어린 나이에 어떻게 그런 수를 쓸수가 있었을까. 때리거나 욕하지 않고도 부모 앞에서 혼자가 된 모습을 보여주는 방식으로, 사람을 자연히 고립시키는 방식으로 괴롭힐 수도 있다는 걸 그애는 어떻게 알았을까.

종강을 며칠 앞두고 건너 아는 한 작가로부터 연락을 받았다. 서정수 또래의 남성 작가였다. 그는 내게 학교를 그만둘 예정이냐고 물었다. 그 말을 듣는데 가슴이 덜컥 내려앉았다.

그만두고 싶다고 생각하는 것과 그만두는 것은 아예 다른 이야기였다. 나는 차분히 그에게 말했다.

"아뇨, 전 그만두지 않아요. 작가님이 저희 학교 사정을 어떻게 아세요?"

"그러세요? 그럼 이게 무슨 일이지."

"무슨 이야기를 들었길래 그러세요."

"강작가님이 곧 그만둘 예정이라 자리가 날 거라고 저에게 오퍼가 왔어요. 공채도 올라왔고 저는 서류 준비중이고요."

그는 내 말에 몹시 당황한 듯하면서도 주절주절 늘어놓았다. 나는 전화를 끊고 학교 홈페이지에 접속해보았다. 그의 말대로 공채 공지가 떠 있었다. 나는 황망해져서 마우스를 두들겼다. 그가 말한 대로 그게 정말 내 자리를 대신하는 것인지는 알 수 없었다. 하지만 그에게 오퍼가 갔고 이미 뒤에서는 하마평 같은 게 나돌고 있고 누군가가 내가 그만둘 예정이라는 거짓된 소문을 퍼뜨린다는 것만큼은 모두 사실이었다. 서정수를 제외한 교수들에게 전화를 걸어보았지만 그 누구도 연락을 받지 않았다. 친구에게 이제 그만하고 싶다고, 사직서를 써야겠다고 말하니 친구는 불같이 화를 냈다.

"네가 왜 그만둬? 누구 좋으라고 그만둬? 서정수가 그만둬야지."

"아니야. 며칠이라도 여기 더 있다가는 내가 죽겠다."

"주현아, 진정하고 조금만 더 생각해봐."

나는 넋이 나간 채로 교무처에 연락해서 사직서 양식을 보내달라고 부탁했다. 외려 교직원이 제발 다른 교수들과 상의한 다음 결정하라고 설득했다. 누구와도 연락이 닿지 않는데 무슨 상의를 하라는 건지 알 수 없었다. 결국 나는 서정수에게 연락했다. 서정수는 만나서 이야기하자고 했다.

학내 카페에서 마주앉자마자 서정수는 내게 손을 선뜻 내밀며 그동안 얼마나 힘드셨어요, 능청스럽게 말했다. 자기도 요즘 신경정신과 약을 복용중이라고 했다.

"사람이 힘들고 아프면 약을 먹고 치료를 받아야 한다는 그 당연한 사실을 제가 여태껏 이해를 못했습니다. 저도 바닥까지 내려가보니 알겠더라고요."

무슨 소리를 지껄이는 건지 알 수 없었다. 사직서를 제출하려는 내게 왜 대뜸 자기가 힘들다고 이야기하는 건지도.

"저, 아내와 헤어지려고요. 제 아내야 진작부터 정신과를 다녔지만 저까지 이제 정신병이 옵니다. 이게 이런 건지도 모르고 강선생님한테 낙인을 씌운 게 저였군요."

정신과니 정신병이니 함부로 떠드는 그에게 진력이 나서 견딜 수 없었다. 자기의 가정사를 털어놓는 까닭도 모를 일이었다. 나는 그의 말을 끊었다.

"아무튼 선생님, 저 어떡해야 할까요."

"그걸 왜 저에게 물어보세요?"

"오늘 그 이야기 하려고 저랑 만나주신 거잖아요."

"선생님이 결정하실 일이죠, 그거야."

"그럼 다른 교수님들은 왜 연락을 안 받으시는지 혹시 아세요?"

"모릅니다."

"채용 공고가 났다는데, 그게 제 자리라고 그러던데 어떻게 야 할지 모르겠어요."

"선생님이 결정하실 일이죠."

그는 똑같은 말을 두 번이나 했다. 무엇보다 선생님의 건강이 우선이죠, 그런 말도 덧붙였다. 한숨이 절로 났다. 표정이 굳어진 내게 그는 말했다.

"저는 직장 때문에 가정도 무너졌습니다. 선생님은 그냥 그전에 그만두세요."

"직장 때문이라니 무슨 말씀이세요?"

"그 맹랑한 녀석 때문에, 그 새끼 때문에 그렇지요."

서정수의 개인 조교 노릇을 하고 이후 서정수에게 착취를 당했다고 학과에 고한 그 여학생을 말하는 것 같았다. 학생이 보낸 메일을 출력해서 나눠 읽던 자리에 서정수는 없었다. 나는 그때 학생이 보낸 메일의 내용을 떠올려보려고 애썼지만 놀랍게도 아무것도 기억나지 않았다. 일이 어떻게 진행되었는지 알려진 바도 없었고 내가 먼저 알아보려고 하지도 않았다. 내 문제로 정신이 없었고 그 학생이 서정수의 수족 노릇을 할 때 그와 함께 나를 공격했다는 사실만 가끔 생각날 뿐이었다. 나는 깊은 무력감에 빠졌다. 그와 내가 몸담고 있는 커뮤니티가 직장이고 사회인 것도 사실이지만 한편으론 어떤 공동체이기도 했다. 문학 창작을 하는 공동체였다. 학생들도 선생들도 밥먹듯 밤을 새워가며 글을 쓰고 책을 읽었고 누구도 알아주지 않는 가장 내밀한 진심을 되새기며 울기도 했다. 같은 꿈을 꾼다는 사실만으로도 오래 알아온 친구나 가족보다 쉬이 가까워졌다. 그런데 지금 이곳에 있는 사람들은 어른, 애들 할 것 없이 전부 비열한 암투를 하고 있을 뿐이었다. 그들에게서 보이는 거라곤 이기려는 마음과 살아남으려는 마음, 힘든 사람을 모른 척하려는 그런 마음들뿐이었다. 물론 나 자신도 마찬가지였다.

"아내가 저더러 미성년자를 건드렸다고 그러더라고요. 선생님은 아시지요?"

"뭘 말입니까?"

"그애가 미성년자가 아니라는 거요."

나는 귀를 의심했다. 내 앞에 앉아 있는 이 사람이 지나치게 말을 생략해서 내가 못 알아듣는 건지, 아니면 내가 알고도 모른 척한 사실이 있는 건지 헛갈릴 지경이었다. 정작 그 말이 어떤 추잡한 사실을 가리키는 건지 얼른 판단이 서지 않았다. 나는 아무런 대답도 하지 못하고 그의 눈을 바라만 봤다.

"미성년자라니, 어이가 없어서. 선생님, 알잖아요. 저는 저 학년들이랑은 겸상도 안 한다는 걸."

"아니…… 서선생, 지금 무슨 말 하고 있어요?"

나는 처음으로 그를 '선생'이라고 부르며 어눌하게 말했다.

"미성년자인지 아닌지를 왜 따지고 있어요, 지금?"

"아니, 미성년자인지 아닌지 중요하다고 한 건 바로 제 아내라니까요. 나를 모욕하려고 작정한 거죠 뭐. 정작 그 자식이 내 뒤통수를 친 건 관심도 없고. 하여간 저는 절대 이런 일로 그만두지 않습니다. 저는 그만두지 않아요. 선생님은 더 험한 꼴 보지 마시고 빠르게 런하세요."

기가 막혀서 웃음이 절로 났다. 나는 아예 큰 소리를 내며 웃어버렸다. 서정수는 황당하다는 듯 나를 쳐다봤다.

"뭐하세요, 강선생님?"

"아니, 정말로 웃겨서요. 정말 너무 웃기고 있어서요. 그래요. 이 불안정한 소설가보다는 예체능 교수라는 치킨집이 훨씬 낫겠죠. 행복하세요."

나는 일어서서 그대로 자리를 떴다. 카페 문을 열고 나가며 혼잣말을 했다.

"정말로 대단하다, 대단해."

몇 달 후 나는 내게 푼수같이 연락했던 그 작가의 메신저 프로필을 우연히 보게 됐다. 그는 정말로 임용된 모양이었다. 나 대신에, 내 자리에. 그는 프로필 메시지에 '새로운 인생!'이라고 적어놓았다. 누군가에게는 새로운 인생이 열린 것일 수도 있었다. 나는 그의 행복도 응원해주기로 했다.

야엘의 글을 용기 내서 제대로 읽은 건, 그 학생과 연락한 후의 일이었다. 사직한 뒤에 더욱 겁이 많아진 나는 급한 용건이면 문자를 남기리라 생각하며 모르는 번호로 걸려오는 전화는 거의 받지 않았는데, 그날은 웬일인지 집안일을 하다 말고 전화를 받았다. 바로 그 학생이었다.

나는 정말 지겹다고 생각했다.

*

그래도 인생에서 가장 힘든 순간에, 말 그대로 여기가 끝이라고 생각되는 그 순간에야말로 제대로 살아볼 기회가 생긴다고 누군가 그랬다. 나는 그 말을 가슴에 꾹꾹 눌러 담았다. 그저 세상에서 내가 가장 불쌍하다고 생각하면서 기를 쓰고 모른 척했던 많은 이야기들. 오히려 다른 사람이 내 복수를 대신해준다고 생각하며 남의 불행에 슬그머니 웃던 순간들. 그러나 슬픔에 빠져 구덩이 앞에 쭈그려앉은 사람의 등을 발로 차는 사람이 나 자신은 아니었는지. 돌아보면 너무나 이른 나이부터 나는 내가 글러먹었다고 생각했다. 어릴 적에도 착한 아이가 아니었고 딱히 좋은 사람도 아니었는데 어떻게 바뀔 수 있을까. 착한 아이, 좋은 사람이란 것도 전부 이데올로기일 뿐이야, 라는 말 뒤에 슬며시 숨었었다. 그러나 나는 그 학생이 내게 연락해서 간절하게 말할 때, 어쩌면 지금이 기회일지도 모른다고 생각했던 것 같다.

너를 위해서가 아니라 나를 위해서라도.

"선생님, 도와주세요."

학생은 떨리는 목소리로 내게 말했다. 나는 발코니에 서서 보랏빛으로 물들어가는 하늘을 바라봤다. 머릿속에서 옛날 생각이 떠나지 않았다. 내가 얼마나 부적격한 인간인지 폭로하겠노라고 말하던 학생. 학교에서뿐만 아니라 어디에서도 보고 싶지 않다고 말하며 작가로서의 내 인생까지 쥐고 흔들겠다는 기세로 협박하던 학생 무리들. 지금 내게 도와달라고 말하는 학생은 바로 그런 일들의 주동자였다. 별달리 유명한 작가도 아니면서, 그다지 인정받는 작가도 아니면서 주제넘게 우리를 가르치고 있느냐고, 학교에 무슨 연줄이 있느냐고 그녀가 떠들어댔을 때 나는 베개에 얼굴을 파묻고 어린아이처럼 울었다. 초등학교 입학식이나 걸스카우트 때를 생각하면서. 그리고 그런 스스로가 하찮고 우스워서 또다시 울었다. 나는 학생의 전화를 냅다 끊어버릴 수도 있었고 비열한 말 한마디를 던질 수도 있었다. 가슴에 그런 말이 맺혀 있었다.

도와달라고 할 사람이 그렇게 없어서 지금 나한테 말하고 있어요? 세상에, 낯짝도 두꺼워라. 내가 왜 당신을 도와야 하죠? 당신의 연락을 받는 것만으로도 불쾌합니다. 앞으로 당신이 만날 세상은 훨씬 더 비열할 거예요. 다른 친구들보다 더 고된 인생이 기다리고 있어요, 당신에게는.

사실 그런 마음이 내 진심에 가장 가까울 수도 있었다. 내 진심이 너무 저열해서 등줄기에 소름이 돋을 지경이었다. 나는 학생의 말을 가만히 듣다가 나도 모르게 말했다.

"뭘 하고 싶어요?"

너무 뜻밖의 말이어서 내가 내뱉고도 놀랐다. 나는 그녀가 나를 이용하려는 것인지도 모른다고 생각했다. 그녀는 내가 어느 정도 사정을 알면서도 이제 학교와는 상관없는 사람이니까 자기편이 되어줄 것이라고 여겼는지도 몰랐다. 나는 그녀가 피해자가 아닐 땐 남들을 짓밟으려 하는 돼먹지 못한 아이란 것도 알았다. 그러나 또한 그녀가 서정수의 피해자라는 것도 잘 알고 있었다. 미성년자가 아니니 괜찮다는 듯이 내 앞에서 지껄이던 서정수의 모습을 나는 또렷이 기억했다. 그길로 카페를 나와 다시는 이 교정에 발을 들이지 않으리라고 다짐했던 당시의 내 모습도.

"솔직히, 잘 모르겠습니다."

그녀는 내게 도와달라고 말하면서도 자기가 뭘 원하는지, 어떻게 하고 싶은지 잘 모르겠다고 했다. 문득 천변을 걸으면서 수진 언니와 나눴던 대화가 떠올랐다. 우린 어떨 땐 너무 젊고 어떨 땐 너무 늙은 것 같다, 푸념하듯 말하는 나를 나보다 겨우 두 살 많은 언니가 위로하며 말했다.

"나도 주현이 네 나이 때 많이 힘들었어. 사십 넘으면 조금, 아주 조금은 괜찮아지니까 버텨봐. 웃기지, 이런 말. 우리 모두가 누군가에게는 젊은이고 누군가에게는 늙은이야. 너무 젊거나 너무 늙은 건 없는 것 같아. 그래서 그런 이유로 용서받아야 하는 사람도 없고."

나는 학생에게 이렇게 말하고 전화를 끊었다.

"기다려봐요. 내가 자문을 구해볼게요."

전화를 끊고 나서 한참을 멍하니 있었다. 무슨 생각으로 그렇게 말했는지 나 스스로도 알 수 없었다. 다만 내 진심이, 아직도 그녀가 가해자였던 순간이 생생하게 떠오르는 내가 가진 적개심이 너무 분명해서, 오히려 나만 알 수 있는 바로 그 진심이란 것을 견딜 수 없어서, 할 수 있는 한 최선을 다해서 내 밑바닥에 있는 진심으로부터 도망치고 싶었다. 그리고 그렇게 내린 결론을 나는 꽤 오랫동안 유지했다. 수진 언니가 소개해준 변호사에게 자문을 받아 학생과 연락을 이어가는 동안,

사직을 고민할 때 내 연락을 피했던 교수 중 한 명이 짧은 문자를 보내왔다.

'강주현 형, 힘내시오. 미안했습니다.'

노교수가 나를 부르는 새로운 호칭이 어색하기도 했지만 '선생' 같은 호칭을 들을 때보다 훨씬 더 마음이 편안했다. 나는 그 문자를 받고 묵은 원망을 털어버렸다.

시간이 좀더 흐른 어느 날, 나는 야엘의 메일을 받았다. 야엘의 메일을 받고서야 그녀가 글을 살펴봐달라고 부탁했던 일이 떠올랐다. 그사이 아예 잊어버리고 있었던 것이다. 때로 너무 무신경하고 이기적인 나란 인간을 또다시 탓할 수밖에 없었다. 야엘은 연재한 글이나 곧 한국에서 출간될 단행본에 대해서는 이야기하지 않았다. 다만 야엘은 수아와 한번 더 만났다고 했다.

'프랑스도 문제가 많은 나라란 걸 잘 알아. 하지만 우린 휴가를 자유롭게 쓸 수 있잖아. 물론, 과거 식민지를 착취하며 얻은 바캉스란 걸 알고 있지만 말이야. 나 같은 봉직의가 긴 휴가가 아니라면 어떻게 이런저런 일을 할 수 있었겠니? 덕분에 그간 한국에 한번 더 찾아갔었단다. 수아를 만났어. 수아가 엉엉 울면서 말하더라고. 철없는 자기 행동 때문에 어른들이 곤란해진 것 같아서 미안하다고. 안됐더라. 그 나이에 그런 생각을 한다는 게 안타깝잖아. 따지고 보면 누구의 잘못도 아니야. 오직 내 아버지의 잘못이야.

옛날에 서울에서 살 때, 아버지가 그런 말을 했었어. 우리 일가가 이만큼 살고 있는 건 전부 어머니, 그러니까 할머니 덕분이라고. 어머니가 아버지를 버리지 않았기 때문에, 행려병자가 된 남편을 죽을 때까지 거둬 먹였기 때문에, 비록 아버지는 칠순도 맞지 못하고 돌아가셨지만, 그래도 그 순간까지 함께했기에, '백년해로'했기에 우리가 이만큼 살고 있는 거라고.

나와 여동생은 곧장 그 일가에서 쫓겨났지만, 사실 아버지 말대로 두 노인이 결혼해서 살았기 때문에 클라라도, 수아도 있을 수 있는 거야. 그게 불편해도 어쩌겠어. 우리 모두 생의 시작을 스스로 결정하지 못했는걸. 클라라, 나는 재회라는 건 없다고 생각해. 우리 입양인들은 '재회'라고 말하지 않아. 한국에 가서 옛 가족을 만나면 흔히 그들은 우리를 다시 만났다고 표현하지만, 우린 다시 만나는 게 아니라 새롭게 만나는 거라고 생각해. 내 경우에는 오래된 기억 속에 있는 사람들보다 클라라나 수아처럼 정말로 새롭게 만난 사람들이 더욱 소중했어.

그래도…… 우리 막내, 아기 막내, 막내둥이, 꼬마 소년 장훈을 보고 싶다. 한 번만이라도.

나는 사실 버림받을 만하다고 생각했어. 내 잘못 때문에 죄

없는 장희까지 같이 쫓겨난 거라고 오랫동안 생각했었다. 할머니나 아버지가 그걸 봤다고 생각했거든. 한국을 떠나기 며칠 전, 내가 장훈이 몸에 올라타서 목을 조른 적이 있어…… 아이 얼굴이 새빨개지고 숨을 꼴딱꼴딱 몰아쉬는 걸 뻔히 보면서도 나는 멈추지 못했어. 왜 너만 사랑받아? 없어져버려, 넌 원래 없었잖아, 그렇게 말하면서. 그때 처음으로 장훈이 내게 누나라고 불렀어.

누나, 살려줘, 라고 하면서.

시간이 이만큼 흐르고 그때의 나도 장훈도 더는 기억 속의 그 사람들이 아니라고 믿고 싶은데 아직 잘 안 돼. 수아를 만나다보면 언젠가 아이 아빠인 장훈도 만날 수 있을까. 그 일을 정말로 잊어버린 거라면 좋겠다고 생각했어. 아직 나를 용서하지 못해서 나를 만나주지 않고 내가 기억나지 않는다고 말하는 게 아니라고 믿고 싶었어. 내가 잘못해서 버림받은 게 아니라는 걸 알기까지도 제법 오랜 시간이 걸렸는데, 앞으로도 나는 얼마나 많은 진실에 직면하게 될까. 클라라, 나는 닿고 싶다. 결코 돌아갈 수 없는 어릴 적 용산 집으로. 그 담벼락에 붙어서서 나를 언니라고 부르던 장훈에게로.

클라라(주현)와 숙모와 삼촌의 건강을 빈다.'

나는 심호흡을 하고 야엘의 연재 페이지에 접속했다. 그리고 야엘의 글을 읽기 시작했다. 단 한 번도 멈추지 않고 끝까지 읽어나가리라. 어떤 이야기는 차라리 사실이 아니길, 어떤 이야기는 오히려 사실이길 빌며, 나는 야엘이 만들어낸 가족 이야기를 읽어나갔다.

나는 아주 오랫동안 야엘의 이야기를 슬픈 전설처럼만 여겼다. 가족이라는 단어를 듣고 전횡하는 큰집의 기만을 나는 누구보다 잘 알고 있었다. 그렇지만 또한 내가 태어나기 전에 일어난 일이었고, 직계가족의 사연은 아니었으므로 적당한 거리를 두고 그 일을 바라볼 수 있었다는 걸 실감하기도 했다. 내 소설을 읽고 분개한 큰집 사람들의 심정이 이해되기도 했다. 수진 언니나 야엘 같은 당사자가 괜찮다고, 뭐가 문제냐고 웃으며 말할 때도 나 자신을 옹호하고픈 마음밖엔 없었다.

어쩌면, 내겐 그만큼 특별한 사연이 있다고, 그러므로 내겐 '가족 이야기'를 쓸 자격이 있다고까지 생각했는지도 몰랐다. 대학 시절이나 작품활동을 시작하고 나서나 가족 이야기란 케케묵은 소재일 뿐이며 거대 서사에 접근할 줄 모르는 작가들이나 다루는 것이라는 혹평을 들었고 내심 두려웠다. 내겐 아주 특별한 사연이 있고, 내가 다루는 가족 이야기는 여느 가족 이야기와 다르다고 내세우고 싶었다. 그런 마음이 들 때마다 씁쓸했지만 인정해야 했다. 내가 쓰고 싶었던 가족 이야기는 나의 가장 깊은 수치심을 드러내지 않아도 되는 종류의 이야기라는 것을. 지금 자기 자신의 이야기를 하는 야엘과는 달랐다.

내 머릿속엔 한복을 입고 작은 태극기를 흔들며 떠나는 김포공항의 장선이 존재했지만 그것은 실제의 이미지가 아니었다. 여러 푸티지를 통해 조합된, 마치 나의 '이상한 꿈' 같은 이미지였다. 그날 공항에서의 장선이 실제로 어땠는지 아는 사람은 아버지밖에 없었다. 나는 아버지에게 그날 장선이 어땠는지 물어보지도 않았고 먼저 말하려고 해도 듣기를 거부했었다. 아버지가 목격한 '사실'에 가까운 장선의 이미지는 중요한 게 아니라고 생각했다.

그 생각이 들었을 때 나는 입술을 깨물었다. 제법 기막힌 아이디어가 떠오를 때 아프도록 입술을 깨무는 건 내 오랜 버릇이었다. 나는 마치 한창 풀리지 않던 이야기가 술술 풀려나갈 때처럼 희열을 느꼈다. 이런 기분을 느끼는 것이 온당한가 싶으면서도 어쩔 수 없었다.

오랫동안 나는 야엘의 이야기가 내가 간접적으로 겪은 슬픈 가족사를 넘어서기를 바랐다. 결코 가족 이야기가 왜소한 소재라서가 아니었다. 나를 고통스럽게 만든 이미지는 비단 1983년의 장선의 이미지가 아니었다. 언젠가 나도 버려지지 않을까 싶었던 두려움, 갓난아기인 수진 언니를 그런 식으로 버릴까봐 전전긍긍했던 엄마의 두려움은 그런 일이 빈번하게 일어났던 시대 때문에 생겨난 것이기도 했다.

가끔 머릿속으로 야엘과 헤어지고 나서 주차장까지 걸어가던 밤, 가로등 불빛이 아롱아롱한 소로를 걸었던 순간이 맴돌았다. 아마 오랜 시간이 흐른 후에도 부러 천천히 걸었던 그 골목길이 떠오를 것이다. 아직까지도 후암동의 능소화가 떠오르는 것처럼. 야엘이 말하는 어린 시절의 담벼락이 뭔지 나도 알았다. 내겐 악몽과도 같았던 시간들, 얼른 다시 본래의 우리 집과 학교로 돌아가게 해달라고 빌었던 날들이었다. 누군가에게는 돌아가고 싶기는커녕 떠오르면 불쾌하기만 한 장소가 다른 누군가에게는 닿고만 싶은 그리운 장소가 된다. 이것이 바로 야엘과 내가 공유하는 가족의 역사, 가족의 진실 그 자체인지도 몰랐다.

홧김에 바닷마을 언니에게 수아는 내게 중요한 아이가 아니라고 말할 뻔했던 순간을 생각했다. 야엘은 수아를 계속 만나다보면 아이 아버지인 자기 동생도 만나게 될지 모른다고 말했다. 수아가 아무리 제멋대로라고 한들 중요하지 않은 아이라고 할 수는 없었다. 그러나 바닷마을 언니와의 전화가 그렇게 끊어진 이후 그들 모녀와 다시 연락하거나 만나리라고 기대하기란 어려웠다. 수아가 성년에 가깝도록 성장하는 동안 한 번도 본 적이 없었듯 두 사람은 그저 추억 속에만 머무르는 사람이 될지도 몰랐다. 바닷마을 언니와 수아와 야엘 모두 그

렇게 한때는 분명히 존재했지만 더이상은 근황조차 알 수 없
어 가끔 이상한 꿈에 조각난 이미지로만 등장하는 사람들이
될지도 몰랐다.

다만 나는 보다 많은 사례들을 찾아 읽으며 공부하는 데 집
중했다. 입양특례법에 관해서도 찾아보았고, 입양인 당사자의
에세이와 해외 입양 문제를 다룬 논문도 읽었다. 자료를 찾다
보면 다른 이슈들과 부딪히기도 했다. 야엘이 내게 말해준 이
야기들, 출산과 양육의 관계, 극단적으로는 대리모 같은 문제
들이었다. 늦은 밤 식탁에서 자료들을 읽고 있는데 남편이 한
마디 건넸다.

"이젠 많이 괜찮아 보여."

남편은 내게 종종 오늘도 땀을 흘렸느냐고 물어보곤 했다.
손발에 땀이 나는 게 신체화 증상이라는 걸 알고 묻는 것이었
다. 그렇게 억울해서 땀까지 흘리고 그랬는데, 남편이 내 상
황을 묘사할 때 하던 말이었다. 괜찮아 보인다. 그 말이 맞았
다. 손발이 축축해져 핸드폰을 쥐지 못하는 일은 점점 줄어들
었다.

*

네 번의 계절을 지나 다시 겨울이었다. 새해는 용의 해라며

여기저기 푸른 용이 그려져 있었다. 그런 것들을 볼 때마다 동양의 용과 서양의 용은 어떻게 다른가, 따위의 생각을 하곤 했다. 나는 중고차를 팔고 지하철을 타고 다녔다. 운전을 그만둔 건 아니었고 신차를 구입하기까지 세금 문제로 시간이 좀 걸렸다. 그날은 지하철을 타고 인천에 갔다. 인천의 한 도서관에서 주최하는 행사에 참여하러 가는 길이었다. 경인고속도로도 달릴 맛이 났지, 생각하면서 핸드폰으로 이런저런 기사를 살펴보던 중 문자가 왔다. 수아였다.

'고모, 지금 인천에 가는 길이에요?'

나는 깜짝 놀라서 고개를 들어 두리번거렸다. 평일 한낮의 열차는 한산했다. 맞은편 좌석은 텅 비어 있었다. 열차가 멈춰서자 창밖 풍경이 보였다. 건너편 철로 침목과 앙상하게 뼈만 남은 나무 군락과 그 너머 아파트 공사 현장까지, 선명한 겨울 풍경이 단번에 눈에 들어왔다. 어느새 옆에 다가와 앉은 수아가 팔꿈치로 나를 툭 밀었다.

"저 여기 있어요."

나는 얼른 시계부터 봤다. 행사까지 한 시간 남짓 남아 있었다. 열차가 다시 움직였다. 마치 꿈을 꾸는 것 같았다. 나는 인사할 겨를도 없이 수아에게 물었다.

"학교에 있을 시간 아니야?"

"수능 끝났잖아요."

아, 하고 나도 모르게 탄성이 나왔다. 과거 나는 하루는 느리게 흐르고 일 년은 빠르게 간다고 생각했었는데 이젠 하루도 일 년도 빠르게 지나갔다. 나는 목적지까지 남은 정류장을 헤아려보다가 수아에게 말을 건넸다.

"이런 데서 다 만나네, 그렇지?"

"고모는 왜 인천에 가세요?"

"일 있어서 가지."

"지하철 타고 가시는 거예요?"

"응. 당분간 차가 없어서."

"저는 곧 운전면허 따려고요."

"벌써?"

"네, 수능 끝나면 면허 따는 게 국룰이잖아요."

수아가 제멋대로 운전하고 다니는 모습이 상상돼서 나는 피식 웃었다. 수아도 나를 따라 빙그레 웃었다. 그 웃는 얼굴이 조금 어른스럽게 느껴졌다.

"요즘엔 뭘 해?"

"집에서 끝없이 잠자고요, 가끔 친구들이랑 마라탕이나 먹으러 가고 유튜브 보고 그래요."

오래전 내 모습도 그와 다름없었다. 수능이 끝난 후 친구와 처음으로 시내에 있는 스타벅스에 가서 쩔쩔매며 주문했던 일이 생각났다. 에스프레소가 뭔지 모르고 주문해 단숨에 들이

켰다가 기침하던 나와 친구들의 모습도.

"생각보다 시시하고 심심하지?"

"사실 지루해 죽겠어요."

"그래서 그 시간을 잘 활용해야 돼. 영어 공부나 운동……"

나는 말하다 말고 입을 꾹 다물었다. 영어 공부나 운동이라니! 나는 머릿속으로 나를 세차게 꾸짖었다. 예전과 달리 수아와 대화하는데 자꾸만 웃음이 났다. 나는 그냥 소리 내서 웃어버렸다.

"고모, 꼰대 같지?"

"네."

수아도 깔깔 웃었다.

"고모, 저 대학교 합격했어요."

"정말?"

"엄마랑 같은 일 하려고요. 할머니랑 고모처럼요."

수아의 엄마인 바닷마을 언니는 한국어 교육 강사였고, 내엄마는 편집자였다. 내 엄마와 내가 하는 일을 같은 일이라고 표현하는 걸 보니까 생각보다 내 일에 대한 이해가 꽤 깊은 것 같았다. 수아에겐 조금 먼 할머니인 내 엄마에 대한 이해도. 갑자기 눈시울이 뜨거워졌다. 나는 수아의 등을 톡톡 두드렸다.

"좋다."

"지방대예요. 국립이지만요."

"잘됐다, 정말."

"고모, 저 이제 내려요."

"그래, 우리 다음에 또 만나자."

"이번엔 제가 운전하는 차 태워드릴게요. 정말로 내릴게요,
갈게요!"

수아는 손을 세차게 흔들다가 고개를 꾸벅 숙이고 열차에
서 내렸다. 수아가 떠나자 참았던 눈물이 흘렀다. 티슈를 꺼
내 얼굴을 조심스럽게 닦아냈다. 어느덧 열차는 목적지에 도
착했다.

연재를 마치고 곧 출간될 예정이라던 야엘의 에세이는 사정
이 있는지 늦어지고 있었다. 나도 책을 여러 권 내봤던 터라
예상보다 늦어질 수 있다는 걸 잘 알고 있었다. 야엘의 메일을
마지막으로 그녀와 연락을 나누지 않았다. 가끔 엄마를 통해
큰아버지네 사정을 전해들으며 야엘이 곤란한 일을 겪지 않았
는지 헤아려봤다. 도서관으로 걸어가는 동안 나는 오늘 만난
수아의 모습을 여러 번 떠올렸다. 마치 그 아이와 처음 만난
것 같았다. 언젠가 야엘이 내게 해줬던 말처럼.

나는 그 누구도 재회하지 않는 거라고 생각해. 우리 입양인
들은 '재회'라고 말하지 않아. 한국에 돌아가서 옛 가족을 만
나면 흔히 그들은 우리를 다시 만났다고 표현하지만, 우린 다

시 만나는 게 아니라 새롭게 만나는 거라고 생각해.

다시 바람은 차갑고 볕은 뜨거운 겨울이었다.

* 소설의 제목은 강진아 감독의 단편영화 〈백년해로외전 Be With Me〉(2009)에서
가져왔다.

* 172쪽에 나오는 노래는 루시드폴·이아립의 〈누구도 일러주지 않았네〉이다.

* 소설을 쓰는 데 다음의 책들로부터 도움을 받았다. 『피의 언어』(제인 정 트렌카
지음, 송재평 옮김, 도마뱀출판사, 2012), 『그 여자는 화가 난다』(마야 리 랑그
바드 지음, 손화수 옮김, 난다, 2022), 『대리모 같은 소리』(레나트 클라인 지음,
이민경 옮김, 봄알람, 2019).

작가의 말

아직 볕은 뜨겁고 바람은 선선하게 불기 시작했던 초가을 어느 날, 나는 바닷마을에 갔다. 그날 처음 만난 사람이 내게, 자기가 어릴 적에는 이 동네에서 바다를 더 잘 볼 수 있었다고 말해주었다. 방과후엔 조부모가 운영하는 동네 슈퍼에 꼬박꼬박 들렀다고도 했다. 내 머릿속에 그의 어린 시절이 차분히 그려졌다. 한달음에 언덕을 뛰어올라가는 아이와 그 뒤로 펼쳐지는 바다, 동네에 조금씩 모여들기 시작했을 여자들, 다 함께 한국어 공부를 하고 떠나온 고향을 생각하며 각종 사업을 구상했을 사람들. 그렇게 바닷마을 언니와 수아가 그날 내게로 왔다. 아주 오랫동안 '야엘'과 '나'만 생각했던 내게로.

바닷마을 언니와 수아가 찾아오자 이야기가 조금씩 풀려나갔다. 아마 야엘과 '나'만 있었다면 이 이야기는 전개되지 못했을 것이다. 결코 시작되지도 못했을 것이다. 소설을 쓰던 시간 동안 나는 무엇보다 그러한 것들을 생각했다. 나만 있어서는 도저히 불가능한 것들, 내가 사랑하고 허용할 수 있는 사람들만 곁에 둘 수 없다는 분명한 사실들, 안전한 무균의 공간에만 머무를 수 없다는 사실을 거듭 깨달았다.

무엇보다 소설 속 수아와 비슷한 나이일 적, 이십 년 전의 나를 자주 생각했다. 시간이 흘러 어느덧 내가 미워하던 어른들의 모습과 너무 많이 닮아버린 나를 돌아봤다. 당시의 내가 접한 문학은 무엇보다 용서를 가르쳐주는 것이었다. 군부독재를 비판하는 소설을 발표하고 필화를 겪은 작가의 인터뷰를 처음 접한 뒤로, 그러나 그들마저 용서한다는 작가의 말이 날마다 마음을 두드렸다. 소설 안에서는 의도적으로 그 인터뷰 내용을 납작하게 눌러 썼지만, 작가가 말한 용서가 그렇게 간단한 개념은 아니다. 단지 내가 행복해지기 위해서, 잊어야만 앞날을 살 수 있으니까 용서하는 게 아니라는 것을 이제 조금은 알고 있다. 그러나 작가가 어떻게 그들을 용서할 수 있었는지에 대해서는 아직도 모른다. 문학을 처음 접했던 고교 시절이나 지금이나 내게 용서는 너무나 어려운 숙제다. 최근 몇 년간 나는 무엇보다 나 자신을 용서할 수 없었다. 수아라는 인물은 한편으로는 어린 시절의 나를 반추하게 했고 한편으로는 못생긴 어른이 되어버린 지금의 나를 비췄다. 독자에게 이 인물이 지닌 입체적인 면이 잘 닿기를 간곡하게 바란다.

시간을 접었다가 펼 수 있고, 오염된 언어를 빨아서 쓸 수 있는 소설의 마법을 실감하며 이 이야기를 만들었다. 일어나지 않았다면 훨씬 좋았을 일들, 차라리 거짓말이었으면 좋았을 일들, 그게 마지막인지도 모르고 흘려보냈던 순간들, 때론 후회할 줄 알면서도 할 수밖에 없었던 선택과 결정들…… 소설을 읽고 쓰면 언젠가 그 실체를 조금 알아낼지도 모른다고 생각했던 삶은 여전히 오리무중이다. 그러나 내가 1980년대의 그 어른들을 다소 닮아버렸다고 해서 이대로 주저앉지만은 않으려고 한다. 나는 다시, 그래도 조금은 제대로 살아보기 위해서 이렇게 쓰고 있다.

먼 옛날에 떠나간 사람이 이 이야기의 절반을 주었다. 나는 이 이야기가 그 사람에게 결코 닿을 수 없다는 사실을 알고 있다. 그러나 그 사람이 여기 한국에, 서울에 잠시 살았었다는 걸 잊지 않으려고 무척 애쓰고 있다. 오직 한 사람의 마음이라고 해도 이 마음이 어떤 작은 파동이나마 일으켜 그를 지켜주었으면 좋겠다. 깊고 편안한 잠에서 깨어나 건강하게 하루를 시작하기를, 오늘도 무사한 일상을 보내기를 바란다. 나는 살아 있는 내내 그 사람을 기억하고 그를 위해 기도할 것이다.

2024년 5월
박민정

문학동네 장편소설
백년해로외전
ⓒ 박민정 2024

1판 1쇄 2024년 5월 25일
1판 2쇄 2024년 7월 3일

지은이 박민정
책임편집 김내리 | 편집 이민희 이희연
디자인 김이정 최미영 | 저작권 박지영 형소진 최은진 서연주 오서영
마케팅 정민호 서지화 한민아 이민경 안남영 왕지경 정경주 김수인 김혜원 김하연
        김예진
브랜딩 함유지 함근아 고보미 박민재 김희숙 박다솔 조다현 정승민 배진성
제작 강신은 김동욱 이순호 | 제작처 영신사

펴낸곳 (주)문학동네 | 펴낸이 김소영
출판등록 1993년 10월 22일 제2003-000045호
주소 10881 경기도 파주시 회동길 210
전자우편 editor@munhak.com | 대표전화 031) 955-8888 | 팩스 031) 955-8855
문의전화 031) 955-2696(마케팅) 031) 955-8864(편집)
문학동네카페 http://cafe.naver.com/mhdn
인스타그램 @munhakdongne | 트위터 @munhakdongne
북클럽문학동네 http://bookclubmunhak.com

ISBN 978-89-546-3624-7 03810

www.munhak.com